人工心理与数字人技术丛书

远程教育中情感计算技术

解迎刚　王志良　编著

机 械 工 业 出 版 社

本书较为全面地介绍了人工情感技术在远程教育中的应用。本书首先提出了远程教育中情感缺失问题，对情感计算理论及常用建模方法进行了介绍；接着介绍学习者特征提取及表情识别常用的人脸检测及表情识别方法，实现了学习者情感特征提取及情绪建模，完成了情感交互系统中的情绪反应，最后总结作者所在课题组的研究成果，给出了具有情感交互特性的 E-Learning 系统的设计与实现流程实例，实现了人工心理与数字人技术的具体行业应用。

本书适宜从事计算机、自动化、电子信息、模式识别、智能科学、人机交互技术的科研工作者阅读，也可以作为高等院校相关专业学生的教学参考书。

图书在版编目（CIP）数据

远程教育中情感计算技术/解迎刚，王志良编著 . —北京：机械工业出版社，2011.4

（人工心理与数字人技术丛书）

ISBN 978-7-111-33746-1

Ⅰ.①远…　Ⅱ.①解…②王…　Ⅲ.①人工智能—应用—远距离教育—研究　Ⅳ.①G72-39

中国版本图书馆 CIP 数据核字（2011）第 043621 号

机械工业出版社（北京市百万庄大街 22 号　邮政编码 100037）

策划编辑：刘星宁　责任编辑：刘星宁

版式设计：张世琴　责任校对：肖　琳

封面设计：陈　沛　责任印制：李　妍

北京诚信伟业印刷有限公司印刷

2011 年 5 月第 1 版第 1 次印刷

184mm×260mm·9.5 印张·232 千字

0001—3 000 册

标准书号：ISBN 978-7-111-33746-1

定价：29.80 元

前　　言

现代远程教育（E-Learning 系统）作为创新型服务业中具有代表性的一类服务业态，将现代信息技术及和谐人机交互技术应用于其中具有重要意义。此外人工心理和情感计算研究很重要的一个课题就是在学习和教育上的应用，在国家提倡创新型服务业的大环境下，开展关于人工心理与人工情感在现代远程教育方面的应用研究是非常有意义的，将极大地促进现代远程教育的发展和应用推广。作者在多年研究的基础上，整理编写了本书，希望对广大从事远程教育及情感计算相关研究的学生和研究人员有所帮助。

本书基于当前远程教育发展的要求，以情感计算技术应用为基础，以践行远程教育过程中情感识别、情感交互为目标，以人工心理理论、图像识别技术、情感建模为指导，总结笔者所在课题组的研究成果，搭建出具有情感交互特性的远程教育系统原型，实现了远程教育中的人性化交互教学、个性化因材施教、学习者情感交互等智能远程教育的典型需求，为人工心理的应用和远程教育的发展画上了浓厚的一笔。

全书共分 6 章。第 1 章主要介绍 E-Learning 系统和情感计算的研究现状；第 2 章介绍了情绪心理学的相关概念，并总结归纳了当前常用的几类情感模型及其适用系统；第 3 章基于肤色模型、人脸几何特征提取、隐马尔可夫模型（HMM）人脸特征识别实现了人脸检测、表情特征提取；第 4 章主要给出了具有实用性的 E-Learning 系统学习情绪识别的方法；第 5 章构建了个性化虚拟教师的情感反应模型，规划了智能 Agent 助理的行为规则、交互表现规则等；第 6 章完成了基于移动 Agent 的 E-Learning 系统框架搭建，实现了个性化教学助理情绪的检测、情绪的生成、情绪的反应等远程教育中的情感交互和情景教学，并对本书的主要工作和研究成果作了总结。

本书由解迎刚、王志良编著。邝娇丽参与了全书资料整理工作；乔向杰、邓蓉蓉、马希荣、孟秀艳分别参与了第 3～6 章的研究工作；杨溢、邵彦娟、梁玉玉参与了文字校对工作。

本书的出版得到了机械工业出版社的大力支持，在此表示诚挚的感谢。同时感谢国家自然科学基金（60573059）、国家高技术研究发展计划（863 计划）（2007AA04Z218）、北京市教育委员会科技计划重点项目（KZ200810028016）给予的支持。

由于作者水平有限，书中肯定有不少的缺点和疏漏之处，敬请广大读者批评指正。

解迎刚
于北京科技大学
2011 年 2 月

目　录

第 1 章　远程教育及情感计算

国家"十一五"规划中专章论述了服务业的发展，并提出运用现代信息技术和科技的发展改造服务业，提高服务业水平。现代远程教育（E-Learning 系统）作为创新型服务业中具有代表性的一类服务业态，将现代信息技术及和谐人机交互技术应用于其中具有重要意义。此外，人工心理和情感计算研究很重要的一个课题就是在学习和教育上的应用，在国家提倡创新型服务业的大环境下，开展关于人工心理与人工情感在现代远程教育方面的应用研究是非常有意义的，将极大地促进现代远程教育的发展和应用推广。

1.1　远程教育技术的发展历程

1.1.1　远程教育的概念

按照技术媒体的类型来划分可以将远程教育的发展分为三代。第一代远程教育即 19 世纪中叶兴起的函授教育，其技术代表和特征是邮政通信和印刷技术。第二代远程教育即广播电视教育，其技术代表和特征是包括印刷材料、录音录像和计算机软件在内，总体设计优化的"教学包"或"学习包"。第三代远程教育即现代远程教育，是指计算机网络和多媒体技术在数字信号环境下开展的远程教育，它是一个具有更加广泛意义的概念，网络（并非专指计算机网络，而是计算机网络、电信网络和数字卫星电视网络三大网络，而且它们正向相互融合的方向发展）和基于计算机的多媒体技术被赋予了新的技术特征。现代远程教育是 20世纪末伴随着信息技术和教育技术的迅猛发展，尤其是计算机和网络技术在远程教育领域的应用而得名的。我国著名的远程教育专家丁新教授对现代远程教育术语作了如下表述："现代远程教育是基于现代信息和教育技术的远程教育，更确切地说，现代远程教育是在卫星电视网络、电信网络和计算机网络这世界上的三大通信网络环境下开展的远程教育，它具有数字化、多媒体和交互式等显著的技术和教学特征。"这个定义明确表明了现代远程教育是在基于三大通信网络环境下开展的，并指出了其技术和教学特征。

随着国家"现代远程教育工程"的实施，各类网络化教育系统、远程教育系统不断问世，前两代教育系统都是基于桌面计算模式的，最早的是基于电视广播（卫星广播）的远程教育，作为一种单向的广播模式，缺乏双向交互性。第二代是基于 Web 的课件浏览形式的远程教育。第三代是要求具有人性化、智能化交互能力的远程教育系统，它要求支持师生之间实时、双向的交互，并实现个性化、智能化教育。对于远程教育发展的趋势，著名远程教育专家德斯蒙德·基更（Desmond Keegan）描述为"远程面对面教学（Face-to-Face Teaching at A Distance）"，并在构建远程教学的概念中，强调"眼光接触（Eye Touch）"或"眼球对眼球教学（Eyeball-to-Eyeball Teaching）"，即强调通过现代电子通信技术手段实现师生和同学之间的眼光接触、眼球对眼球的沟通，实现信息、思想、情感的交流和交互，并利用信息科学技术实现因人施教，提高学习效率。

1. 1. 2 国内外远程教育的研究现状

众所周知，当今社会是一个知识空前繁荣的社会，信息以爆炸形式在递增。据联合国教科文组织的统计，人类近 30 年掌握的科学知识，占有史以来积累的科学知识总量的 90%，人类的知识在 19 世纪是每 50 年增长一倍，20 世纪初是每 10 年增长一倍，而近 10 年则是大约每 3 年增长一倍。在一篇研究报告中指出，人类已进入到一个终身学习的社会。对每个人来说，包括大学在内的学校教育完成以后，仍不能满足现实生活、工作的需要，仍然需要继续学习。这种学习不完全局限于学校的范围之内，在学校之外通过家庭、社会、工作岗位以及生活的各方面的体验，都是学习，都是获得知识的途径。学习将成为伴随人的一生的不间断的活动，成为发展的基础。因此，终身学习和终身教育的概念被越来越多的人所接受，迅速增长的学习需求与匮乏的教育资源之间的矛盾日益尖锐，单靠传统的教育机构是不可能满足如此巨大的学习需求的。这就要求家庭、社会、教育部门以及非教育部门都要能提供学习机会，并参与教育活动，也就是要构建一个学习化的社会，使人们能够在任何时刻都能自由地进行学习。但是，传统的教育受时间、空间以及人力、物力的限制，难以达到学习化社会的要求，而现代远程教育正提供了这样的好机会。

现代远程教育环境下的教育对象也扩大了，网络远程教育的资源是开放的，并不局限于年轻的在校者，社会上不同层次、不同年龄的人都可以进行学习。在国外，在计算机网上学习大学课程或完成本科学业已不是什么新鲜事，美国俄亥俄州立大学率先在计算机网上开设了商业管理研究生课程。接着，密苏里州立大学也在计算机网上新设了科技硕士班，就读的多为已过了读研究生的黄金年龄的在职管理人员，他们随时可以打开计算机学习，不必亲自去学校读书，也不必担心漏课，大学图书馆和实验室都将通过网络"送"至学员单位或家中；如果毕业时考试合格，即被授予硕士学位。

美国是目前远程教育规模最大的国家。为规范远程教育的发展，美国国会于 1998 年在高等教育法修正案中，决定采取以下三项措施：

1. 建立远程教育示范项目

授权美国联邦教育部免除有关现行法规与制度对资助远程学生的限制，如学习年限、接受面授时间和高校自主远程教育学生的比例等，主要目的是增加学生接受远程教育的机会和推进高校开展高质量的远程教育。

2. 建立远程教育合作项目

每年投入 1000 万美元，鼓励有关高校与其他机构合作，如社区组织、中小学学区、技术与企业部门等，建立远程教育合作伙伴关系，主要目的是建立优秀远程教育模式、开发教育教学软件和改革远程教育评价体系。

3. 建立网络教育委员会

授权美国联邦教育部组织成立专家委员会，对当前教育市场上使用的所有教育教学软件进行研究与评估，并负责择优推荐使用。

英国的开放大学是一种面向全社会、全世界的全方位开放的大学。实行免试入学，实行学历教育和终身教育相结合的办学机制，采用学分制。从小学教育到高等教育、研究生教育，每个层次的教学内容都应有尽有。开放大学的教学以网络为基础，采用多媒体教学环境，应用计算机辅助教学（CAI）课件。为了保证质量，开放大学还提供了一系列辅助体系，比如学科和课程结构体系、多媒体教材体系、质量保证体系和学生自主体系等。2000年2月，英国高等教育基金理事会拟定了一个雄心勃勃的"E-university"计划，要整合英国各大学的力量，建立一所网上大学。他们计划通过英国已有的超级 JANET 网络系统，向全球提供远程教育。英国政府将为此投入5000万英镑，目标是和美国竞争，占据至少25％的海外英语国家教育市场，并在2005年前吸引超过75000名海外远程学员。英国人首先把目标定准了新加坡、马来西亚、印度尼西亚、中国、阿根廷和印度。

日本远程教育作为终身教育的有效方式充分融入到国民教育的整体系统之中，为高等教育的普及化和成功实现"教育发达国家"的整体发展目标做出了特殊贡献。日本《终身学习振兴法》指出：正规学校系统，尤其是大学，要尽可能地开放门户以利于成人学习。高校开始尝试实行科目选修制度，开放教育设施，加强大学远程教育功能，并促进各种教育机构之间的学分互换和学历认可。日本的文部科学省在1999年7月利用教育信息卫星通信(el-net)发起了"el网络开放学院"示范工程，扩大国民的终身学习机会。日本大学委员会发表题为"21世纪的大学和未来革新战略—个人特性的竞争"的报告，自1998年起，将大学本科毕业要求的124个学分中可以通过"远程教育"取得30个学分的上限提高到60个学分。同时，日本大学本科生在各大学之间的学分互换的上限也由原来的30个学分提高到60个学分。这就为各类大学之间加强交流合作、共同进步发展起到了极大的推动作用。

我国也在积极推行网络远程教育，教育部在清华大学等几所学校试点的基础上，将远程教育学校的数额扩大到31所，这些学校可以开设研究生课程，本专科学位学历教育，招生既可以通过高考、成人高考录取，也可以自行组织考试。各校根据学生考试成绩颁发毕业证书，随着网络远程教育的快速发展，学习化社会也将随之日趋完善，因此我们可以说，现代远程教育为建立学习化社会提供了切实的物质基础。

清华大学自1996年开始建立双向交互式远程教育系统，至今已在全国建立了100多个远程教育站，形成了地网（计算机网络）与天网（卫星电视网络）相结合的现代远程教育网。教学主要通过"卫星直播课堂"、"卫星数据广播"和"清华网络学堂"等进行。通过"卫星直播课堂"，学生可以实时收视远程教师的讲课。此种课程主要以教师讲课为主，配以Word、PowerPoint 等格式的电子文档。通过"卫星数据广播"，各站点可接收到视频流课件和网络课件，然后组织学生集体学习（利用大屏幕集中播放视频流课件）或个别学习（学生在计算机上自我调节学习）。通过"清华网络学堂"网站，各站点及学生可获取清华大学提供的有关课程的网上课件和教学信息，以及参与答疑讨论等网上交互活动。到目前为止，清华大学已基本形成了网络课程、文字教材、视频流课程、音像教材等多种媒体相结合的远程课程资源体系。

1.1.3 现代远程教育的发展和研究趋势

现代远程教育具有的突出特点是，教师的讲授和学生的学习可以在不同地点同时进行，真正不受空间和时间的限制；学生能够根据自己的需要自主安排学习时间和地点，自由选择学习内容，自行安排学习计划，随时提出学习中的问题并能及时地得到解答；受教育对象可以扩展到全社会；有更丰富的教学资源供学习者选用；现代远程教育手段有利于个体化学习，它以学生自学为主，充分发挥学生自主学习的主动性、积极性及创造性；现代远程教育手段可以为学生提供优质的教学服务，教师可以及时地了解学生的学习进度和对课程的理解程度，解答学生所提出的问题。图 1-1 为远程教育发展的一个过程，深色部分代表过去和现在的教师、虚拟教师、学生以及教学方式；浅色部分代表现在和未来的发展趋势。现代远程教育给教与学的概念赋予了新的内涵，将给教育带来深刻的变革，推动教育观念、教育思想、教育模式和教学方法的更新。

图 1-1 远程教育的演变过程

全球涌动的数字化教育浪潮伴随着信息技术飞速发展。20 世纪 80 年代以来，世界上几乎所有发达国家都极为重视学校的计算机教育。例如，由美国教育部发起的"明星学校"计划（1988—1997），该计划使美国 6000 多所学校连通了信息高速公路，并开发了 30 多门完整的信息化课程。欧盟发布了一个题为"信息社会中的学习：欧洲教育创新行动规划（1996—1998）"，旨在加速学校的信息化进程，同时推出多项有关教育信息化和教育改革的开发计划，如计算机通信应用计划（1994—1998）、关于多媒体教材开发的 MEDIA Ⅱ 与 INFO2000 计划（1996—1999）、关于高校教育改革的"苏格拉底"计划和关于职业技能培训的"达芬奇"计划（1995—1999）。新加坡在教育信息化方面可以说是进展神速，他们于 1996 年推出全国教育网络化战略，投资 20 亿美元使每间教室连通 Internet，做到每两位学生一台微型计算机，每位教师一台笔记本电脑。而我国香港特别行政区政府则拨款 26 亿港币为每一所中小学装备计算机教室。

http://groups.yahoo.com/上有超过 1000 个专业组在讨论关于 E-Learning 的信息，而他们研究的主题多集中于技术层面和组织应用层面上，如各种网络新技术的应用、平台的构建、各种应用的互通。在教育界，其研究主要集中在教育信息化和现代化两个主要领域。据报道，在美国，通过网络学习的人数正以每年 300% 以上的速度增长。在美国教育的在线报纸记录（American Education's Online Newspaper of Record）上的一篇题为"E-Defining Education"的文章中提到：要欣赏 E-Learning 正在如何改变教育的图景，你只需要看看数字。根据美国《教育周刊》，12 个州已经制订了联机高中项目，5 个州正在开发，25 个州允许建立所谓电子特许学校，32 个州的数字化学习行动正在进行中。同时，调查显示，10 个州正在施行或计划网上测试。Oregon 和 South Dakota 已经在使用基于万维网的评价。所有那些项目和政策变化正在为千百万的学生打开联机教育之门。WestEd 报告说，"虚拟学校运动"是"基于技术的 K-12 教育的'下一个浪潮'"。德国人工智能研究中心（German Research Center for Artificial Intelligence，DFKI）专门成立了一个研究开发 E-Learning 系统的中心。

计算机技术、通信技术的发展和网络的普及对人们的教学和学习方式产生了深刻的影响，于是一种新的教育学习方式——E-Learning 便应运而生了。E-Learning 的概念来自于国外。美国教育部教育技术办公室在 2000 年底提出了"美国国家教育技术计划——信息化学习：把世界教育放到每一个儿童的指尖！"，将 E-Learning 作为国家教育技术计划的总标题。2000 年以后，E-Learning 在国内专家学者的报告中开始出现。目前 E-Learning 还没有公认的统一定义，国内外关于"E-Learning"的定义，众说纷纭。在美国教育部2000 年度"教育技术白皮书"里关于"E-Learning"这一概念的论述就有 7 种不同的说法。关于 E-Learning 国内目前有 3 种不同的译法，即网络化学习、电子化学习和数字化学习。广义的 E-Learning 是指通过电子媒体进行的学习，主要包括 3 种不同的学习方式，即通过卫星电视系统的学习、利用视音频会议系统的学习、基于计算机网络系统的学习。这 3 种不同的学习方式，彼此之间也有一定的联系和区别。狭义的 E-Learning 主要是指在线学习或基于网络的学习，也就是通过计算机网络进行学习的一种学习方式。这种学习方式离不开由多媒体网络学习资源、网上学习社区及网络技术平台构成的全新网络学习环境。

虽然从特征和内涵上仔细分析三者是有区别的。但是，目前国内常常不区分这 3 个概念，在教育部已出台的一些文件中，也称现代远程教育为网络教育。也有人称 E-Learning 电子远程教育为第三代远程教育或第四代远程教育，是建立在应用双向交互电子信息通信基础上的远程教育，基于计算机互联网络和各类先进通信网络的信息技术，具有双向交互的特征和优势。因此本文也忽略三者的区别，着眼三者共性的部分，将远程教育、网络教育和E-Learning 都看做是基于计算机网络的教育和学习方式。

当前我国的教育改革，已把教育信息化的程度作为衡量教育现代化的重要标志之一，未来教育是以信息化为特质、教育技术现代化和教育观念人本化为特征的现代教育，而网络化教育、E-Learning 正是现代教育的必然产物，是未来教育发展的重要方向之一，它是运用现代教育技术进行数字化学习与教学活动的过程。1999 年 9 月，教育部正式启动国家现代远程教育工程，清华大学、浙江大学、北京邮电大学、湖南大学等高校获准进行试点。教育部发表的《2003—2007 年教育振兴行动计划》中明确指出——要全面提高现代信息技术在教育系统中的应用水平，加强信息技术教育，普及信息技术在各级各类学校教学过程中的应用，为全面提高教学和科研水平提供技术支持。建立网络学习与其他学习形式相互沟通的体制，推动高等学校数字化校园建设，推动网络学院的发展。国家"十一五"科学技术发展规划将数字化教育列为攻关计划的 8 个重大项目之一。

当前已经提出了一些第三代远程教育系统，如清华大学计算机系某所研究的"智能教室"（Smart Classroom）远程教育系统（见图 1-2）。该智能教室把交互空间的概念引入远程教育系统，以交互空间在远程教育系统上的应用作为背景，对交互空间的关键技术和人-机交互模式的发展方向作了探讨。

此外还有如虚拟教学模式。虚拟教学（Virtual Instruction）就是利用计算机技术、通

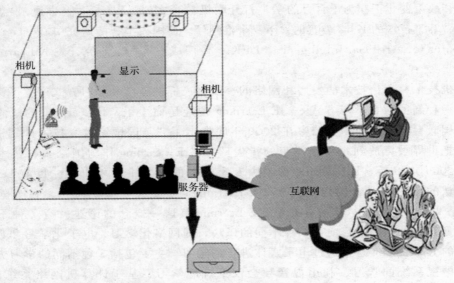

图 1-2　"智能教室"远程教育系统

信技术、仿真技术、人工智能技术等进行的双向交互式教与学的一种教学模式。对此国家也投入了大量的物力和人力进行相关技术的研究。对于远程教育发展的趋势,著名远程教育专家德斯蒙德·基更(Desmond Keegan)描述为"远程面对面教学(Face-to-Face Teaching at A Distance)",并在构建远程教学的概念中,强调"眼光接触(Eye Touch)"或"眼球对眼球教学(Eyeball-to-Eyeball Teaching)",即强调通过现代电子通信技术手段实现师生和同学之间的眼光接触、眼球对眼球的沟通,实现信息、思想、情感的交流和交互,并利用信息科学技术实现因人施教,提高学习效率。

E-Learning 消除时间和空间障碍,降低了学习成本,改变了学生的认知过程。文本、图形、图像、音频、视频等媒体手段的合理应用,使学习内容有形有声有色,具有较强的直观性,能够引导学生直接认识事物的发展规律和本质属性。E-Learning 正在悄然影响当今的教育,并改变着人们学习内容和学习方式。但目前的 E-Learning 远程教育还存在一些问题。无论是网络化学习,还是数字化或信息化学习,一个始终没有得到完全解决的问题是人的情感沟通与情感育人的问题。人是具有丰富感情的,面对面的师生情感沟通具有潜移默化的教育作用。而目前将人与人的感情"E 化"是很难的,这恰恰是人工心理和情感计算领域的研究内容。数字化教育的发展要求 E-Learning、电子远程教育是具有情感交互能力的人性化、智能化远程教育,它能支持师生之间实时、双向的交互,实现教育个性化,同时还要针对学习者的学习兴趣、学习情绪的不同进行智能化调整。从以上的介绍中可以看到人工心理、情感计算及和谐人机交互技术的研究对远程教育发展起着至关重要的作用。

应用领域的研究也是人工心理研究的重要课题,因为对应用领域的研究可以极大地促进人工心理和情感计算的发展。其中很重要的一个应用就是在学习和教育上的应用,尤其是在数字化教育迅速发展的时代,开展关于人工心理与人工情感在数字化教育方面的应用研究是非常有意义的,将极大地促进数字化教育的发展和应用推广。

1.2 现代远程教育中的情感技术问题

1.2.1 远程教育中的情感缺失问题和人工情感研究

1983 年，著名的远程教育专家德斯蒙德·基更对远程教育（远距离教育）的定义做出如下的描述："远程教育是教育致力开拓的一个领域，在这个领域里，整个学习期间，教师和学生处于准永久性分离状态；学生和学生在整个学习期间也处于准永久性分离状态；技术媒体代替了常规的、口头讲授的、以班级授课制为基础的教育的人际交流，教师和学生进行双向交流是可能的，它相当于一个工业化的教育过程。"远程教育环境下的师生交往并非是在真实情境中进行的，但所发生的情感交流却是实实在在的，不能因为远程交往虚拟化就否认师生之间存在真实情感。远程教育最基本的特征就是学生与教师分离，学生与学生分离，也是区别于常规教育的基本特征。正是因为这种准永久性分离状态的存在，使得远程教育中的教师和学生、学生和学生不能像常规教育那样及时地、面对面地进行知识、经验的交流。课堂与校园文化氛围的分离对远程教育的影响远远大于物理上的分离。在传统的课堂教学环境下，教师的一个眼神、一句话、一个动作都会对学生的学习产生影响。远程教育中师生不能进行面对面的情感交流，面部表情、语音、语调所带来的情感信息在传输过程中丢失了，所有这些情感信息的缺失都将对师生之间的情感交互产生一定的影响。一方面，学生难以感受到教师对他们的关注，在学习中容易产生迷茫、懒散的情绪；另一方面，教师同样也很难体会到学生的感受，无法有效控制学生的学习进程。

一些学校的网络机构在 2006 年对 203 例接受远程教育的学生进行了两张问卷调查，表1-1 是关于在远程教育中学生和老师分离这种模式对教学带来的负面影响；表 1-2 是关于远程教育教学缺乏交流给学生带来的负面影响。

表 1-1　师生分离模式对教学带来的负面影响

影 响 程 度	非常大的影响	明显的影响	一定的影响	没 有 影 响
学生数量	33	81	62	27
学生比例（％）	16.3	40.2	30.3	13.2

表 1-2　缺乏交流给学生带来的负面影响

影 响 程 度	非常大的影响	明显的影响	一定的影响	没 有 影 响
学生数量	42	87	42	32
学生比例（％）	20.8	43.0	20.6	15.6

可以看出，认为师生分离模式对教学带来显著负面影响的占 56.5%，而认为缺乏交流给学生带来显著负面影响的已经占到了 63.8%。

为了弥补时空分离的缺陷，现代远程教育利用技术媒体特别是以计算机和网络为代表的多媒体代替了常规媒体，这使得远程教育具有了时空自由、资源共享、系统开放、便于协作等优点。然而这些优势仍旧无法满足师生间情感交流的需求，因为目前大部分现代远程系统只不过是将先进的现代信息技术当做简单的通信工具，利用网络技术进行"课本搬家"或

"电子教案"教学,在网络上发布一些文本化的教学内容或练习题等。这种"电子课本"没有借助多媒体交互技术的优势,也没有充分发挥网络的作用,更缺乏情感的激励,单调乏味的文字资料信息传输代替了多姿多彩的课堂教学,学习者只看到与文字教材差不多的流媒体教材,而看不到教师声情并茂的"情感化教学角色"的表演,学习者面对的是隐匿在显示器后的"教师形象",而无法真正聆听到教师富有表现力的讲课语言,更看不到具有个性风格特点和强烈知识暗示色彩的教师表情语言、体态语言和行为语言,使得传统课堂上那种能够引导教师知识点拨欲望的活生生学习者文化群体形象、能触发学习者群体进行知识感悟的教师文化个体形象已不复存在。在整个学习过程中,学习者唯一可以"交流"的对象是机器教师,然而学习者与计算机之间的交互依靠的只有键盘和鼠标,计算机不仅"盲"——不具备视觉功能,"哑"——不具备语言功能,并且"聋"——不具备听觉功能,更谈不上具备"善解人意"的能力,即理解和适应人的情绪或心境的能力。当学习者长时间面对这样一台没有情感的冷漠计算机屏幕而感受不到交互的乐趣和情感激励时,就会引起反感,从而影响其学习效果。

因此如何对远程教育中的情感进行计算和分析,是影响到远程教育效果的决定性因素。它也是当前远程教育中急需解决的问题。

1.2.2 远程教育情感识别系统的研究意义

马斯洛的人类需要层次理论认为人的需要按重要性和层次性排成一定的次序,这些需要分为基本的生理需要、安全需要、社交需要、尊重需要和自我实现需要。当人某一级的需要得到最低限度满足后,才会追求高一级的需要,如此逐级上升,成为推动继续努力的内在动力。由于需要是人类内在的、天生的、下意识存在的,因此,远程教育中的学习者也同样具有与老师和同学交流的需要、由于完成任务而渴望得到老师赞许和同学尊重的需要以及自我实现的需要。但是准永久性的时空分离却使得这些需要根本无法满足,远程教育学习者只能通过网络课件、虚拟实验室或者专家系统来帮助自己学习,在虚拟世界里,理性工具淡化了非理性的情感,数字的脉冲代替了交流的乐趣,学习者个体的学习行为充满了孤独单调的气氛,难以产生轻松愉快的心情,学习者没有了竞争和评价的意识,因此学习动机和兴趣大大下降,学习效率也大大下降。

情感心理学习理论是影响较大的教育理论之一,该理论认为教学活动以传递认知信息为主,但教育的对象是人,因此必须考虑教学中情感因素的作用。教学中包括显性的认知信息和隐性的情感信息,在传统教学活动中师生间不仅有认知方面的信息传递,而且也有着情感方面的信息交流,师生之间的认知信息和情感信息交流是互相影响的。情感信息的交流方式有一种是伴随着教学认知信息传递而形成的情感交流,另一种是师生人际交往中的情感交流。伴随认知信息传递形成的情感交流虽然不属于认知信息交流,但是会影响学生的信息加工能力和积极性,从而影响认知信息传递;同时这种情感还会泛化到师生的人际情感交流,而人际情感交流反过来又通过伴随认知信息传递形成的情感交流间接影响认知信息传递。现代心理学的研究也表明,情感在人类的认知过程中起到很大的作用,它将会影响学生的行为和认知过程,比如注意力、记忆和决策思维水平。Krashen 的情感过滤假说认为,语言学习者的情感状态或态度可影响学习者所必需的输入。Stern 也认为情感因素对语言学习的影响至少和认知因素一样大,而且往往更大。

针对远程教育中情感缺失问题，已经尝试了一些解决方案，如融入科学人文主义教育思想，强调"以人为本"的人文关怀；利用网络和多媒体技术的优势，创设教学情境，借助于CSCW（计算机支持的协同工作）技术和 CSCL（计算机支持的协同学习）技术构建协作学习模式，使学生在虚拟学习环境中能与他人进行充分的交流和协作；完善与发展网络技术，利用交互视频技术为远程教育增添活力。另外，利用情感计算相关理论和技术可以构造出具有情感交互功能的系统。智能化的远程教学系统虽然解决了传统的辅助教学系统缺乏推理机制和学生模型的支持，使得系统可以根据学生的知识水平和认知能力为学生提供可定制的、个性化的学习策略和学习内容，然而它并没有考虑学生的情感因素，因而不能以自然和谐的人机交互方式来进行"人—人"（Human to Human）的教学方式，以达到面对面（Face to Face）的教学情境。人是具有丰富感情的，面对面的师生情感沟通具有潜移默化的教育作用，而在远程教学系统中教师与学生之间不能像常规教育那样及时地、面对面地进行知识、经验的交流。当学习者长时间面对冷漠的计算机屏幕而感受不到情感互动时，就会引起反感，从而严重影响其学习效果。因此人们很自然地期望远程教育中的计算机具有情感智能。将其人工情感融入远程教育系统中必将使学习方式产生巨大变革。

1.3　相关学术资源

1.3.1　已有的研究成果

随着人工心理与人工情感研究的推进，目前国内外已经展开了远程教学系统（E-Learning 系统）中的情感交互研究，出现了一些情感教学系统。美国麻省理工学院（MIT）的 Katharine Blocher 提出的培养儿童情感智能的情感教学系统 Affective Social Quest，主要用于帮助儿童尤其是孤僻儿童来识别社会情感，让他们能有效地辨别情感，从而更好地从事社会活动以及与他人进行情感交流。Picard 早在 1997 年就提出了将情感计算引入 E-Learning 的设想，提出的情感学习伙伴是一个帮助学生学习、在学生困惑及受到挫败时给予帮助的学习同伴，而不是以教学导师的立场来指导学生的学习。系统中设计了情感教学 Agent，分为无具体形象的 Agent 以及有具体形象的生动 Agent 两种。情感教学 Agent 在进行教学的同时，对学生的情感状态及学习状态进行全程实时的监控，当学生的情感状态或学习状态发生改变时，系统根据预定的规则对学生的情感进行调节，可根据当前任务状态给出适当的提示信息，以提高学生学习的效率。相对于无具体形象的 Agent，有生动形象的 Agent 在情感教学过程中，还可通过表情表达自己的情感，甚至还要融入自己的个性因素。Fatma Nasoz 提出了一个基于多模态情感用户接口的虚拟人 Avatar 系统，系统想要达到的目标是，教师可以通过情感教学 Avatar 对学生情感状态的模拟来了解学生的情感状态；同时，情感教学 Avatar 也可以在学生学习的过程中表达自己的情绪，如当学生遇到挫败时，Avatar 可以表达自己的同情感。

根据 Benita Werner（2006 年）的调查，101 个作为调查样本的高校中，有 72 所设立了 E-Learning 中心或类似的机构，向教师和学生提供 E-Learning 咨询、培训或介绍。这些机构有的叫"E-Learning 中心"，有的叫"多媒体中心"，有的叫"（新）媒体中心"，有的叫"虚拟高校"。在这些机构中，通常有多人专职从事与 E-Learning 相关的工作。有些高校没有设立专门的中心，只是在其他部门，如计算机中心、媒体中心、学术交流中心、进修中心、高校教学中心，甚至是图书馆设立 E-Learning 相关的事务部门。德国各高校使用的平台各有千秋，有些是全校通用的，有些只在部分专业或课程中试用。

下面介绍一些典型的系统应用情况。

1）以哈根远程大学为代表的虚拟大学学习空间，其特点是将整个大学完全搬到网上，在一个系统中有机整合一所大学的所有功能，学校的教学系统、教辅系统和管理系统完全在线化，最大限度地向学生提供时间和空间上的灵活性，与我国各个高校网络学院的门户网站在功能、结构和内容上很接近。网址为 http：//www.fernuni-hagen.de/。

2）以科隆大学为代表的虚拟大学系统项目，其主要特点是开发一个虚拟的大学学习管理平台 ILIAS，在这个平台上整合各种新的技术媒体，具有实用性和可移植性。ILIAS 是科隆大学自主开发的一个开源软件，世界上多个国家都引进了该系统，包括我国的同济大学。ILIAS 支持 LOM、SCORM 1.2、SCORM 2004、IMSQTI、AICC 等标准的课件，有丰富的插件，功能强大，兼容性强，可以满足不同使用单位的需求，可支持不同教学理念指导下的在线学习，但目前汉化程度还比较低。网址为 http：//www.virtus.uni-koeln.de/。

3）德国由高校联合会发起，多家高校参与的 VIROR 项目，其主要特点是跨校共享分布式资源、突破时间和地点的限制，为学生提供个性化的学习界面，并将多媒体作为学习辅助手段。网址为 http：//www.viror.de/。

4）汉诺威大学的教育技术实验室，其特点是利用多媒体扩大学校的专业数量，借助 E-Learning 在不同专业领域不断开设新的学习专业，以便学校能够顺应社会和经济发展的需求，扩大招生规模，并将现有的学习活动和以后的学习活动紧密联系。网址为 http：//www.etl.uni-hannover.de/。

5）天津师范大学马希荣基于天津市科技发展计划项目"和谐人机交互系统中情感计算的理论与方法研究"，开发了"基于多传感器数据融合的情感识别及预测系统"原型系统，初步实现了从情感相关信号采集与处理、信号融合，到情感建模、情感识别、情感生成等情感计算原型系统的必要部分。

6）首都师范大学信息工程学院王万森教授基于北京市自然科学基金"基于情绪认知模型的个性化数字教育关键技术研究"，开发了"基于情绪认知模型的数字教育"原型系统，通过对人工心理和情感计算的研究，将情感计算的概念引入到网络教学系统，通过对学习者面部表情的识别，根据构建的基于模糊逻辑的情感认知模型对学习者的学习状态进行分析，针对学习者学习情绪的不同进行智能化调整。

7）新加坡南洋理工大学的 E-Learning 系统——edveNTUre，edveNTUre 是"Adventure"的变形，意思就是将在新学习环境下的学习作为一种探索新知识的探险之旅。名称中的"e"表示知识经济下的所有电子事物，也代表学习的有效性；"ed"代表"education"；嵌入其中的 NTU 则代表南洋理工大学。edveNTUre 以 Blackboard 作为基础平台，整合了一系列其他实用的系统如 Blackboard 资源管理系统、eUreka 项目工作管理系统、学习活动管理系统（LAMS）以及一些软件工具。南洋理工大学（NTU）在 2004 年为"新加坡-麻省理工联盟"远程学习项目运用了一套具有高交互能力的新型学习设施——视频会议系统，他们将配备有该套设施的教室称为"智能教室（Smart Classroom）"。麻省理工学院（MIT）的讲座可在 MIT 做实况转播，学生们坐在"智能教室"听讲，讲座进行过程中，摄像头在整个教室移动拍摄，MIT 的老师可以近距离看到学生们的表情。当 NTU 的学生需要和老师进行交流时，他可以按压"讲话"按钮向老师提出问题，此时摄像头可立即翻转、倾斜并聚焦到这位同学身上，并将其非常清晰的音-视频信息毫无延迟地传送到 MIT，MIT 的讲课老师可以很清楚地看到提问题同学的图像。同样"智能教室"的学生们也可以看到老师以及他们自己的影像。为进一步加强学习效果，整个讲座过程都被录制下来，通过一个自动数字视频存档系统将其数字化并上传到一个正在运行的服务器上。第二天学生们就可在 Web 服务器上看到这场讲座。

8）北京大学 E-Learning 进入全面推进阶段。E-Learning 被列入北京大学全校数字化校园建设整体规划，全校开始使用统一的"北大教学网"作为 E-Learning 平台，功能全面，技术门槛低，具有普通信息素养的教师可很快掌握。同时由专门机构负责培训、推广和技术支持工作，有计划、有步骤地推进全校 E-Learning 建设，目前全校 E-Learning 课程已超过1000 门。

1.3.2 相关的国际会议

随着现代远程教育（E-Learning 系统）的发展和应用推广的需要，情感计算及远程教育相关的国际会议影响也越来越大。

1）开放和远程教育国际会议：开放和远程教育国际大会是世界远程教育领域最具规模和权威的盛事。会议由国际开放与远程教育协会（ICDE）主办，每两年举行一次。会议的主题为："在网络世界里终身学习"。2008 世界开放与远程教育论坛是中国举办的规模最大的远程教育国际会议。主题为"开放远程教育的未来与学习型城市建设：新挑战、新机遇、新战略"，邀请了 11 位中外专家作主题演讲，介绍国际开放与远程教育的最新发展、理论与实践。论坛由联合国教科文组织、国际远程教育理事会、中国联合国教科文组织全国委员会、上海市教育委员会、上海远程教育集团主办。

2）国际远程教育前沿论坛：2010 年 10 月北京举行"2010 国际远程教育前沿论坛"。论坛由全国现代远程教育协作组、北京大学和英国开放大学联合举办，来自英国、加拿大、韩国、中国的远程教育专家、学者近 300 人。论坛的主题是"前瞻、引领、开放、践行"，探讨远程教育在高校教育、企业培训、基础教育、社区与农村教育等领域的发展现状、最新理论。

3）高校现代远程教育研讨会："高校现代远程教育研讨会"由全国高校现代远程教育协作组主办，以"远程教育的实质性发展——协调与创新"为主题，旨在加强远程教育举办者与实践者的交流，促进远程教育工作者与研究人员的合作，进而推动远程教育和谐与实质性发展，促进远程教育专业和学科建设。

4）国际情感计算及智能交互学术会议：当前国际人工智能领域对人工情感和认知领域的研究日趋活跃。美国人工智能协会（AAAI）连续组织召开专业的学术会议对人工情感和认知进行研讨，国内的研究者也开展了许多的研究工作和学术活动。2003 年 12 月在北京召开了第一届中国情感计算及智能交互学术大会。2005 年 10 月在北京召开第一届情感计算和智能交互国际学术会议，集合了世界一流的情感计算、人工情绪和人工心理研究的著名专家学者。

5）开放教育国际会议：2008 年 4 月，以"发展、应用、合作和可持续性"为主题的第四届开放教育国际会议在中国大连召开。这是继 2003 年北京会议、2004 年上海会议、2006 年西安会议之后开放教育资源领域的又一次盛会。会议由大连理工大学、开放课件联盟（OCW Consortium，OCWC）和中国开放教育资源协会（China Open Resources for Education，CORE）联合举办。会议围绕开放教育资源的发展、应用、合作和可持续性等相关问题进行探讨和交流。

1.4 本书的组织结构

本书基于当前远程教育发展的要求，以情感计算技术应用为基础，以践行远程教育过程中情感识别、情感交互为目标，以人工心理理论、图像识别技术、情感建模为指导，总结笔者所在课题组的研究成果，搭建出具有情感交互特性的远程教育系统原型，实现了远程教育中的人性化交互教学、个性化因材施教、学习者情感交互等智能远程教育的典型需求，为人工心理的应用和远程教育的发展画上了浓厚的一笔。

本书的组织结构如图 1-3 所示。

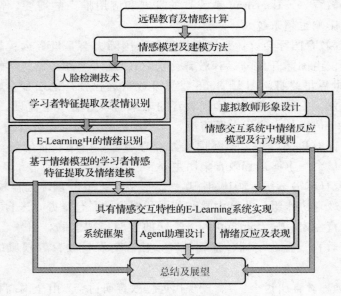

图 1-3　本书的组织结构

第 1 章介绍了课题研究的背景和意义，综述了 E-Learning 系统和情感计算的研究现状，并介绍了课题研究的目标和本书的组织结构。

第 2 章从情感计算当前研究现状入手，介绍了情绪心理学的相关概念，并总结归纳了当前常用的几类情感模型及其适用系统。

第 3 章介绍了人脸检测技术、人脸特征提取技术，并基于肤色模型、人脸几何特征提取、HMM 人脸特征识别实现了人脸检测、表情特征提取，为表情识别及情绪交互奠定了基础。

第 4 章给出了具有实用性的 E-Learning 系统学习情绪识别的方法，并对其中基于维度情绪论、OCC 模型、DBN 模型的学习情绪模型进行了介绍。随后在情绪心理学维度论及图像处理的基础上，给出了适合 E-Learning 系统应用的情感模型——学习者学习兴趣检测（趋避度和专注度）模型，并给出了情绪强度，情绪角度及情绪计算的相关定义。

第 5 章构建了个性化虚拟教师的情感反应模型，实现了小样本情况下智能 Agent 助理的情绪反应分类模型，规划了智能 Agent 助理的行为规则、交互表现规则等，为系统实现同学习者的交互、系统的智能化和自主管理、系统和谐人机交互奠定了基础。

第 6 章根据学习支持的相关理论，完成了基于移动 Agent 的 E-Learning 系统框架搭建，通过 Agent 动画显示模块的设计、个性化教学助理情绪的检测、情绪的生成、情绪反应的设计和实现，完成了远程教育中情感交互和情景教学。

参 考 文 献

[1] 孟昭兰. 人类情绪 [M]. 上海：上海人民出版社，1989.

[2] 王志良. 人工心理学——关于更接近人脑工作模式的科学 [J]. 北京科技大学学报，2000 (10).

[3] Picard R W. Affective Computing [M]. London：MIT Press，1997.

[4] 黄宇霞，罗跃嘉. 情绪的 ERP 相关成分与心境障碍的 ERP 变化 [J]. 心理科学进展，2004 (12).

[5] 魏景汉，罗跃嘉. 认知事件相关脑电位教程 [M]. 北京：经济日报出版社，2002：2-5.

[6] Tracy T J，Ramsey J. Emotions [M]. London：The Guilford Press，2001.

[7] 维克托·S·约翰斯顿. 情感之源——关于人类情绪的科学 [M]. 翁恩琪，等译. 上海：上海科学技术出版社，2002.

[8] 林秀曼. 现代远程教育初学者指导策略研究 [D]. 广州：华南师范大学，2005.

[9] 冯奕兢. 以人为本——远程教育生存与发展的基础理念 [J]. 中国远程教育，2002 (11).

[10] 齐鸣. 远程教育学习支持服务研究的国际趋势 [J]. 中国远程教育，2003 (1).

[11] 蓝斌，周值强. 电大教育教学过程的人性化管理 [J]. 现代远程教育，2004 (4).

[12] 陈肖生. 网络教育与学习适应性研究综述 [J]. 中国远程教育，2002 (3).

[13] 张建伟，吴庚生，李绯. 中国远程教育的实施状况及其改进——一项针对远程学习者的调查 [J]. 开放教育研究，2003 (4).

[14] 安均富. 专家访谈：如何看待远程教育的教学质量问题 [J]. 中国远程教育，2002 (4).

[15] 丁新，聂瑞华，卢和琰. 远程学习方法与技术 [M]. 广州：华南理工大学出版社，2004：7-13.

[16] 李克东，赵建华. 混合学习的原理与应用模式 [J]. 电化教育研究，2004 (6).

[17] 韩保君，李丽. 高等远程教育的发展方向 [J]. 中国有线电视，2002 (14).

[18] 王陆，王美华. ITS 系统中基于关系模型的知识表示 [J]. 北京大学学报：自然科学版，2000，36 (5)：660-663.

[19] 张晓波，韩永国，林勇，等. 基于 Agent 的个性化教学系统研究 [J]. 计算机应用研究，2006 (10)：189-192.

[20] 李志平，刘敏昆，孙瑜. 基于 Web 的智能教学系统研究 [J]. 计算机工程与应用，2006 (2)：208-211.

[21] Conati C. Probabilistic assessment of user's emotions in education games [J]. Journal of Applied Artificial Intelligence，2002：555-575.

[22] 胡凡刚，马秀峰. 影响网络学习质量的心理因素探析. 教育研究 [J]，2002 (7)：30-32.

[23] 陈琦，刘儒德. 教育心理学 [M]. 北京：北京师范大学出版社，2002.

[24] 王志良. 人工心理研究进展 [C]. 北京：第一届中国情感计算及智能交互学术会议，2003.

第 2 章 情感模型及建模方法

目前人工智能的研究发展已经达到了较高的水平，同时它的研究内容也在逐步扩展和延伸。认知和人的情感的研究是人工智能的高级阶段，它的研究将会大大促进拟人控制理论、情感机器人、人性化的商品设计和市场开发等方面的进展，为最终营造一个人与人、人与机器和谐的社会环境做出贡献。心理学家认为，人工智能下一个重大突破性的发展可能来自赋予计算机更多的情感智能。对人的情感和认知的研究是在人工智能理论框架下一个质的进步，因为从广度上讲它扩展并包容了感情智能，从深度上讲感情智能在人类智能思维与反应中体现了一种更高层次的智能。对人的情感和认知的研究必将为计算机的未来应用展现一种全新的方向。这个领域的研究主要包括情感计算（Affective Computing）、人工心理（Artificial Psychology）和感性工学（Kansei Engineering）等。

人工心理理论是由中国北京科技大学教授、中国人工智能学会人工心理与人工情感专业委员会主任王志良教授提出的。他指出，人工心理就是利用信息科学的手段，对人的心理活动（着重是人的情感、意志、性格、创造）更全面的一次人工机器（计算机、模型算法等）模拟，其目的在于从心理学广义层次上研究人工情感、情绪与认知、动机与情绪的人工机器实现问题。

日本从 20 世纪 90 年代开始了感性工学的研究。所谓感性工学，就是将感性与工程结合起来的技术，是在感性科学的基础上，通过分析人类的感性，把人的感性需要加入到商品设计、制造中去，它是一门从工程学角度研究能给人类带来喜悦和满足的商品制造的技术科学。

欧盟国家也在积极地对情感信息处理技术（表情识别、情感信息测量、可穿戴计算等）进行研究。欧洲许多大学成立了情感与智能关系研究小组。其中比较著名的有日内瓦大学 Klaus Soberer 领导的情绪研究实验室。布鲁塞尔自由大学的 D. Canamero 领导的情绪机器人研究小组以及英国伯明翰大学的 A. Sloman 领导的 Cognition and Affect Project。在市场应用方面，德国 Mehrdad Jaladi-Soli 等在 2001 年提出了基于 EMBASSI 系统的多模型购物助手。EMBASSI 是由德国教育及研究部（BMBF）资助并由 20 多个大学和公司共同参与的，以考虑消费者心理和环境需求为研究目标的网络型电子商务系统。

我国对人工情感和认知的研究始于 20 世纪 90 年代。哈尔滨工业大学研究多功能感知机，主要包括表情识别、人脸识别、人脸检测与跟踪、手语识别、手语合成、表情合成、唇读等内容，并与海尔公司合作研究服务机器人。清华大学进行了基于人工情感的机器人控制体系结构的研究。北京交通大学进行多功能感知机和情感计算的融合研究。中国科学院自动化研究所主要研究基于生物特征的身份验证。

2.1 情感计算的研究现状

近年来，情感计算的研究普遍受到学术界和企业界的关注。美国人工智能学会近年来都有此方面的专门研讨会，比如 2004 年的 FLAIRS-04 的 Special Track on Computing With Emotions、国际 SCI04 的 Invited Session on Emotion Processing。美国和欧洲的各个信息技术实验室正加紧对情感系统的研究步伐。麻省理工学院、剑桥大学、飞利浦公司等通过深入研究"环境识别"、"环境智能"、"智能家庭"等科研项目来开辟这一领域。例如，麻省理工学院媒体实验室情感计算小组研制的情感计算系统，通过记录人面部表情的摄像机和连接在人身体上的生物传感器来收集数据，然后由一个"情感助理"来调节程序以识别人的情感。如果你对电视讲座的一段内容表现出困惑，情感助理会重放该片段或者给予解释。麻省理工学院"氧工程"的研究人员和比利时 IMEC 的一个工作小组认为，开发出一种整合各种应用技术的"瑞士军刀"可能是提供移动情感计算服务的关键。MIT 提出的"氧工程"就是一项由宏基、诺基亚、惠普和飞利浦等公司资助的以人为中心的计算机研究项目。该研究计划来源于 4 个方面的考虑：① 让计算机帮助人们提高工作效率；② 了解计算和通信技术的发展趋势；③ 让计算机为用户服务；④ 使计算机理解人的需要。

学术界较早对情感进行系统研究的是美国 MIT 媒体实验室的 R. Picard。1997 年，Picard 出版专著 *Affective Computing*，书中给出了情感计算的定义，即情感计算是关于情感、情感产生以及影响情感方面的计算，对情感计算的研究作了系统介绍，认为目前情感计算主要分为 3 个方面，即让机器发自内心地拥有情感驱动力、让机器表现得似乎拥有情感以及让机器能够识别理解人类的情感表现。他们目前的工作侧重于有关情感信号的获取（如各类传感器的研制）、情感计算的应用和可穿戴计算机。可穿戴计算机可为情感计算的研究提供一个很好的研究平台，这种计算机的特点是可以巧妙地构成日常穿戴的一部分，如手表、眼镜、项链、手镯、服装、鞋、帽等，从而将情感计算、移动计算和计算机融合而实现真正个性化的人机融合，从而引起了各界人士的兴趣。

日本在 20 世纪 70 年代提出了"感性工学"的概念，在文部省主导下，90 年代以来日本各个学术领域，积极引入感性工学的观念。尤其在诸如机械人工程、人工智能、心理学、认知、情报处理等学科，许多研究者都进行相关研究。值得一提的是筑波大学原田昭教授所主持的一个超大型特别研究项目："感性评价构造模式的构筑"。该计划由 1997 年 7 月起，为期 3 年，集中了约 50 位各国研究人员，包括工业设计、机械人工程、控制工程、资讯工程、信息管理、认知科学、美学、艺术等众多领域的专家团队，分为感性评价、程序与感性数据库和机械人系统三组。该计划在全球几个重要的美术馆，设置附摄影机的机械人；然后让受测者在别的地方（国家），通过网际网络的计算机联机，远距离遥控机械人来观赏艺术品；将受测者操纵机械人的整个过程，记录加以分析整理，以期能了解观赏者在鉴赏艺术品时，如何建立其感性评价的心理机制。

国内对情感信息处理的研究认识也逐渐提高。2003 年 12 月在北京召开了第一届中国情感计算及智能交互学术会议，标志着国内学术界对情感信息处理研究的肯定和认同。北京科技大学王志良教授首次提出了人工心理的概念，对人的心理活动（包括情感、意志、性格、创造等）进行人工模拟，并确立了人工心理理论结构体系（目的、法则、研究内容、研究方法、应用范围）并把这一理论应用于情感机器人、商品选购系统等实际生活中，取得了较好的效果。目前该课题组正在情感建模、人机情感交互系统、情感机器人等方面进行深入探讨。哈尔滨工业大学以高文教授为主，研究多功能感知机，它是将人工智能与并行处理相结合，将智能体技术、数字模拟混合计算（利用自然法则计算）技术、并行计算技术、实时处理技术以及语音识别、表情识别、人脸识别、人脸检测与跟踪、文字识别、手语识别、手语合成、表情合成、自然语言理解等技术有机结合在一起，构造一个可以研究和开发，包括视觉、听觉等人类语言（自然语言＋人体语言）的软件和硬件平台，其中人体语言的认知与理解包括手势、表情、头部运动的身体动作和会话过程中肯定、否定以及其他人体语气语言的识别，并与海尔公司合作研究服务机器人。中国科学院计算技术研究所王兆其的研究组正在研究带有表情和动作的虚拟人。北京工业大学正在进行多功能感知机和情感计算的融合研究。中国科学院自动化研究所谭铁牛的研究组主要从事基于生物特征的身份验证。重庆大学主要研究智能服务、增强现实、环境感知、智能手表等，注重软件方面的研究。最近成立的东南大学学习科学研究中心把儿童面部表情与情感语音信息分析、情绪与认知、虚拟现实与脑科学可视化技术、认知与生物信息学研究作为中心主要研究方向。更为重要的是国家自然科学基金项目将和谐人机交互环境中的情感计算理论研究列为 1998 年信息科学技术高技术探索第六主题，这进一步说明情感计算在我国的研究也逐步得到重视。

2.1.1　情感计算

情感计算（Affective Computing）的概念由美国 MIT 媒体实验室的 R. Picard 于 1995 年提出，并于 1997 年正式出版专著 *Affective Computing*。在书中她定义"情感计算是与情感相关、来源于情感或能对情感施加影响的计算"。

所谓的情感计算就是试图赋予计算机像人一样的观察、理解和生成各种情感特征的能力。情感计算研究就是试图创建一种能感知、识别和理解人的情感，并能针对人的情感做出智能、灵敏、友好反应的计算系统。

R. Picard 将情感计算的研究内容具体分为 9 个方面：情感机理、情感信息的获取、情感模式识别、情感的建模与理解、情感合成与表达、情感计算的应用、情感计算机的接口、情感的传递与交流、可穿戴计算机。目前的工作侧重于有关情感信号的获取（如各类传感器的研制）与识别。情感计算可以从两个方面理解：一是基于生理学的角度，通过各种测量手段检测人体的各种生理参数，如心跳、脉搏、脑电波等并以此为根据来计算人体的情感状态；二是基于心理学的角度，通过各种传感器接受并处理环境信息，并以此为根据计算人造机器（如个人机器人）所处的情感状态。

2.1.2　感性工学

日本学者 Nagamachi 提出一种以消费者为导向的新产品开发技术，即感性工学（Kansei Engineering），并将感性工学定义为：将消费者对于产品所产生的感觉或意象予以转化成设计要素的技术。感性工学有这样 4 个主要的方向：① 如何通过对人的心理评估来掌握消费者对于产品的感觉；② 如何通过消费者的感觉来找出产品的设计特征；③ 如何建立一套人因技术的感性工学；④ 随着社会的变化以及人们的偏好趋势来修正产品设计的方向。感性的测量方法主要有表出法和印象法两种。

表出法对于人类五感在生理上的"感觉量"进行测定，即对视觉、听觉、触觉、痛觉、温觉、味觉、嗅觉、筋肉感觉、平衡感、时间感等进行测量。另外，感觉量中的舒适性与人体生理的变化量，理论上相当程度能视同一致。人们受到外在刺激后，通过测量生理上反应值的变化，如血压、呼吸、心跳等，将这些数值转化为舒适性的值。这些测定方法与技术，基本上都是通过测定人体外在的生理变化来推导。

由于外在"表出法"的测量有其一定的局限性，相对于此，另一个方式便是测量内在的"印象法"。印象法受测者接受不同程度的外在刺激后，以问卷的方式让其陈述自己的感受，从而将内在的感性信息定量化。

总体来说，所谓感性工学，就是将感性与工程结合起来的技术，是在感性科学的基础上，通过分析人类的感性，把人的感性需要加入到商品设计、制造中去，它是一门从工程学的角度实现能给人类带来喜悦和满足的商品制造的技术科学，感性工学由于可以给人们的生活带来快乐和舒适，因而也被称为"快乐而舒适"的科学。

实际上，感性工学与工业设计的一些基本想法不谋而合。所不同的是，过去工业设计偏重在定性的推演与联想，定量的研究与演绎其实是近些年才开始逐渐形成的趋势。

2.1.3 人工心理理论

人工心理理论由北京科技大学王志良教授首次提出。人工心理研究的是对人的心理活动（着重是人的情感、意志、性格、创造）的全面内容进行一次人工机器实现。它以人工智能现有的理论和方法为基础，是人工智能的继承和发展，是人工智能发展的高级阶段，并有着更广泛的内容，同时人工心理学是一门交叉学科，其理论源于脑科学、心理学、生理学、伦理学、神经科学、人类工学、感性工学、语言学、美学、法学、信息科学、计算机科学、自动化科学、人工智能等。它的应用范围主要是情感机器人的技术支持、拟人机械、人性化商品设计、感性市场开发、人工心理编程语言、人工创造技术、人类情感评价计算机系统、人类心理数据库及数学模型、人机和谐环境技术和人机和谐多信道接口等。

当前在人工心理理论方面的主要研究内容有：

1）研究建立人工心理的理论结构体系（目的、法则、研究内容、应用范围、研究方法等）。尤其是人工心理学说的定义、研究规则、研究内容的界定问题，主要使其研究符合人类道德规范，这个问题在人工智能领域是不存在的。

2）研究人工心理与人工智能的相互关系，如何使两者相辅相成、互相促进、共同发展。尤其是借鉴人工智能已有的研究成果，建立人工心理的理论体系。

3）抑制不良情绪的机器算法，这是由其研究法则所决定的。

4）人类心理信息的数学量化（心理模型建立、心理状态评价标准）。

5）情感在决策中作用模式的机器实现，这主要是模拟人脑的控制模式，建立感知觉和情感决定行为（人脑控制模式）的数学模型。

6）借鉴人工智能（计算机）编程语言的发展过程，探索人工心理（计算机）编程语言的建立方法。这是一个具有挑战性的课题。人工智能编程语言是以知识表示和逻辑推理为特征的逻辑型语言；而人工心理编程语言应该是以联想推理、混沌运算、发散思维、模糊归纳为特征的联想型语言。

7）情感培养的机器算法。

8）人的心理暗示与作用模式建立。

人工心理理论与感性科学、情感计算都是研究与情感相关的信息。但感性科学从"感性"的角度来研究关于信息处理的方法、过程以及用计算机实现的方法，偏重于对商品的观感和舒适感进行研究，并没有致力于对情感交互能力的研究；情感计算则侧重于采用一定的物理手段获取与情感相关的信息，目前侧重于对情感的测量和识别，其中测量方法较多的集中在对生理信号的测量。人工心理理论是利用信息科学的手段，对人的心理活动（着重是人的情感、意志、性格、创造）的全面内容进行一次人工机器（计算机、模型算法等）实现，它的范围更加宽广，可以认为人工心理是人工智能在横向和纵深方面的更进一步的发展。人工心理目前着重于对混合智能系统中的适应性、情感交互能力以及认知方面的深层探索。

2.2　情绪心理学的基本概念

2.2.1　情绪的定义

传统心理学把心理现象分为 3 个过程，即认识过程、情绪过程和意志过程。认识过程是对外界刺激事件本身特性的反映。人们凭借认识活动，在心理上处理事件、加工信息、进行决策、解决问题。意志过程是认识活动的能动方面和自觉调节方面，是在决策和解决问题的过程中，更多的体现意识上的加工，并在行动上付诸实现的过程，是认识活动于必要时在行动中的体现。

情绪与认识和意志不同，情绪是人类对客观事物的态度体验与相应的行为反应，它似乎同人的切身需要和主观态度联系着。因此，情绪同认识和意志不是持续的关系，而是带有因果性质互相伴随而产生的。从情绪的角度看，其因果关系和伴随性质应当理解为情绪可以发动、干涉、组织或破坏认知过程或意志行动；从认知的角度看，则应当理解为对事物的评价可以发动、转移或改变情绪反应和体验。在认识和适应客观事物的过程中，人们总是根据个人的需要对客观事物产生某种态度，同时内心产生出某种不同的主观感受。情绪和情感反映的是客观现实与人的需要之间的关系。不同的人由于当前的需要状态不同，对客观事物的态度不同，所产生的情绪、情感体验也就不同。因此，可以说客观事物使人产生的情绪、情感体验取决于当前需要，与人的需要相符的客观事物就会产生积极的情绪、情感体验，与人的需要不相符的客观事物则会产生消极的情绪、情感体验。

不同的心理学家对于情绪有不同的定义。P. Kleinginna 等人在 1981 年收集、分析了 92 种关于情绪的定义，其中部分定义相互差异很大，或很含糊。他们给出了一种对于情绪的比较全面的定义：

情绪是一系列在主观和客观因素之间的复杂的交互作用，神经/激素系统是引起它的媒介，情绪具有以下特征：

1）引起诸如觉醒、快乐、烦恼等心理体验；

2）产生某种特定的认知过程，诸如与情绪相关的知觉反应、评估等；

3）普遍地刺激生理调节，以达到唤醒状态；

4）导致一些行为，这些行为常常是富于表情、目标确定和有适应性的。

孟昭兰则将情绪描述为"情绪是多成分组成、多维量结构、多水平整合，并为有机体生存适应和人际交往而同认知交互作用的心理活动过程和心理动机力量"。情绪具有 3 种主要成分：

1）主观体验：主观体验是情绪最主要的特点，它是指个体对不同情绪的自我感受，与外部反应有着固定关系。

2) 外部表现：外部表现就是我们通常所说的表情，在情感状态发生时身体各部分的动作量化形式。表情包括面部表情、姿态表情和语调表情。面部表情是指面部肌肉的变化所组成的模式，它是鉴别情绪的主要标志。

3) 生理唤醒：生理唤醒是情绪产生的脑基础和生理反应，与多个脑结构有关。

依据情境发生强度、持续度和紧张度，可以把情绪划分为心境、激情和应激 3 种情绪状态。

1) 心境是一种比较微弱而在较长时间里持续存在的情绪状态。心境不是关于某一事件的特定体验，而是一种影响人所有体验性质的情绪倾向，它具有广延、弥散的特点。

2) 激情是一种强烈的、爆发式的、短暂的情绪状态。激情常常是由意外事件或对立意向冲突所引起的。激情可以是正性的，也可以是负性的。暴怒、惊恐、狂喜、悲痛、绝望的激烈状态都是激情的例子。

3) 应激是指人对某种意外的环境刺激所做出的适应性反应，是由于出乎意料的紧急情况所引发的急速而高度紧张的情绪状态。

2.2.2　基本情绪论和维度论

目前心理学中有两种不同情绪研究途径：基本情绪论和维度论。基本情绪论认为情绪在发生上有原型形式，即存在着多种人类的基本情绪类型，每种类型各有其独特的体验特性、生理唤醒模式和外显模式，其不同形式的组合形成了所有的人类情绪。对于基本情绪包括哪些情绪则有不同的看法，最常被提到的是厌恶、愤怒、高兴、悲伤、害怕等。支持基本情绪论的最著名的研究是 Ekman 和 Izard 进行的面部表情和运动反应的研究。

关于情绪的分类，在我国古代的"七情"说（喜、怒、哀、惧、爱、恶、欲）、荀子倡导的"六情"说（好、恶、喜、怒、哀、乐）及西方思想家 Descartes 的 6 种原始情绪基础上，中外心理学家从不同的角度对情绪进行分类。我国心理学家林传鼎将人的情绪归纳为安静、喜悦、愤怒、哀怜、悲痛、忧愁、愤急、烦闷、恐惧、惊骇、恭敬、抚爱、憎恶、贪欲、嫉妒、傲慢、惭愧、耻辱共 18 类。Plutchik 从强度、相似性和两极性 3 个方面进行情绪划分，得出 8 种基本情绪，即狂喜、警惕、悲痛、惊奇、狂怒、恐惧、接受、憎恨。Izard 用因素分析方法，提出人总共具有 8～11 种基本情绪：兴趣、惊奇、痛苦、厌恶、愉快、愤怒、恐惧和悲伤，以及害羞、轻蔑和自罪感。美国心理学家 Krech、Crutchfield 和 Livson 等把情绪分为 4 类：一是原始情绪（快乐、愤怒、恐惧、悲哀）；二是与感觉刺激有关的情绪（疼痛、厌恶和轻快）；三是与自我评价有关的情绪（成功的情绪与失败的情绪、骄傲与羞耻、内疚与悔恨等）；四是与他人有关的情绪（爱和恨）。由此可知，情绪种类有多种，划分情绪的方法亦有多种。而 Ekman 把情绪分为 6 类，即高兴、愤怒、厌恶、恐惧、悲伤、惊奇，在心理学界和工程界占有主体地位。但不管怎样，有关情绪的分类均是在 4 种原始情绪（快乐、愤怒、恐惧、悲哀）基础上进行的。

维度论认为几个维度组成的空间包括了人类所有的情绪。维度论把不同情绪看做是逐渐的、平稳的转变，不同情绪之间的相似性和差异性是根据彼此在维度空间中的距离来显示的。迄今关于情绪的维度，心理学界还没有统一的看法。在心理学中，维量研究的难点在于分析维的含义和名称，不过在情感计算的研究中，维的名称并不重要，因为维是数学-哲学的抽象物，维量的思想意味着可以采用适当的方法建立一个情感空间，每一个情感都可以看成该空间的一个向量，情感之间的变化就是向量的转换，从而实现计算机情感。

情绪的维量（dimension）是指情绪在其所固有的某种性质上，存在着一个可变化的度量。例如，紧张是情绪具有的一种属性，而当任何种类的情绪发生时，在其紧张这一特性上可以有不同的幅度，紧张度就是情绪的一个维量，或一个变量。情绪的维量幅度变化有一个特点，维量具有极性（Polarity），即维量不同幅度上的两极。例如，紧张维的两极为“松弛—紧张”。情绪的维量与极性是情绪的一种固有属性，在情绪测量时必须把它作为一个变量来加以考虑。下面是对一些维度理论的总结：

Wundt, W. 认为感情过程是由 3 对感情元素构成的。每一对感情元素都具有处于两极之间的程度变化。它们是愉快—不愉快、兴奋—沉静、紧张—松弛这 3 个维量。每一种情绪在具体发生时，都按照这 3 个维量分别处于它们两极的不同位置上。Wundt, W. 的感情三维理论虽然建立在主观推测的基础上，但它至今仍有理论和实际的意义。Millenson 认为有些情绪是基本需要（焦虑、欢欣和愤怒），其他情绪则是这些基本情绪的合成。他采用 Watson 的 X、Y 和 Z 因素，发展出一个三维度的情绪坐标系统，以这 3 种原始情绪作为基本轴线。他也清楚地知道他的模式没有包括所有的人类情绪，但他表示，那些被排除在外的情绪只是原始情绪的混合物。Izard 最初提出的 8 个维量是从众多的对情绪情境作自我评估的数据中得出的，后经筛选，确定了 4 个维量。筛选掉的 4 个维量是活跃度、精细度、可控度和外向度。Izard 对所选的 4 个维量解释是：① 愉快维：这是评估主观体验最突出的享乐色调方面；② 紧张维：这是表示情绪的神经生理激活水平方面的；③ 冲动维：涉及对情绪情境出现的突然性，以及个体缺乏预料和缺少准备的程度；④ 确信维：表达个体胜任、承受感情的程度。J. G. Taylor 采用评价（相当于快乐度）、唤醒和行为（相当于趋避度）这 3 个维度值对陌生面孔进行表情识别。我国心理学家彭聃龄等认为情绪维度是情绪固有的特征，主要指动力性、激动性、强度和紧张度。这些特征具有两极性（Two Polarity），如动力性有增力—减力；激动性有激动—平静；强度有强—弱；紧张度有紧张—松弛。综上所述，虽然心理学界对情绪维度观点各不相同，但是大体上我们可将情绪的维度归纳为正负两极（正性情绪—负性情绪）和强弱两端（强烈的情绪—微弱的情绪）。

从人类情绪进化的角度看，基本情绪论和维度论也许并不是矛盾的，承认人类确实存在这先天的非习得的基本情绪，并不代表着一定要否认正负情绪的分离。不过是两者代表了情绪系统中的不同层次，维度位于情绪系统的基层，与机体生存有关的趋避活动密切相关。对于一切生物，情绪的原型形式也许只有快乐和不快乐两种。随着不断进化，在个体与环境交互作用过程中，情感系统变得越来越细化。一直到人类，情绪高度分化，正情绪分化为快乐、喜欢、爱等；负情绪分化为厌恶、愤怒、恐惧以及忧愁、悲伤、痛苦等。新生儿也许只有基本情绪，但随着时间的推移，后天环境和学习的影响，使得情绪变得更为系统化和复杂化，新的情绪类型不断增加，如羞耻和尴尬等。而这样的生物进化和个体发展过程与神经系统的不断进化和发育是分不开的，这就说明了情绪既不是先天基因也不是后天环境单独决定的，而是两者的共同作用。

混合了维度和基本情绪理论的典型代表是 Plutchik. R 所提出的情绪锥球。他认为任何情绪的相近程度都有不同，任何情绪都有与其在性质上相对立的另一种情绪，任何情绪都有不同的强度。他采用强度、相似性和两极性 3 个维量并用一个倒立的锥体，在锥体切面上分隔为块，切面上的每一块代表一种原始情绪，共有 8 个原始情绪，每种原始情绪都随自下而上强度的增大而有不同的形式；截面上处于相邻位置的情绪是相似的，处于对角位置的情绪是相对立的；截面中心区域表示冲突，是由混合的动机卷入而形成的。Plutchik，R 认为，所有情绪都表现出强度的不同，如从忧郁到悲痛；任何情绪与其他情绪的相似程度都有不同，如憎恨与愤怒比厌恶与惊奇更为相似；任何情绪都有相对立的两极，如憎恨与接受、愉快与悲伤。

2.2.3　情绪的作用

情绪作为人反映客观世界的一种形式，是人的心理的重要组成部分，对人的现实生活和精神生活各方面都有重要作用。

1. 适应功能

人的行为总伴随着一定的情绪状态，情绪是人适应生存的精神支柱。下面从 3 个方面来理解情绪的适应功能。

首先，高等动物的情绪具有适应功能。表情的发展是情绪的适应功能发展的标志。类人猿等高级灵长类动物，如黑猩猩，有着与人类相似的表情，可以表达喜、怒、哀、乐等基本情绪。生存需要得到满足，有了同伴，它们就欢喜；受到外敌侵犯时，就怒目圆睁；亲密的同伴死亡时，便会悲哀落泪。这些基本情绪是高等动物在生存适应过程中发展、分化出来的。

其次，婴儿的情绪具有适应功能。婴儿的情绪是随他们逐渐适应社会环境而发展起来的。哭是婴儿最具特征的适应方式，婴儿用哭声告诉大人他身体不适、饿了。随着要表达内容的增加、活动范围的扩大，与大人交流的情绪反应也逐渐增加并产生分化。笑对初生的婴儿而言只是一种生理上舒适的反应，后来在与成人的接触中，婴儿产生主动的微笑反应，才产生了具有社会意义的"微笑"。情绪的社会性参照作用是儿童以情绪为信号进行社会交往的典型例子。如在"视觉悬崖"前儿童往往会驻足不前，视察母亲的表情。如果母亲是支持和鼓励的表情，儿童往往会奋力爬过"视觉悬崖"；如果母亲显示出担心和害怕，儿童就会畏缩不前。

再次，成人的情绪也具有适应功能。人类除了要存在于一个自然环境中，还会不可避免地存在于一个社会群体中。尤其是现代社会，随着物质文明和精神文明的高度发展，社会变化的速度也越来越快，对人的适应能力的要求也越来越高，情绪调解也就成了适应社会环境的重要手段。人们适应不良时，往往会产生挫折感，导致焦虑和紧张。通过适当地调节情绪，降低焦虑和紧张，就能让人更好地适应环境，克服困难。如情绪不好吃不下饭，就是日常生活中情绪影响适应的明显表现。

2. 动机作用

人的各种需要是行为动机产生的基础和主要来源，而情绪是需要是否得到满足的主观体验，它们能激励人的行为，改变行为效率。因此，情绪具有动机作用。

积极的情绪状态会成为行为的积极诱因；消极的情绪状态则起消极诱因作用，人们会受激发以摆脱这种状态，这样情绪状态就起到了动机的始动作用和指引功能，使人们追求导致积极情绪的目标而回避导致消极情绪的目标。积极的情绪可以提高行为效率，起正向推动作用，消极的情绪则会干扰、阻碍人的行动，甚至引发不良行为，起反向的推动作用。

研究发现，适度的情绪兴奋性会使人的身心处于最佳活动状态，能促进主体积极地行动，从而提高行为的效率。一定情绪紧张度的维持有利于行为的进行，过于松弛或过于紧张对行为的进程和问题的解决不利。

3. 组织功能

情绪这种特殊的心理活动，对其他心理过程而言是一种检测系统，是心理活动的组织者。积极的情绪具有调节和组织作用，消极的情绪则有干扰、破坏作用。

（1）促成知觉选择

知觉具有选择性，情绪的偏好是影响知觉选择性的因素之一。比如，婴儿喜欢红色、黄色，他们选择玩具时重点是红色、黄色的物品，而对其他的却很少注意。

（2）监视信息的移动

对信息的监视实际上是注意的过程，但情绪和情感对维持稳定的注意起着重要作用。人们对有兴趣、好奇的信息监视准确，而往往忽视自己厌恶、不感兴趣的信息。

（3）影响工作记忆

情绪对记忆的影响有两个方面，一是喜好影响记忆的效率，人们容易记住喜欢的事物，对不喜欢的记忆起来则十分吃力；而若使记忆的内容根据情绪进行归类，在同样情绪状态下记住的材料更容易回忆起来。

（4）影响思维活动

情绪对人的思维活动的影响是十分明显的。过于亲近和喜欢的容易偏听、偏信，过度兴奋的情绪状态也会影响思维的进程和方向。"感时花溅泪，恨别鸟惊心"是情绪影响思维的写照。

（5）影响人的行为表现

愤怒往往使人冲动而不计行为的后果，畏惧往往令人退缩不前。

4. 通信交流功能

情绪和语言一样，是人际通信交流的重要手段。两者也都有显著但却十分不同的外显形式。言语交际以语声（或书写）的形式来表达思想，陈述意见。而情绪的外显形式则是表情。

面部表情、声音表情和身体姿势都能显示主体的情绪状态。人们通过表情反映自己的意愿，也通过对他人表情的观察和体验来了解周围人的态度和意愿。如微笑通常表示满意、赞许或鼓励；厌恶、怒目圆睁表示否定的态度。喜、怒、哀、乐是人们交流彼此的思想、愿望、需要、态度以及观点的有效途径。

情绪的通信交流作用还表现在一些特定的感情连接上。母婴依恋是最初的，也是最突出、最重要的感情连接模型。半岁多的婴儿，在母亲离开他时，表现不安并哭闹，这是最初建立的同母亲亲近依恋关系的反映，称为"分离反抗"。婴儿在七八个月以后，在母亲经常接近和离开的不断重复中，学会预料母亲接近和离开的后果，形成同母亲依恋的安全感。具有这种依恋安全感的婴儿在情绪上会更加快乐，更容易同其他人接近并建立友好关系，更愿意认识和探索外界新鲜事物。这是儿童情绪健康和形成比较全面发展人格的重要基础。

2.2.4　情绪与认知

关于情绪和认知之间的关系，在 20 世纪 80 年代颇有争议。当时的争论认为两者是独立的。目前研究者们不再关注认知和情绪之间的相同和相异的争论，而是强调两者之间的整合和交互影响。

20 世纪 70 年代，情绪与认知的关系问题引起了情绪心理学家与认知心理学家们的极大关注，80～90 年代情绪与认知关系的研究大量涌现。心理学家霍夫曼（Hoffman）总结了大量的研究结果，提出了有关情绪与认知相互作用的系统理论。

1. 认知在情绪发生中的作用

认知评价是情绪构成的必需成分和情绪产生的前提条件。按照信息加工理论，心理学家霍夫曼把认知影响情绪的心理过程划分为 3 种不同水平的加工模式：① 物理刺激直接引起感情性反应；② 物理刺激与表象的匹配诱导感情性反应；③ 刺激意义诱发感情性反应。实际上，从这 3 种加工水平引起的感情性反应在适应水平上也有相应等级的差别。当刺激以超越其物理属性的意义作用于人时，导致一种更高级的认知加工。这种高级的认知加工模式与刺激结合的变式更加多样，产生感情反应的机会和可能性就更大。

霍夫曼对此提出两种加工模式，以揭示刺激意义的认知基础。

（1）归类

信息加工把刺激分为许多项目，如分为对象、事件、活动等，并按项目的物理属性、功能数学分档归类，也可以按刺激同个人的利害关系分档归类。当刺激按其对个体需要或经验、社会标准、人际关系等来归类时，对那些能满足个人需要和符合社会标准的对象、事件或活动，就被纳入产生满足、愉快或期待、期望的类别。

（2）评价

评价所导致的情感反应，可由评价刺激事件发生的原因、评价事件发生的后果及同标准相比较这 3 种加工模式而来。例如，同样是成绩差，对于智力低下的学生老师会产生同情和怜悯，而对于有能力却不努力的学生老师则可能会生气或者失望，这就是对事件原因的推论所导致的情感反应。刺激事件对个体有什么影响，其影响是长期的还是短暂的、是重要的还是轻微的、是有利的还是有害的等，都可作为事件对个体的后果被评价，评价的不同则会产生不同的感情性反应，这种感情性反应决定于认知水平。刺激事件与标准相比也是产生情感的原因，不同的人标准不同，对相同的刺激事件会产生不同的情感性反应。

2. 情绪在认知加工中的影响

近十年来，越来越多的研究证明情绪状态能够强烈地影响不同的认知加工过程。通过各种不同的信息加工方式，情绪对认知起着驱动和组织的作用。许多研究证明情绪对认知产生多方面的效应，其影响不仅在加工的速度和准确程度方面，而且在类别和等级层次上改变认知的功能，或在信息加工中引起阻断或干扰的质量变化。

首先，情绪影响信息加工的发动、干扰和结束。20 世纪 70 年代以来的研究表明，人在情境影响下，不断的信息输入对脑的即时状态和工作无时不在发挥着影响。在外来信息与认知活动之间，情绪起着中介的作用。其次，情绪影响信息的选择性加工。情绪的正性或负性特征会影响信息的选择性加工。此外，情绪还影响注意、记忆和决策。注意的关键特性是指向和集中于外在或内在对象，是使个体指向某些与之有密切关系的刺激物；知觉不能对有机体外界围绕着的全部刺激进行加工，注意的指向性与集中性帮助知觉对刺激进行筛选，使知觉加工更加有效；然而，情绪会导致注意和知觉的范围更加狭窄。鲍维尔（Bower，1981年）的研究肯定了心境对记忆具有显著的影响，如快乐心境比悲伤心境更容易影响记忆。

Loewenstein 等提出的风险即情绪模型表明决策过程中不仅存在受认知评估影响的预期

情绪，还存在不受认知评估影响的即时情绪。这些情绪可以直接影响决策行为，影响认知评估。

2.3　情感模型

对情感进行度量的思想诱惑着心理学、认知科学和信息科学等很多学科的研究人员。不同学科的研究者从不同的角度试图模拟情绪的产生和变化，虽然由于情绪的复杂性以及人类对本身情感变化规律的研究尚不完善，使得这项工作显得十分艰巨，但是对于情感量度的不断探索已经使得这项工作出现了进展，加深了各学科对情绪的认识。目前已经有很多关于情绪的模型出现，当然不能用过多挑剔的眼光来询问这些模型是否完美地实现了对人或动物情绪的定量描述和分析，但至少有些模型从功能的角度实现了有限的模仿，并且模仿的范围也不断扩大。或者可以说，在目前至少从工程的角度并不幻想来整体实现对情绪变换的分析度量。我们需要的是完成一些任务、一些功能。目前有很多从各个角度出现的对情感模型的探索研究，下面简单介绍一下当前比较有影响的情感模型。

2.3.1　心理学中对情绪量化的思考

唐孝威在对情绪体验的研究中综合了经验事实，提出了近似描述情绪体验强度与客观呈现事件数量之间的一个数学公式。

对于客观呈现的某种事件的数量用 P 表示，ΔP 表示能够引起受试者情绪变化所需要的客观呈现事件的最小变动量，那么认为引起受试者情绪的变化所需要的客观呈现事件的最小变动量的值是事件原来呈现数量值的一个恒定分数，即 $\Delta P/P = C$。近似描述情绪体验强度的心理量 E 和客观呈现事件数量的物理量 P 之间对应关系的数学公式是 $E = a\log P + b$。唐孝威指出这个公式可以用心理学实验来检验。

T. J. Tracy 提出了用非线性动态系统方法对情绪结构进行表述。T. J. Tracy 认为情绪是包括时间变化和不能被线性模拟的复杂现象，而非线性动态系统分析具有描述和模拟复杂现象的能力。提出或许可以考虑用范德波尔（Van der Pol）方程 $\ddot{y}_t - \gamma(k - y_t^2) y \dot{y}_t + y_t = 0$ 来解决对情绪结构的描述。

2.3.2　OCC 模型

OCC 模型是早期对于人类情绪研究提出的最完整情绪模型之一，是 Ortony 等在其"情感认知结构"一书中提出的。

OCC 模型中将情绪依其起因分为事件的结果、智能体的动作和对于对象的观感三大类。模型共定义了 22 种基本情绪，并定义了情绪的阶层关系。详细的分类与阶层关系如图 2-1 所示。Ortony 等认为：对于有情感的机器而言，它们的模型也许并不重要，但要使计算机可以推断情感——尤其在理解自然语言、协同解决问题和进行规划方面，那么只有具备了某些结构才能涉及情感的概念。

OCC 模型采用的不是基本情感集或一个明确的多维空间来表达情感，而是用一致性的认知导出条件来表述情感。特别是在该模型中，假定情感是对事件（高兴与否）、Agent（满意与否）和对象（喜欢与否）构成情势的倾向（正面或负面的）反应。通过不同认知条

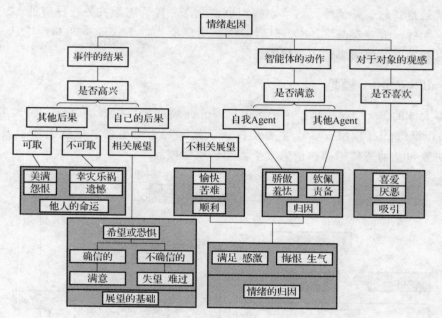

图 2-1　OCC 模型

件推导归纳，大约规范出 22 种情感类型，其中包括用来产生这些情感类型的基本构造规则。应该说，OCC 模型是第一个易于计算化实现的认知型情感产生模型。

OCC 模型中首先设置一些函数，例如 $D(p, e, t)$ 表示人物 p 在 t 时刻对事件 e 设定的期望值：正值表示期待的事件具有有利的结果，负值表示不利的结果。$Ig(p, e, t)$ 代表全局强度变量（例如期待、现实、接近度）的一种组合。现在如果设 $P_j(p, e, t)$ 表示一种"欢乐"的潜力，那么产生"欢乐"的规则为

如果 $$D(p,e,t)>0$$

那么设 $$P_j(p,e,t)=f_j(D(p,e,t),Ig(p,e,t))$$

这里 $f_j()$ 是将欢乐具体化的函数。类似的规则可以用来计算其他情感。例如，可设"悲痛"的潜力函数为 $P_d()$，然后将上述规则中的测试条件改为小于 0（负期望值），并用 f_d 代替 f_j 来进行计算。

当然，上述规则并不会引起欢乐的状态或者一种欢乐的情感体验，但可用来构建触发快乐强度 I_j 的规则，即可有

如果 $$P_j(p,e,t)>T_j(p,t)$$

那么设 $$I_j(p,e,t)=P_j(p,e,t)-T_j(p,t)$$

否则设 $$I_j(p,e,t)=0$$

式中，T_j 为阈值函数。

可以通过这一规则来激活快乐情感：当超过设定的快乐阈值时，就产生"快乐"情感。结果强度值对应于欢乐集合中的一种情感，例如适中的值对应"愉悦"，特别高的值对应"幸福"等。当然在 OCC 模型里也可以构造其他情感类型的相应规则，只是要比欢乐和痛苦的规则更为复杂。

OCC 模型将情感作为情势——包括事件、对象和 Agent 的结果来生成。因此处于某种

情感状态就是自我的一种情势，这样，模型也就允许一种情感触发另一种情感，或触发同一种情感。这无疑极大地提高了 OCC 模型的情感生成能力，不仅能推断和产生认知型情感，而且还可以触发对其他情感的主观体验。

2.3.3　Salt&Pepper 模型

里斯本大学的 Botelho 提出了一个 Salt&Pepper 模型来反映自治 Agent 的人工情绪（见图 2-2）。Salt&Pepper 模型有 3 个主要层次：认知和行为发生器、情感引擎以及中断管理器。情感引擎包括情感传感器、情感发生器和情感监控器。

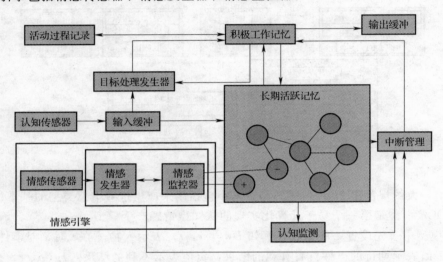

图 2-2　Salt&Pepper 模型

在情感信息处理中，情感引擎首先通过情感发生器对 Agent 的全局状态进行估价，把情感信息分类为情感标记、对象的评价、紧急性评价，然后把每个情感信号以节点的形式存储在长期记忆单元，节点之间可以互相交互，节点还包含有相应的情感反应信息。情感的强度与这些节点的活动水平相关。产生情感反应，然后这些情感反应使 Agent 全局状态发生改变。

2.3.4　EM 模型

葡萄牙的 Custodio 等提出的 EM 模型是一种可用于智能控制的模型（见图 2-3）。

EM 模型由认知层和感知层组成。外界环境对系统的刺激同时在这两层的处理器中并行处理。前者抽取以模式匹配为目标的认知图像（Ic），该图像包含能恢复原始图像的足够丰富的信息；后者则抽取输入图像的基本特征，产生简化的感知图（Ip）。此外，在感知层中还要建立一个愿望矢量 DV，该矢量的每一个分量对应一个基本刺激的评价，例如"好"、"坏"等以及相应的对策（反应）。在 Ip 与 DV 之间有一个直接的映射。在系统的主存储器中存放有过去经历过事件所对应的认知图像、感知图像和 DV。认知处理器在从外界刺激获得认知图像后，就会在主存储器中寻找匹配，而在其工作存储器（内存）中则存放当前输入的认知图像、DV、感知图像以及匹配过程的结果。系统对输入刺激的反应（采取的行动）主要来自 DV，但在必要时也可以来自认知处理器。系统所采取的行动会使环境发生变化，使系统感受到新的刺激，这种反馈刺激使系统知道其行为的效果，同时也使系统能在不同的层次上进行学习，在感知层更新感知映射，在认知层则对认知图像进行 DV 标记。可以看出，如果将这一模型的感知层与认知层的联系短路，则其就是前述基于行为的系统。由于感知层与认知层之间的相互作用，EM 模型能完成更复杂的任务，并进一步与基于理智（逻辑推理）的上层系统接口。

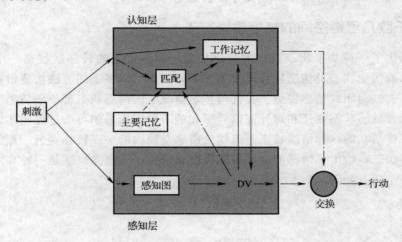

图 2-3　EM 模型

2.3.5　隐马尔可夫模型

隐马尔可夫模型（HMM）是 R. Picard 于 1995 年提出的（见图 2-4）。这个模型有 3 个情绪状态，但它可以扩充为多个。R. Picard 认为一个人的情绪状态（即快乐、兴趣和悲伤）不能被直接观察，但某一状态的特征能够被观测到（如声音的波动特征），可通过特征来找出可能的情感状态。

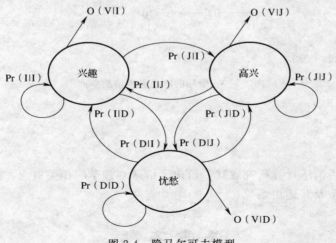

图 2-4　隐马尔可夫模型

可以用整个 HMM 结构图描述的状态来识别更大规模的情感行为。后者需要一系列的

HMM 结构图，每个 HMM 结构图对应一种情感行为，或是每个人对给定行为的不同特征用整个 HMM 状态图来表现一种情感，模型能抓住情感动态的一面。HMM 适合表现由几种情感组成的混合情感，就像忧郁可以由爱和悲伤组成；还适合表现由几种纯的情感状态基于时间的不断交替出现而成的混合情感，"爱恨交加" 的 HMM 状态图就可能是在爱和恨两种状态之间的循环，可能还时不时地在中性状态上停顿。

2.3.6 基于欧几里得空间的情感建模方法

魏哲华提出了一种基于状态空间的情感模型，假设情感的转移过程是一个马尔可夫过程，确定情感的历史状态对情感转移概率的影响，提出了以概率的方法构造情感的转移矩阵和基于马尔可夫链封闭式情感模型。在任何特定情况下的情感状态都位于情感空间中的某一点上，但是随着情感状态变迁和对外部信号感知的不同，用马尔可夫过程描述情感状态在情感空间内是怎样活动的，即情感状态是怎样由情感空间内的一点转移到另一点的。为刻画情感特征与情感状态，给出了情感能量、情感强度和情感熵等概念。这是一种自闭合的情感计算的欧几里得空间，如图 2-5 所示。

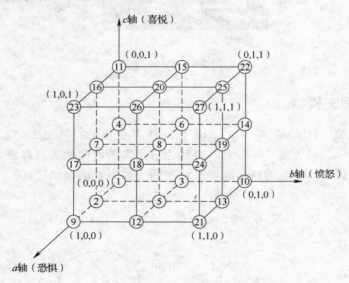

图 2-5 三坐标的欧几里得情感空间

2.4 小结

本章主要介绍了情感计算研究现状，给出了情绪心理学的相关概念，并总结归纳了当前常用的几类情感模型及其适用系统。

参 考 文 献

[1] 王志良. 人工心理学——关于更接近人脑工作模式的科学 [J]. 北京科技大学学报，2000 (10).
[2] Picard R W. Affective Computing [M]. London：MIT Press，1997.

［3］ Ortony A，Clore G，Collins A. The cognitive structure of emotions ［M］. London：Cambridge University Press，1988.

［4］ Sloman A. What Are Emotion Theories About ［J］. American Association for Artificial Intelligence，2004.

［5］ 滕少冬，王志良，王莉，等. 基于马尔可夫链的情感计算建模方法 ［J］. 计算机工程，2005，31（5）：17-19.

［6］ 魏哲华. 基于人工心理理论的情感机器人的情感计算研究 ［D］. 北京：北京科技大学，2000.

［7］ 王志良. 人工心理研究进展——理论与实践 ［C］. 北京：中日人工生命-感性工学研讨会，2004（7）.

［8］ 王志良，陈锋军，薛为民. 人脸表情识别方法综述 ［J］. 计算机应用与软件，2003（12）：63-66.

［9］ 吴健辉，罗跃嘉. 情绪的认知科学研究途径 ［C］. 北京：第一届中国情感计算及智能交互学术会议，2003（12）：6-11.

［10］ 傅小兰. 专家论坛：人机交互中的情感计算 ［J］. 计算机世界，2004（5）.

［11］ Ahn H，Picard R W. Affective-Cognitive Learning and Decision Making：A Motivational Reward Framework For Affective Agents ［C］. Beijing：First International Conference On Affective Computing and Intelligent Interaction，2005：866-873.

［12］ 罗森林，潘丽敏. 情感计算理论与技术 ［J］. 系统工程与电子技术，2003，25（7）.

［13］ Ekman P，Friesen W V. Facial Action Coding System ［M］. California：Consulting Psychologists Press，1978.

［14］ 王国江. 人机情感交互的方法与技术研究 ［D］. 北京：北京科技大学，2007.

［15］ 王志良. 人工心理 ［M］. 北京：机械工业出版社，2007.

第3章　学习者特征提取及表情识别

根据心理学理论，情绪表现一般称为表情（Emotional Expression），对于表情，心理学界有多种不同的表述。彭聃龄认为，情绪与情感的外部表现，通常称为表情，它是在情绪和情感状态发生变化时身体各部分的动作量化形式，包括面部表情、姿态表情和语调表情。张春兴是这样表述的：情绪表达是指个体将其情绪经验，经由行为活动表露于外，从而显现其心理感受，并借以达到与外在沟通的目的。孟昭兰在其著作中认为，情绪具有独特的外部表现形式，即表情，表情是表达情感状态的身体各部分的动作变化模式。以此看来，心理学界基本赞同情绪表现是情绪的外化这一观点，这种外化包含3个方面：面部表情、姿态表情和声调表情。

面部表情是额眉、鼻颊、口唇等全部颜面肌肉的变化所组成的模式。例如，愉快时，额眉平展、面颊上提、嘴角上翘；悲伤时，额眉紧锁、上下眼睑趋近闭合、嘴角下拉；轻蔑时，嘴角微撇、鼻子耸起、双目斜视等。

姿态表情是除颜面以外身体其他部分的表情动作。例如，兴趣浓厚时趋前靠近、狂喜时捧腹大笑、悔恨时捶胸顿足、愤怒时摩拳擦掌等。达尔文在开始研究肢体语言之前，曾写过一篇题为《人和动物情感表达》的文章。他认为能读懂肢体语言无论对学习和工作都很有用。国际上著名的心理分析学家、非口头交流专家朱利乌斯·法斯特曾写道："很多动作都是事先经过深思熟虑，有所用意的，不过也有一些纯属于下意识。比如说，一个人如果用手指蹭蹭鼻子下方，则说明他有些局促不安；如果抱住胳臂，则说明他需要保护。"

声调表情指情绪发生时在语言的音调、节奏和速度方面的变化。例如，悲哀时语调低沉、语速缓慢；喜悦时语调高昂、语速较快。此外，感叹、烦闷、讥讽、鄙视等也都有一定的音调变化。

正因为表情是情绪的外在体现，所以如果能对人的表情进行识别，那么就可以通过人的表情来判断人的情绪，而且也能通过人的表情来表现人的情绪。在这3种表情形式中，面部表情模式能最精细地区分出不同性质的情绪，并且只有面部表情具有标定特定情绪的特异模式，因而面部表情是鉴别情绪的主要标志。因此，在本书中表情信息以面部表情为主。

3.1　人脸检测技术综述

3.1.1　基于先验知识的人脸检测方法

检测人脸最直接的方法是利用人们具有的知识。人脸不是一个完全随机的视觉模式，有自身固有的内在属性。利用知识检测人脸，与先验知识的完备性有关，人脸的特征变化较大，有关人脸的界定问题是既要抽象出人脸的共性，又不与其他概念相交叉，这样的人脸规则相当困难，不过随着人们对人脸模式的认知逐步深入，基于知识和规则的人脸检测方法已经越来越受到重视并取得较好的进展。

1. 基于知识分块策略的人脸检测方法

应用此方法的前提是人们对于人脸的先验知识，主要是利用人脸的几何特征：人脸是左右对称的；正视下忽略头发，人脸可以看作上面是矩形，下面是一个抛物线的形状；眼睛是黑色的，而且细节比较丰富；鼻孔是黑色近似圆形的；鼻尖的亮度很高，鼻子区域的层次比较丰富；嘴巴由上下两个嘴唇组成，两个嘴唇可以用两条曲线来拟合，嘴是表情的一个重要的表现区域，对于嘴的研究显得尤其重要。

另外各个器官之间还有确定的空间位置关系：两个眼睛的内眼角距离大约是一个眼睛的距离，也就是眼睛外眼角的距离约为 3 个眼睛的宽度；鼻子位于脸部的中央，眼睛分列在鼻子上方对称的两侧，而且位置占了整个脸的 1/3，嘴巴在鼻子的下侧，而且与之平行的没有其他器官，鼻子、嘴巴和眼睛都在脸庞的轮廓线之内。所以提取的时候只要把脸的轮廓精确定位，器官就比较容易找到，特征点定位的准确度就会大幅度地提升。基于五官分布的特征，对于脸部图像采用三分图分块策略（见图 3-1c），把给定的区域平均分成 9 份，前 6 个子块都是同样大小的正方形，最后 3 个子块中间一个是周围两个面积的两倍。子块的编号如图 3-1d 所示。本方法基于以前单纯的三分法（见图 3-1a）和四分法（见图 3-1b），但又克服了它们的缺点。该方法符合人脸的生理特征，将眼睛和鼻子以及嘴巴分别分在一个子块中，这样符合人的视觉机理，既可以很容易地找出人脸，又可以着重对某些子块进行分析，降低计算的复杂度，而且使特征变得很明显易于提取。

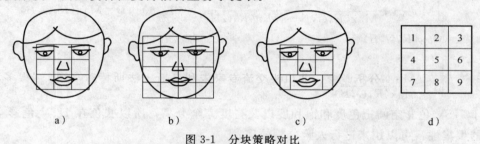

图 3-1　分块策略对比
a）三分块策略　b）四分块策略　c）混合分块策略　d）模块编号

2. 基于知识的由粗到细检测方法

该方法也借助于人脸的先验知识直接把人脸存在的一些不变规律变成若干规则，对人脸图像各区域进行搜索时运用这些规则进行判断，如果符合这些规则即为人脸，否则就不是人脸。在实际操作中，如果采用对每一个搜索区域运用规则进行判断，无疑会增加算法的时间开销，因此该方法对规则进行分级，只有符合了较低级别的规则才能进行较高级别的判断。

基于该方法进行人脸检测主要是利用 3 次知识匹配来最终确定人脸的位置。第一次，在整幅图像的范围内进行搜索，检测出所有可能的候选人脸区域；第二次，在上一层的基础上对检测出的人脸候选区域进行进一步更详细的面部特征检测；第三次，在第二次检测的人脸候选区域中进行直方图均匀化，然后进行眼睛和嘴唇的边界检测，如果检测的结果符合眼睛和嘴唇的特征，那么人脸即可被确定下来。该方法实现了由粗到细的检测策略，有效地降低了时间开销。

但是基于知识的人脸检测方法的普遍缺点是对不同视角人脸的普适性较差，容易产生误判。

3.1.2　基于色彩转换空间的人脸检测方法

肤色是一种比较稳定的特征，在不同的光照以及人脸姿势、角度和表情下，肤色信息仍然比较稳定，所以近年来利用肤色进行人脸检测的研究越来越多。

研究表明人脸的肤色本质上是相近的，尽管不同种族呈现不同的肤色，但其不同主要体现在亮度上，颜色的色度变化不是很大，所以在某些特定的色彩空间具有比较好的聚类特性。利用肤色的聚类特性建立肤色模型，然后利用肤色模型进行人脸肤色的检测和验证成为近年来研究的焦点。目前人脸检测常用的色彩空间有 YCbCr 色彩空间、HSV 色彩空间等，这些色彩空间对于人脸肤色具有较好的聚类特性。

从摄像头中获取的图像信息的颜色模型为 RGB 模型，要通过模型之间的转换关系转换到相应的肤色聚类较好的颜色模型空间中，然后再对其进行判断。

1. RGB 到 HSV 色彩空间的转换

HSV 色彩空间是用色度 H（Hue）、色饱和度 S（Saturation）和亮度 V（Value）来描述色彩。色度用来衡量颜色的频谱成分，用角度表示变化范围为 $0°\sim360°$；色饱和度和亮度的变化范围都是 $0\sim1$。

由 RGB 变换到 HSV 色彩空间的转换公式为

$$H = \begin{cases} \text{Mod}\left\{ \dfrac{G-B}{\text{Max}(R,G,B)-\text{Min}(R,G,B)} \times 60, 360 \right\}, R=\text{Max}(R,G,B) \\ \text{Mod}\left\{ 2 + \dfrac{B-R}{\text{Max}(R,G,B)-\text{Min}(R,G,B)} \times 60, 360 \right\}, G=\text{Max}(R,G,B) \\ \text{Mod}\left\{ 4 + \dfrac{R-G}{\text{Max}(R,G,B)-\text{Min}(R,G,B)} \times 60, 360 \right\}, B=\text{Max}(R,G,B) \end{cases} \tag{3-1}$$

$$V = \text{Max}(R,G,B)$$

$$S = \begin{cases} 0 & , \text{当 } V=0 \\ 1 - \dfrac{\text{Min}(R,G,B)}{\text{Max}(R,G,B)} & , \text{当 } V\neq0 \end{cases} \tag{3-2}$$

由于 HSV 色彩空间把色度和饱和度以及亮度完全分离，所以肤色在 HSV 色彩空间具有一定的聚集性，可以用来进行人脸分割处理。

2. RGB 到 YIQ 色彩空间的转换

YIQ 色彩空间也将色彩分为 3 个分量，Y 分量代表彩色图像中的亮度信息；I 和 Q 携带颜色信息和极少量的亮度信息。根据其定义，I 分量包含了橙-青的色彩信息，而 Q 分量则含有绿-品红的色彩信息。由 RGB 到 YIQ 色彩空间的转换公式为

$$\begin{bmatrix} Y \\ I \\ Q \end{bmatrix} = \begin{bmatrix} 0.299 & 0.587 & 0.114 \\ 0.596 & -0.274 & -0.322 \\ 0.211 & -0.523 & 0.312 \end{bmatrix} \begin{bmatrix} R \\ G \\ B \end{bmatrix} \tag{3-3}$$

YIQ 颜色模型是作为 NTSC 制式彩色电视信号传输的颜色模型，是一种由 RGB 转换而来的亮度-色度模型。灰度信息和彩色信息分离是这一模型的主要特点，这样是为了与原有的黑白电视系统保持兼容。黑白电视机只利用其中的亮度信息，而彩色电视机则把接收到的亮度与色度信号进行合成而获得彩色图像。

3. RGB 到 YCbCr 色彩空间的转换

YCbCr 色彩空间还是将色彩分为 3 个分量，Y 表示亮度，Cb 表示蓝色色度，Cr 表示红色色度。由 RGB 到 YCbCr 色彩空间的转换公式为

$$\begin{bmatrix} Y \\ Cb \\ Cr \end{bmatrix} = \begin{bmatrix} 0.257 & 0.504 & 0.098 \\ -0.148 & -0.291 & 0.439 \\ 0.439 & -0.368 & -0.071 \end{bmatrix} \begin{bmatrix} R \\ G \\ B \end{bmatrix} + \begin{bmatrix} 16 \\ 128 \\ 128 \end{bmatrix} \tag{3-4}$$

这是很多肤色研究都采用的色彩空间。采用这个空间的关键是要在色度 CbCr 上寻找一个适当的角度，使得肤色能够相对集中地体现在某个轴上。

采用肤色模型进行人脸检测最大的问题是不稳定和干扰大，单独使用时其鲁棒性很差，所以肤色作为一个最简单有效检测人脸的手段，通常和其他方法结合起来使用，以提高检测的准确性和鲁棒性。

3.1.3　基于外观的人脸检测方法

基于外观的人脸检测方法是一种统计模式，通过学习在大量训练样本集的基础上建立起来对人脸和非人脸样本的正确识别的分类器，再对被检测图像进行扫描，用已有的分类器去检测图像里是否有人脸。如果检测出人脸，则给出人脸所在的位置。

其理论依据是，根据人脸统一的结构模式，由眉毛、眼睛、鼻子和嘴唇等脸部器官构成，认为所有的图像集是一个高维线性空间，则整个人脸图像集就相当于其中的某个子空间。通过检验测试图像窗口能否落在这个子空间中来判断人脸存在与否。所以先通过采集获得大量的人脸和非人脸样本来建立一个分类器，让分类器分辨两种不同的图像模式，再利用训练好的分类器在未知的图像中检测人脸。这种检测策略的难点在于如何选取大量有代表性的图像样本，特别是非人脸图像样本来训练分类器。具体分类器的实现可采用不同策略，如采用神经网络的方法和传统的统计方法等。采用这种方法进行人脸检测的例子有 Sung 和 Poggio 提出的基于样本学习的人脸检测方法，Rowley 等实现的基于神经网络的方法，Turk、Pentland 和 Moghaddam 等提出的基于主成分分析（PCA）的人脸检测方法，Osuna 等的基于支持向量机（SVM）的方法，Paul Viola 和 Michael Jones 提出的基于 AdaBoost 的人脸检测算法等。

3.1.4　基于积分图的人脸检测方法

该方法由预处理、积分图计算、候选区域合并以及尺度因子控制下的若干局部环节构成，如图 3-2 所示。其中尺度空间的遍历控制是为了解决待检测人脸的尺寸未知问题，在没有先验知识可以利用的

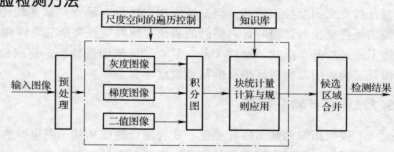

图 3-2　基于积分图的人脸检测系统框图

情况下，把（点画线框内）的算法处理流程应用于所有可能的人脸尺寸，这种方法也称为"尺度空间梯进搜索"。显然，适当的先验知识可以显著减小搜索空间，加快检验进程。为使后面环节中局部块统计量的计算结果在数值上具有可比性，可降低规则制定的复杂度。

3.1.5　基于模板匹配的人脸检测方法

基于模板匹配的人脸检测方法的基本思想是，首先，提出了一种称为积分图像（Integral Image）的图像描述方法，利用积分图像的算法可以方便地提取图像的局部特征。局部特征的特点是计算方便，而且适用于多分辨率分析。然后，利用样本图像提取出来的特征，基于 AdaBoost 分类算法进行分类器训练。最后，组合几个简单的分类器得到最终的级联分类器。为了检测整幅

图像，可以在图像中移动搜索窗口，检测每一个位置来确定可能的目标。为了搜索不同大小的目标物体，分类器被设计为可以进行尺寸改变，这样比改变待检图像的尺寸大小更为有效。所以，为了在图像中检测未知大小的目标物体，扫描程序通常需要用不同比例大小的搜索窗口对图片进行几次扫描。在图像检测中，被检窗口依次通过每一级分类器，这样在前面几层的检测中大部分的候选区域就被排除了，全部通过每一级分类器检测的区域即为目标区域。

3.2 人脸特征提取技术综述

3.2.1 几何特征提取

几何特征就是物体的几何形状，直观，易于理解，因此最早的人脸识别方法采用的主要是几何特征的提取，人脸的几何特征主要包括：面型，面型大致可分为椭圆形、卵圆形、方形、棱形等；眼睛；鼻子；嘴唇。

基于几何特征提取类方法的一般思路是：根据脸部特征的形状特点构造一个带可变参数的几何模型，并设定一个相应的评价函数，以量度被检测区域与模型的匹配度。搜索时，不断调整参数使能量函数最小化，使模型逐渐收敛于待定位的脸部特征。侧影识别是最早基于几何特征的人脸识别方法，主要是从人脸侧面轮廓线上提取特征点入手。由于现在的证件照片多为正面，而且侧面照片约束很多，所以对侧面人脸识别的研究最近已不多见。正面人脸识别最关键的一步是合适的归一化，使之不依赖于图像中人脸位置尺度和旋转变化。

总体来说，提取几何特征进行人脸识别的优点是，符合人类识别人脸的机理，易于理解；对每幅人脸图像只需存储一个特征矢量，很大程度上减少了输入特征，压缩了数据信息；对光照的变换不敏感。但是该方法同样也有缺点：从图像中抽取稳定的特征比较困难，特别是特征受到遮挡时；对强烈的表情变化和姿态变换的鲁棒性较差；一般的几何特征只描述了部件的基本形状与结构关系，忽略了局部细微特征，造成信息丢失，只适合于粗分类；而且实验表明几何特征提取的精确程度不容乐观。

3.2.2 统计特征提取

与提取图像的几何特征相比，这种统计特征是基于图像的整体灰度特征。它强调尽可能多地保留原始面部表情图像的信息，通过对大量样本的训练，获得其统计特征，其基本思想是将面部表情图像映射到特征空间，将大量图像数据降维后进行模式分类，因此提取统计特征实际就是"子空间分析法"（人脸空间转换示意图见图3-3）。如果将子空间的正交基按照图像阵列排列，则可以看出这些正交基呈现人脸的形状，因此这些正交基也被称为特征脸，这种识别方法也叫特征脸方法。关于正交基的选择有不同的考虑，采用主分量作正交基的方法称为主分量分析法（Principal Component Analysis，PCA），它曾经是人脸识别中最常用的方法。

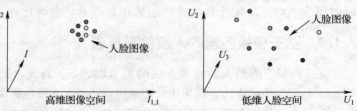

图 3-3　人脸空间转换示意图

K-L 变换是图像压缩中的一种最优正交变换。K-L 变换曾用于人脸识别并取得了很好的效果，其识别率由于人脸图像库的质量不同，从 20%～100%不等。然而从已有的工作来看，线性相关整合分析不能考察特征的内在结构，不能提取出独立成分，也不能从整体上去除冗余信息；同时，虽然 PCA 能基本上保持样本的原始信息，具有较好的可重建性，但是好的重建性并不意味着好的可分性。线性判别分析（LDA）以样本的可分性为目标，试图寻找一组线性变换使每类的类内离散度最小，并且使类间离散度最大。经典 LDA 中使用的是 Fisher 准则函数，所以其又被称为 Fisher 线性判别分析（Fisher，LDA / FLD）。LDA 也是一种很好的人脸识别的方法，但是用 LDA 特征提取时容易出现的问题就是小样本（SSS）的问题，为了解决小样本问题出现了许多小样本的改进算法。

这种基于图像整体统计特征提取的方法，缺点是，对于外在因素带来的图像差异和人脸面部表情本身带来的差异是不加任何区分的。因此，照片的角度、光线、尺寸以及不同人脸的形状大小差异等干扰，都会导致识别率的下降。为了改善这个不足，一个思路是针对干扰对输入图像做规范化处理，主要包括将输入图像的均值方差归一化、人脸尺寸归一化等；另一种改进是考虑到局部人脸图像受外在干扰相对较小，而且眼睛、嘴等区域对表情识别的贡献率明显大于面部的其他部分。因此在进行人脸识别时，可利用 K-L 变换计算出特征眼睛、特征嘴等。然后将局部特征向量加权进行匹配，就能够得到一些好的效果。

3.2.3 频率域特征提取

离散余弦变换（Discrete Cosine Transform，DCT）的变换系数是一种较好的变换系数特征。DCT 的变换核为实数的余弦函数，DCT 是 K-L 变换的最好近似，众所周知，K-L 是基于不同性能准则的一个最优变换。另外，因为 DCT 与离散傅里叶变换很相近，所以可以对它进行有效的计算。基于这两个特性，可以用它作为人脸的特征。

3.3 人脸特征提取应用实例

随着计算机网络的不断发展，电子学习开始普及。这种学习方式与传统的课堂教学相比更加灵活。作为一个学习系统，通过管理学习过程、跟踪学习历史、计量学习效果等，电子学习可以较客观公正地评估学习者的学习过程与学习效果，为不同学习者制定不同的学习方案，并及时提供反馈和评价，从而为学习风格的个性化提供了更大的空间，有助于激发学习者的兴趣，提高学习的主动性和效率，提高整体教学质量。

然而，这种学习方式存在的弊端就是，计算机无法像课堂上的教师那样，通过观察学生的情绪变化，来了解他们的学习情况，从而调整教学进度；而人们期盼着能拥有并使用更为人性化和智能化的电子学习系统，渴望着计算机也能具有情感。情感计算的研究就是试图创建一种能感知、识别和理解人的情感，并能针对人的情感作出智能、灵敏、友好反应的计算系统。于是我们设想将情感计算应用到电子学习中来，让计算机能够觉察学习者的情绪变化，实时地调整授课的内容。

为了使计算机能够对人的情感做出反应，就需要获得人的情感信息。人的面部表情、姿势动作、语言语调等都可以表达人的情绪情感，而其中的面部表情对情感的表达最为丰富明显，也更容易被计算机获得和处理。可以在电子学习系统中及时捕捉到人脸的状态图片，通过对图片的表情分析，获得人的情绪状态，从而做出相应的反馈。在这个过程中，系统需要进行人脸检测、表情识别、情感分析等多个步骤，而人脸检测则是表情识别与情感分析的基础，如图 3-4 所示。

从图中可以看出，其处理过程为：授课机首先将课程内容发送给学习机，学习机在播放课程的同时，对人脸进行图像的捕捉，然后对该图像进行人脸检测，确定出人脸的位置，并在此基础上进行表情识别和情感分析，最后以这些情感数据作为

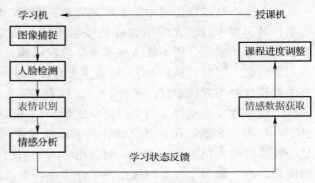

图 3-4　电子学习中的情感处理

学习状态反馈给授课机；授课机接收到这些数据后，以此为基础，对课程的进度进行调整。从整个处理过程中不难看出，人脸检测是表情识别以及情感分析等环节的基础，也就是说人脸检测的精确与否，直接影响到最终情感数据及课程进度调整的效果。于是我们对人脸检测这一关键环节进行了研究。

3.3.1　E-Learning 系统中的人脸检测流程设计

人脸是一类具有相当复杂的细节变化的自然结构目标，受多种因素的影响，准确的人脸检测与定位将是一个非常具有挑战性的任务。目前人脸检测遇到的主要困难有：

1）光照信息的获取；

2）成像背景的复杂性；

3）脸部姿态和表情的变化；

4）非身属物的干扰；

5）人脸数目和尺寸的不确定。

因此，如果能够找到解决这些问题的方法，成功构造出人脸检测系统，那么将对人脸信息的处理以及人机交互的进一步发展起到关键性的作用；同时，也将为解决其他类似的复杂模式识别问题提供重要的启示。

前面提到的基于几何特征的方法、基于皮肤特征的方法、基于统计理论的方法都取得了一定的成果，但是也存在着一些问题，如肤色受光照影响较大，人脸形状受人脸的方向位置影响，而神经网络检测速度较慢。因此，在本书所提出来的系统建设中，综合运用这 3 类方法，使每个方法得到互补，从而使检测效果得到提高。整体思路是采用自上而下的演绎方法，即先根据先验知识对图像从整体上确定人脸范围，不断将人脸范围缩小，逐步求精，直到最终达到一定精度停止。整个过程中，人脸在一开始就被定义，逐层过滤，不断被精确，设计 4 个模块最终确定人脸的精确位置，分别为肤色区域分割、几何特征的验证、单人脸确认和人工神经网络的确认。在设计中，还考虑到彩色图像和灰度图像的区别，通过判断图像的类型，分别调用不同的处理模块来进行检测。读入图像后，系统先判断该图像的类型，如果为彩色图像，则需先通过肤色区域分割模块进行处理，再通过几何特征验证模块进行筛选，最后利用神经网络进行确认；而如果为灰度图像，则只需直接利用神经网络进行检测即可。

设计的流程如图 3-5 所示。

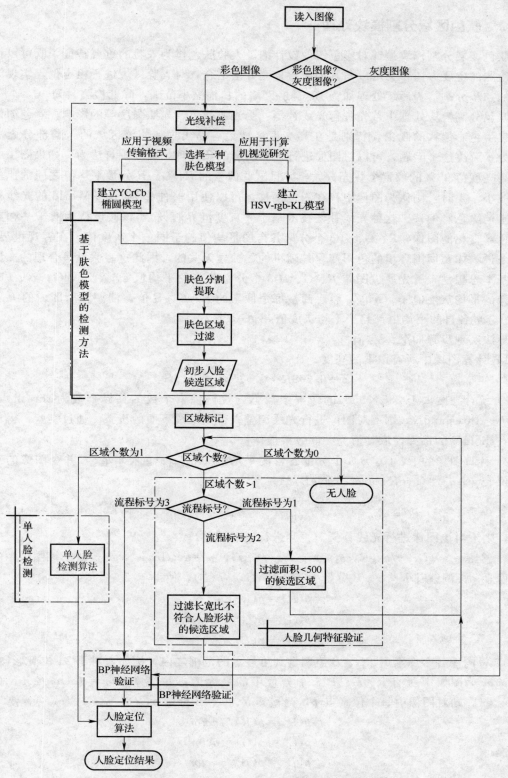

图 3-5　电子学习中的人脸检测实验流程

3. 3. 2　肤色区域分割模块处理

　　肤色区域分割模块是针对彩色图像设计的。人脸肤色作为人脸的重要特征，既可以作为人脸检测的主要方法，又可以与其他人脸检测方法结合，对人脸区域进行粗定位，实现人脸区域的初步分割，为后续处理如为 BP 神经网络的扫描缩小范围，降低检测时间。

　　肤色分割模块处理中首先进行光线补偿：受光源颜色、光照强度等的影响，彩色图像经常会发生色彩偏移的现象，特别是在高亮度区域更容易出现，使该区域的人脸部分无法提取。为了解决这个问题，可以对图像进行色彩均衡的预处理，其处理算法为：如果图像中超过最高亮度值 95% 的像素个数充分大，并且这些像素的 R、G、B 分量平均值之间的比值远大于或小于 1 时，则认为图像中存在彩色偏移。可以使用一种称为 Gray World 的光线补偿技术来消除色彩偏移。这种光线补偿技术基于"灰度世界假设"，该假设认为对于一幅有着大量色彩变化的图像，R、G、B 3 个分量各自的平均值趋于同一个灰度值。在客观世界中，一般来说物体及周围环境的色彩变化是随机的、独立无关的，因此这一假设是合理的。该方法的基本思想是，首先通过图像 R、G、B 3 个分量各自的平均值 $avgR$、$avgG$、$avgB$ 确定出图像的平均灰度值 $avgGray$，然后调整每个像素的 R、G、B 值，使调整后图像的 R、G、B 3 个分量各自的平均值都趋于平均灰度值 $avgGray$。

　　算法实现步骤如下：

　　1）计算图像中所有像素的亮度

$$Y = 0.299R + 0.587G + 0.114B \tag{3-5}$$

　　2）统计亮度大于 $255 \times 95\%$ 的像素个数 N，设该像素个数的临界个数为 $thresholdN$，如果 $N < thresholdN$，则不对图像进行光线调整；否则继续下面的步骤。通过实验，得出对于 $thresholdN$ 的选择，取其值为 200 效果最佳。

　　3）计算图像的 R、G、B 3 个分量各自的平均值 $avgR$、$avgG$、$avgB$，并令图像的平均灰度值 $avgGray = (avgR + avgG + avgB)/3$。

　　令 $\beta_{rg} = \dfrac{avgR}{avgG}$，$\beta_{rb} = \dfrac{avgR}{avgB}$，$\beta_{gb} = \dfrac{avgG}{avgB}$，如果 β_{rg}、β_{rb}、β_{gb} 3 个比值均在 [0.8，1.2] 范围内，则不对该图像进行光线补偿，否则进行以下调整。

　　4）令 $\alpha_r = avgGray/avgR$，$\alpha_g = avgGray/avgG$，$\alpha_b = avgGray/avgB$，对于该图像中的每一个像素 p，调整其 R、G、B 分量 $p(R)$、$p(G)$、$p(B)$，使得

$$p(R) = p(R) \times \alpha_r$$
$$p(G) = p(G) \times \alpha_g \tag{3-6}$$
$$p(B) = p(B) \times \alpha_b$$

　　5）将图像各个像素 R、G、B 值调整到可显示的范围之内。例如，对于 24 位真彩图像，令 $factor$ 为图像中所有 R、G、B 3 个分量中的最大值，并使 $factor = factor/255$，如果 $factor > 1$，则对图像中每个像素点 p，调整其 R、G、B 分量 $p(R)$、$p(G)$、$p(B)$，使

$$p(R) = p(R)/factor$$
$$p(G) = p(G)/factor \tag{3-7}$$
$$p(B) = p(B)/factor$$

　　至此，算法结束。

在王志良 E-Learning 课题组中还对该算法进行了改进，即在进行光照补偿之前，先对图像是否需要光线补偿进行判断，如果条件满足，则通过后面的补偿算法对该图像进行补偿，否则直接进入检测的下一个步骤。这样处理的好处就是对于不需要补偿的图像，在预处理的过程中可以减少其计算量，缩短了计算的时间。

3.3.3 建立肤色模型

为了实现肤色分割，就需要建立适合的肤色模型。通常的人脸检测系统，都是综合各种颜色空间，建立一个肤色模型来对图像进行分割。王志良 E-Learning 课题组在此基础上进行了改进，综合考虑多个颜色空间的特点，分别针对视频图像传输和计算机视觉研究这两个应用领域，建立了两个肤色模型——YCrCb 椭圆模型和 HSI-rgb-KL 模型，用户可根据需要进行选择。

其中，YCrCb 椭圆模型可应用于视频图像传输格式；而 HSI-rgb-KL 模型则应用于计算机视觉的研究。这两个模型都是对原有的肤色模型进行的改进，YCrCb 椭圆模型是通过对 YCrCb 肤色空间进行非线性变换，进而构造出椭圆模型；HSI-rgb-KL 模型则是综合利用 HSI 和 rgb 两个肤色空间得到一个新的 HSI-rgb 空间，再通过 K-L 变换空间对其作进一步的改进，形成最终的 HSI-rgb-KL 模型。

YCrCb 椭圆模型构建过程描述如下：

RGB 空间到 YCrCb 空间的线性变换为

$$\begin{bmatrix} Y \\ Cb \\ Cr \end{bmatrix} = \begin{bmatrix} 0.299 & 0.587 & 0.114 \\ -0.1687 & -0.3313 & 0.5 \\ 0.5 & -0.4187 & -0.0813 \end{bmatrix} \begin{bmatrix} R \\ G \\ B \end{bmatrix} + \begin{bmatrix} 0 \\ 0.5 \\ 0.5 \end{bmatrix} \tag{3-8}$$

YCrCb 色彩格式直接由 RGB 色彩格式通过线性变换得到，其亮度分量 Y 并不是完全独立于色度信息而存在，所以肤色的聚类区域也是随 Y 的不同而呈非线性变化的趋势。这种依赖关系在很大程度上影响了图像的检测，因此在实现中对 YCrCb 空间又进行了一次非线性的转换，用来消除色度对亮度的依赖关系。

经过了非线性分段颜色变换，得到的颜色空间用 $YCr'Cb'$ 来表示，YCrCb 空间到 $YCr'Cb'$ 空间的变换推导过程如下：

先将肤色区域的中轴线分别用 $\bar{C}_b(Y)$ 和 $\bar{C}_r(Y)$ 来表示，得到 $\bar{C}_b(Y)$ 和 $\bar{C}_r(Y)$ 的表达式为

$$\bar{C}_r(Y) = \begin{cases} 154 - \dfrac{(K_l - Y)(154 - 144)}{K_l - Y_{min}}, & Y < K_l \\ 154 + \dfrac{(Y - K_h)(154 - 132)}{Y_{max} - K_h}, & Y \geq K_h \end{cases} \tag{3-9}$$

$$\bar{C}_b(Y) = \begin{cases} 108 - \dfrac{(K_l - Y)(118 - 108)}{K_l - Y_{min}}, & Y < K_l \\ 108 + \dfrac{(Y - K_h)(118 - 108)}{Y_{max} - K_h}, & Y \geq K_h \end{cases} \tag{3-10}$$

式中，K_l 和 K_h 为常量，也就是非线性分段颜色变换的分段域值，分别为 $K_l = 125$，$K_h = 188$；Y_{min} 和 Y_{max} 为常量，分别是通过实验获得的肤色聚类区域中 Y 分量的最小和最大值，

$Y_{min}=16$，$Y_{max}=235$。

同样，对于 Cr-Y 和 Cb-Y，将肤色区域的宽度分别用 $WC_r(Y)$ 和 $WC_b(Y)$ 来表示，这也是一个分段函数，公式为

$$WC_r(Y)=\begin{cases} WLC_r+\dfrac{(Y-Y_{min})(WC_r-WLC_r)}{K_l-Y_{min}}, & Y<K_l \\ WHC_r+\dfrac{(Y_{max}-Y)(WC_r-WHC_r)}{Y_{max}-K_h}, & Y\geqslant K_h \end{cases} \qquad (3\text{-}11)$$

$$WC_b(Y)=\begin{cases} WLC_b+\dfrac{(Y-Y_{min})(WC_b-WLC_b)}{K_l-Y_{min}}, & Y<K_l \\ WHC_b+\dfrac{(Y_{max}-Y)(WC_b-WHC_b)}{Y_{max}-K_h}, & Y\geqslant K_h \end{cases} \qquad (3\text{-}12)$$

式中，K_l、K_h、Y_{min}、Y_{max} 同上面的数据；WC_r、WLC_r、WHC_r 以及 WC_b、WLC_b、WHC_b 也是常量，它们的值分别为 $WC_r=38.76$，$WLC_r=20$，$WHC_r=10$，$WC_b=46.97$，$WLC_b=23$，$WHC_b=14$。

根据上面的结果实现如下非线性色彩变换公式：

$$C_r'(Y)=\begin{cases} (C_r(Y)-\bar{C}_r(Y))\dfrac{WC_r}{WC_r(Y)}+\bar{C}_r(K_h), & Y<K_l \text{ 或 } Y>K_h \\ C_r(Y), & Y\in[K_l,K_h] \end{cases} \qquad (3\text{-}13)$$

$$C_b'(Y)=\begin{cases} (C_b(Y)-\bar{C}_b(Y))\dfrac{WC_b}{WC_b(Y)}+\bar{C}_b(K_h), & Y<K_l \text{ 或 } Y>K_h \\ C_b(Y), & Y\in[K_l,K_h] \end{cases} \qquad (3\text{-}14)$$

经过非线性分段色彩变换后，就得到了肤色聚类在 $YC_b'C_r'$ 空间中的分布情况；再将其投影到 $C_b'-C_r'$ 二维子空间，就可以得到实用的肤色聚类模型。该模型可以用一个椭圆来近似这一肤色区域，其解析式为

$$\frac{(x-ec_x)^2}{a^2}+\frac{(y-ec_y)^2}{b^2}=1 \qquad (3\text{-}15)$$

式中

$$\begin{bmatrix} x \\ y \end{bmatrix}=\begin{bmatrix} \cos\theta & \sin\theta \\ -\sin\theta & \cos\theta \end{bmatrix}\begin{bmatrix} C_b'-c_x \\ C_r'-c_y \end{bmatrix} \qquad (3\text{-}16)$$

其他常量分别为

$$ec_x=1.60，\ ec_y=2.41，\ a=25.39，\ b=14.03$$
$$c_x=109.38，\ c_y=152.02，\ \theta=2.53\text{rad}$$

到此为止，基于 YCrCb 空间的椭圆模型就建立好了。

Anil K. Jain 的 Cr、Cb 椭圆聚类方法的肤色分割效果较好，但是对于亮度较低的区域容易误判为肤色，对于亮度较高的肤色区域会误判为非肤色。针对这个问题，可以先对亮度信息进行分段判断，从而克服了在亮度较高区域和亮度较低区域中存在的不足。通过实验得出，对于亮度小于 80 的非肤色像素点会误判为肤色点，如眼睛区域等；对于大于 230 的肤色像素点会误判为非肤色点。根据这个结论，对亮度采取如下分段：

1）对于亮度 $Y<80$ 的像素点，直接判决为非肤色像素点；

2）对于亮度 $80<Y<230$ 的像素点，采用肤色椭圆聚类方法；

3）对于亮度 $Y>230$ 的像素点进行判决时，将肤色在聚类时椭圆的长短轴同时扩大为

原来的 1.1 倍。

通过这种分段，就可以解决亮度对椭圆模型聚类的干扰了。

3.3.4 几何特征验证

确定了一个适合的肤色模型之后，就可以根据该模型的规则进行肤色分割了，这个过程实际上就是图像的二值化过程，即将输入的彩色图像，根据肤色模型规则，转化为含有人脸区域（对应像素值为 1）和非人脸区域（对应像素值为 0）的黑白图像。

对肤色分割得到的二值图像进行去噪处理，利用膨胀与腐蚀算法消除肤色区域中的黑色点和非肤色区域中的白色点，以及不太可能成为人脸的过于小的肤色区域。该处理过程所得到的结果，即可作为初步的人脸候选区域。

对上面所得到的候选区域进行标记编号，合并标记相同的区域，同时统计所有连通区域的个数，将这些参数保留下来，并送入下一个模块，以为进一步的验证提供条件。

只有区域个数大于 1 的条件满足，二值图像才需进行几何特征的验证。在这一模块中，利用了人脸大小特征和人脸长宽比的特征对人脸候选区域进行验证筛选。每利用一次人脸几何特征进行验证之后，系统都会重新对区域个数进行判断，分别对个数为 0、个数为 1 及个数大于 1 三种情况进行如上的分类处理。该模块处理之后，缩小了人脸候选区域的范围，这样有利于提高 BP 神经网络的检测速度。

通过肤色区域分割模块的处理，可以得到初步候选区域的个数。根据区域个数的不同，采用了不同的方法进行下一步的处理：当区域个数为 0 时，可以得出无人脸的结论，至此检测可以结束；当区域个数为 1 时，即此时为单人脸检测，对于单人脸检测，无须进一步进行复杂的多重验证，而是采用快速的单人脸检测算法对其进行处理；当区域个数 >1 时，说明仍然存在多个人脸候选区域，需利用其他模块对其作进一步的验证。

3.3.5 单人脸快速检测算法

单人脸快速检测算法，是在人脸图像二值化的基础上，利用投影分析法来实现的。这种方法计算量小，可以快速确定人脸的位置，而且非常有效。

在介绍该算法之前，先对投影法进行一下简单的说明。

投影法是沿着图像某个方向截面的灰度值累加计算量的集合，分为垂直投影（以 x 轴为投影轴）和水平投影（以 y 轴为投影轴），公式为

$$f(x) = \sum_{y=1}^{height} f(x,y) \tag{3-17}$$

$$f(y) = \sum_{x=1}^{width} f(x,y) \tag{3-18}$$

垂直投影算法：循环各列，依次判断每一行的像素值是否为白，统计该列所有白像素的个数，设该列共有 M 个白像素，则把该列从第一行到第 M 行置为黑。

水平投影算法：循环各行，依次判断每一列的像素值是否为白，统计该行所有白像素的个数，设该行共有 M 个白像素，则把该行从第一列到第 M 列置为黑。

利用投影分析法标定人脸位置的基本思想是：将去噪处理过的二值图像进行垂直投影，确定左右边界，再在左右边界区域内进行水平投影，确定上下边界。在原图像中的边界位置

画一根黄色线（形成矩形框），矩形框圈出人脸。具体算法如下：

1）循环各列，依次判断每一行的像素是否为白，统计白色像素的个数，并计算图像中白色像素最多的列，列号存入变量 C；

2）从 C 列开始，循环向左扫描，若某列白色像素个数小于最大列计数的 0.1 倍，截止扫描，并设置左边界标记；

3）从 C 列开始，循环向右扫描，若某列白色像素个数小于最大列计数的 0.1 倍，截止扫描，并设置右边界标记；

4）在左右边界区域中，循环各行，依次判断左右边界中的每一列的像素是否为白，若是，计数加 1，并记录最大计数的那一行，行号存入变量 R；

5）从 R 行开始，循环向上扫描，若某行白色像素个数小于最大行计数的 0.1 倍，截止扫描，并设置上边界标记；

6）从 R 行开始，循环向下扫描，若某行白色像素个数小于最大行计数的 0.1 倍，截止扫描，并设置下边界标记；

7）复制原彩色图像；

8）在上、下、左、右边界上画出黄线，以标出人脸区域。

3.3.6 人脸检测 BP 网络确认模块

这一模块，既是用来对灰度图像进行检测的主要部分，又是对彩色图像经过肤色分割和几何特征验证之后的精确验证。对人脸进行检测，实际上是一种特殊的模式识别，相对于模式识别，其输出模式有两类，即 0 和 1。其中，0 表示被检测对象不是人脸；1 则表示是人脸。

人工神经网络系统用于人脸检测取得了极大的成功，但因为要对整幅输入图像在不同分辨率上进行穷举扫描，在很大程度上影响了检测效率。如果减少了扫描窗口的数目，系统的执行效率就会有很大的提高。基于此，首先通过肤色分割预处理，找到可能存在人脸的肤色区域，缩小神经网络的作用范围，然后利用几何算法对这些区域进行初步的验证，进一步缩小网络的作用范围，最后在备选的人脸区域上利用训练好的神经网络分类器进行验证，这样可以提高检测速度。这里所使用的神经网络为 BP 网络，算法流程如下。

1）通过肤色分割和几何特征验证得到备选人脸区域。

2）创建被搜索图。通过肤色分割和几何特征验证得到了每个备选人脸区域的位置、大小。在原输入彩色图像对应的灰度图像和肤色分割后得到的二值图像上，将每个备选区域对应的两幅区域进行与运算，得到一组搜索图。

3）在每幅被搜索图上通过窗口扫描进行神经网络验证。对每个被搜索图扫描遍历，并对扫描窗口用训练好的神经网络分类。将每个搜索图上网络输出最大并大于人脸阈值的扫描窗口标记为本搜索图的人脸位置，并保存其位置、大小。

4）检测结果输出。根据第 3 步得到的人脸窗口，在输入彩色图像上框出相应的人脸位置。

BP 网络结构可以采用三层结构，即输入层、隐含层和输出层。其中，输入窗口的大小都是 20×20 像素，这是通常能使用的最小窗口，这个窗口包含了人脸非常关键的部分。在这 20×20 像素窗口中按行展开，则输入层节点数为 400；输出层节点数为 1，用 1 表示人脸，0 表示非人脸；隐含层节点采用 52 个。BP 网络在人脸确认前是需要先进行网络训练的，训练过程描述如下：

假设输入层、中间层和输出层的单元数分别是 I、M 和 O。$\boldsymbol{X} = (x_0, x_1, \cdots, x_{I-1})$ 是加到网络的输入矢量，$\boldsymbol{H} = (h_0, h_1, \cdots, h_{M-1})$ 是中间层输出矢量，$\boldsymbol{Y} = (y_0, y_1, \cdots, y_{O-1})$ 是网络实际的输出矢量，并且用 $\boldsymbol{D} = (d_0, d_1, \cdots, d_{O-1})$ 来表示训练组中各模式的目标输出矢量。输入单元 i 到隐单元 j 的权重是 V_{ij}，而隐单元 j 到输出单元 k 的权重是 W_{jk}。另外，用 θ_k 和 ϕ_j 来分别表示输出单元和隐单元的阈值。

于是，中间层各单元的输出为

$$h_j = f\left(\sum_{i=0}^{I-1} V_{ij} x_i + \phi_j\right) \tag{3-19}$$

而输出层各单元的输出为

$$y_k = f\left(\sum_{j=0}^{M-1} W_{jk} h_j + \theta_k\right) \tag{3-20}$$

式中，$f(*)$ 是激励函数，采用 S 型函数 $f(x) = \dfrac{1}{1 + \mathrm{e}^{-x}}$。

在上述条件下，训练网络的过程如下：

1）选定训练组。从人脸和非人脸样本集中分别随机地选取 300 个样本作为训练组。

2）将各权重 V_{ij}、W_{jk} 以及阈值 ϕ_j、θ_k 设置成小的接近于 0 的随机值，并初始化精度控制参数 ε 和学习率 α。

3）从训练组中取一个输入模式 X 加到网络，并给定它的目标输出矢量 $\boldsymbol{D}$。

4）利用式（3-19）计算出一个中间输出矢量 $\boldsymbol{H}$，再用式（3-20）计算出网络的实际输出矢量 $\boldsymbol{Y}$。

5）将输出矢量中的元素 y_k 和目标矢量中的元素 d_k 进行比较，就算出 O 个输出误差项：$\delta_k = (d_k - y_k) y_k (1 - y_k)$；对中间层的隐单元也计算出 M 个误差项：$\delta_j^* = h_j (1 - h_j) \sum_{k=0}^{O-1} \delta_k W_{jk}$。

6）依次计算出各权重的调整量为

$$\Delta W_{jk}(n) = (\alpha/(1+M))(\Delta W_{jk}(n-1) + 1)\delta_k h_j \tag{3-21}$$

$$\Delta V_{ij}(n) = (\alpha/(1+I))(\Delta V_{ij}(n-1) + 1)\delta_j^* x_i \tag{3-22}$$

阈值的调整量为

$$\Delta \theta_k(n) = (\alpha/(1+I))(\Delta \theta_k(n-1) + 1)\delta_k \tag{3-23}$$

$$\Delta \phi_j(n) = (\alpha/(1+I))(\Delta \theta_j(n-1) + 1)\delta_j^* \tag{3-24}$$

调整权重为 $W_{jk}(n+1) = W_{jk}(n) + \Delta W_{jk}(n)$，$V_{ij}(n+1) = V_{ij}(n) + \Delta V_{ij}(n)$，阈值为 $\theta_k(n+1) = \theta_k(n) + \Delta \theta_k(n)$，$\phi_j(n+1) = \phi_j(n) + \Delta \phi_j(n)$。

7）当 k 每经历 1～O 后，判断指标是否满足精度要求：$E \leqslant \varepsilon$，其中 E 是总误差函数，且 $E = \dfrac{1}{2} \sum_{k=0}^{O-1} (d_k - y_k)^2$。如果不满足，就返回步骤 3），继续迭代。如果满足，就进入下一步。

8）训练结束，将权重和阈值保存在文件中。这时可以认为各个权重已达到稳定，分类器形成。再一次进行训练时，直接从文件导出权重和阈值进行训练，不需要进行初始化。

对网络训练之后，就可以用该网络进行人脸的确认了，过程如下：

a）在进行人脸验证之前，首先要对待检测的子图像进行预处理，通常需要进行亮度补偿和灰度化、归一化处理。灰度化和归一化处理过程为：将图像转化为 256 灰度级的灰度图像，然后将图像的每一个点的灰度值除以 255，使灰度归一化到 0～1 之间。

b）随后对预处理后的灰度图像进行人脸检测验证。为了检测到任何位置的人脸，使用 20×20 像素的检测窗口扫描整幅图像，步长为 2 像素；为了检测到任意大小的人脸，将整幅输入图像按比例逐级缩小，即进行尺度变化，然后在缩小后的图像中移动检测窗口。经尺度变化和窗口扫描后，可以实现人脸检测的平移不变和尺度不变。

c）在获得输入的 20×20 窗口像素后，进行直方图均衡化处理，直方图均衡化是一个非线性过程，目的是使输入图像转换为每一灰度级上都有相同像素点数的输出图像，即输出的直方图是平的。经过直方图均衡后，图像的对比度大大提高，为后续处理创造了有利条件。

d）最后用神经网络进行人脸检测。首先，装载权重和阈值文件；然后根据网络的输入，计算出网络的实际输出；最后，根据输出值来进行判别。如果输出为接近 1，则判断为人脸；接近 0，则为非人脸。对于候选人脸区，根据实际的输出值做进一步的判断。如果判断是一张人脸，就在处理后的灰度图像中相应窗口位置进行标记。

实验测试结果可以表明，按照上述流程的多模式人脸检测不论是单人脸检测还是复杂背景下多人脸检测，都有较好的表现，如表 3-1 所示。

表 3-1　人脸检测结果统计

	复杂背景下		简单背景下	
	单 人 脸	多 人 脸	单 人 脸	多 人 脸
正确率（%）	85.1	82.3	100	89.4
漏检率（%）	12.4	16.5	0	8.6

3.3.7　人脸特征识别方法

在人脸识别过程当中，分类器的设计与特征的选择和提取是相互独立又紧密相关的两个环节。模式分类主要的方法有数据聚类、统计分类、结构模式识别和神经网络的方法。数据聚类就是用某种相似性度量的方法将原始数据组织成有意义的和有用的各种数据集，例如最近邻法和模糊聚类方法。统计分类就是基于概率统计模型得到各类别特征向量的分布，以取得分类的方法，例如隐马尔科夫分类，该方法通过考虑识别对象的各部分之间的联系来达到识别分类的目的。结构模式识别采用结构匹配的形式，通过计算一个匹配程度值（Matching Score）来评估一个未知的对象或未知对象某些部分与某种典型模式的关系如何，例如弹性模板匹配的人脸识别方法。下面对几种分类方法进行详细介绍。

1. 最近邻方法

最初的近邻方法由 Cover 和 Hart 于 1968 年提出，由于该方法在理论上进行了深入的分析，直至现在仍是模式识别非参数法中最重要的方法之一。最近邻方法主要是利用样本间的距离进行分类决策。

在模式识别中常用到的距离有明考夫斯基距离（Minkowsky Distance）和马哈拉诺比斯距离（Mahalanobis Distance）。

（1）明考夫斯基距离

$$D(\boldsymbol{X},\boldsymbol{G}) = \Big[\sum_{t=1}^{m} \mid x_t - g_t \mid^q\Big]^{1/q} \tag{3-25}$$

式中，$\boldsymbol{X}$ 表示输入的特征向量，且 $\boldsymbol{X} = (x_1, x_2, \cdots, x_m)$；$\boldsymbol{G}$ 为样本的特征向量，且 $\boldsymbol{G} = (g_1, g_2, \cdots, g_m)$。

当 $q=1$ 时，为常用的绝对值距离（Absolute Distance），即

$$D(\boldsymbol{X},\boldsymbol{G}) = \sum_{t=1}^{m} \mid x_t - g_t \mid \tag{3-26}$$

当 $q=2$ 时，即为欧几里得距离（Euclidean Distance），即

$$D(\boldsymbol{X},\boldsymbol{G}) = \sqrt{\sum_{t=1}^{m} \mid x_t - g_t \mid^2} \tag{3-27}$$

（2）马哈拉诺比斯距离

当 $\boldsymbol{X}$、$\boldsymbol{G}$ 两个 m 维向量是正态分布的，且具有相同的协方差矩阵 $\boldsymbol{E}$ 时，它们的马哈拉诺比斯距离为

$$D(\boldsymbol{X},\boldsymbol{G}) = \big[(\boldsymbol{X}-\boldsymbol{G})\boldsymbol{E}^{-1}(\boldsymbol{X}-\boldsymbol{G})^t\big]^{1/2} \tag{3-28}$$

一般常用的是欧几里得距离和绝对值距离，在使用最近邻法进行分类时，要用到决策的规则。最近邻决策规则的直观解释是对未知样本 $\boldsymbol{X}$ 只要比较 $\boldsymbol{X}$ 与已知类别样本之间的距离，并决策 $\boldsymbol{X}$ 为离它最近的样本同类。在利用近邻法分类时，有时会出现决策风险很大的情况，在这种情况下需要引入拒绝决策。在最邻近法中是否拒绝的判断标准就是在最小距离比较时引入一个最小值，也就是拒绝域，小于拒绝域则属于这一类，否则不属于。

2. 模糊聚类方法

自 1965 年 Zadeh 提出模糊概念以来，模糊数学已被用于很多领域，其应用于模式识别，形成了模糊模式识别。模糊模式识别方法是利用模糊数学中的概念、原理与方法解决分类识别问题。使用模糊技术进行分类的结果不再是待识别模式明确地属于某一类或不属于某一类，而是以模糊数学隶属度的原理和方法进行分类识别。聚类分析的基本思想是用相似性尺度来衡量事物之间的亲疏程度，并以此来实现分类，模糊聚类分析的实质就是根据研究对象本身的属性来构造模糊矩阵，在此基础上根据一定的隶属度来确定其分类关系。

常用的聚类方法是模糊 C 均值聚类方法。模糊 C 均值聚类方法可表示每个数据属于各个类别的程度，它通过迭代来优化目标函数，求取目标函数的极值点，从而得到最优聚类。模糊 C 均值聚类方法是将 n 点分成 c 类，定义每一个类有一个聚类中心，然后根据点与聚类中心的距离，形成一些具有相同性质的模糊子集，每一个点与聚类中心有一个隶属度。一个类也就是一系列点组成的模糊子集，每个点对于不同的聚类中心有不同隶属度，由此，可以形成在一定隶属度条件下的分类。

3. 隐马尔可夫分类方法

隐马尔可夫模型（Hidden Markov Model，HMM）是一个统计模型，适用于动态过程时间序列建模并具有强大的时序模式分类能力，理论上可处理任意长度的时序。HMM 是马尔可夫链（Markov Chain）的推广，在 HMM 中观察到的事件与状态通过一组概率分布相联系，是一个双重随机过程。其中一个是马尔可夫链，它描述了状态之间的转移；另一个随机过程描述了状态和观察值之间的统计对应关系。HMM 的状态是隐含的，可以观察到各个

状态产生的非确定观察值，因此称为 HMM。HMM 主要有 3 个问题，分别是评价问题、解码问题、学习问题。

1）评价问题：对于给定的模型，求某个观察值序列的概率 P；在人脸识别中就是给定一个未知人脸，根据学习形成的 HMM 计算未知人脸和哪一类人脸模型生成的概率最大，则认为该未知人脸为那一类人脸。

2）解码问题：对于给定的模型和观察值序列，求可能性最大的状态序列。

3）学习问题：对于给定的一组观察值序列，调整参数，使得观察值出现的概率 P 最大。

人脸识别中就是要根据一组相同人的不同人脸图像，通过学习算法，建立一个 HMM。

3.3.8 人脸表情特征提取

人脸表情特征提取包括 3 个部分，分别是动态纹理检测、特征点运动的光流估计、密集点运动的光流估计。

人脸表情特征提取算法设计如下：

1）选择归一化后的连续帧人脸求差，对差值进行均方统计。选择差异最大的差值进行纹理的检测，选择恰当的阈值得到分割的动态纹理信息。

2）选择归一化后的人脸图像序列库，对每个图像序列按上、下人脸进行逐点的活动性统计，其中在上、下人脸分别选择活动性最大的 20 个点作为特征点，然后在剩余的帧中进行这些点的光流估计，最后得到运动矢量。

3）选择归一化后的人脸图像序列，使用光流法对每个像素点进行特征点的跟踪，对这些运动矢量进行主分量分析。这样得到的特征数据量会大大减少，便于进行下一步的情感分类。

在特征提取阶段，使用人脸特征点跟踪、密集点运动矢量的主成分分析及纹理提取两种手段提取表情特征，然后进行归一化和矢量量化，作为 HMM 的输入。在使用 HMM 来训练和识别前，所有运动矢量都经过矢量量化（VQ）转换为可观察序列 O。VQ 码书是基于训练数据而产生的，在码书形成时，所有训练帧的数目应该是码书规模的 50 倍以上。特征点上、下分别是 20 维的距离矢量，对于密集点光流，则通过 PCA 后上、下人脸分别取 20、30 维；对纹理的提取，则上、下人脸分别提取 32 维。每个多维的矢量序列都要矢量量化为一维可观察符号序列输入到 HMM 进行训练和识别，下部人脸表情单元的训练过程如图 3-6 所示。

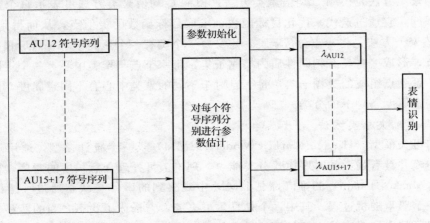

图 3-6 人脸表情单元的训练过程

图 3-7 给出了使用 HMM 的识别过程。该图仍然采用下部人脸识别作为例子，从图中可以看出识别过程是使用 HMM 进行最大输出概率的最邻近分类。

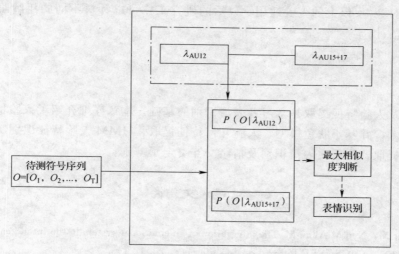

图 3-7　使用 HMM 的识别人脸表情过程

基于上述方法，在人脸归一化、表情特征提取等仿真实验中，采用了国际上常用的 AR 表情数据库进行 6 种主要表情的识别，总体识别率为 93.5%。各个实验中给出的表情识别算法识别率的比较如表 3-2 所示。

表 3-2　本书研究的表情识别算法与其他识别算法的比较

图像性质	分类方法描述	效果评价（%）
静态图像	基于 PCA 的线性判别式规则	识别率 74
	个人图像库与弹性图像匹配	识别率 81
	二维情感空间 PCA 和最小距离分类	识别率 84.5
	三层后向传播的神经网络学习算法	识别率 85
	混沌调制表情识别	识别率 91
图像序列	三维情感空间 PCA	识别率 96
	HMM 多参特征协同分类	识别率 97
	中层判据描述人脸特征运动的时间恒定估计法	识别率 88
	基于 HMM 的人脸表情分类	识别率 93.5

在特征点的选择实验中，使用基于最大活动性统计得到的特征点和手工标定的特征点位置大致相同。分别使用这两种特征点运动矢量进行表情识别，对 Cohn-Kanade 数据库进行测试表明这两种特征点的定位方式同样有效，识别率都在 85% 以上，结果表明使用人工标定的特征点识别率要略高一些，这是因为有些大距离运动的运动特征点难以正确统计，造成运动矢量统计的错误。

在密集点运动跟踪中，使用光流估计对 10 像素以上的运动跟踪错误明显增多，说明使用密集点运动光流估计难以处理像素的大运动；由于使用特征点的光流估计能够处理较大的运动，所以可以设计基于 HMM 的人脸表情识别算法综合使用特征点运动和密集点运动信息。由于不同人脸的相同情感，其面部纹理是不同的，特别是年龄对表情的纹理影响非常大，年轻人面部纹理很微弱，婴儿表情基本没有明显的纹理变化，所以在纹理提取实验中，纹理检测模板对 20 岁以上的人脸适用，以后的研究工作可以针对不同的年龄阶段进行纹理的检测与情感估计。

3.4 小结

人脸检测及人脸特征提取是学习者表情识别的基础，本章详细介绍了人脸检测技术、人脸特征提取技术，并基于肤色模型、人脸几何特征提取、HMM 人脸特征识别实现了人脸检测、表情特征提取，为后文表情识别及情绪交互奠定了基础。

参 考 文 献

[1] BEN Ammar M，Nejl M Alimi M. The integration of an emotional system in the Intelligent Tutoring System [C]. The 3rd ACS/IEEE International Conference, 2005：145.

[2] Nkambou R. Managing Student Emotions in Intelligent Tutoring Systems [C]. FLAIRS Conference, 2006：389-394.

[3] 王志良，陈锋军，薛为民. 人脸表情识别方法综述 [J]. 计算机应用与软件, 2003 (12)：64-67.

[4] 马燕，李顺宝. 二维及三维人脸识别技术 [M]. 上海：上海文艺出版总社, 2007.

[5] Neji M，Ben Ammar M. Emotional eLearning system [C]. Bangkok：the 4th International Conference on eLearning for Knowledge-Based Society, 2007：18-19.

[6] Zakharov K. Affect Recognition and Support in Intelligent Tutoring Systems [D]. New Zealand：the University of Canterbury, 2007.

[7] 何国辉，甘俊英. 人机自然交互中多生物特征融合与识别 [J]. 计算机工程与设计, 2006, 27 (6).

[8] 俞佳. 面部表情识别线索的精密检测研究 [D]. 上海：华东师范大学, 2004.

[9] Parke F I. Computer Generated Animation of Faces [C]. ACM Conference, 1972：451-457.

[10] 周杰，卢春雨. 人脸自动识别技术综述 [J]. 电子学报, 2000, 28 (4).

[11] Gu Hua, Su Guangda, Du Cheng. Feature Points Extraction from faces [J]. Image and Vision Computing NZ, 2003 (11)：26-28.

[12] Samal A, Iyengar P A. Automatic recognition and analysis of human faces and facial expression：A survey [J]. Pattern Recognition, 1992, 25 (1)：65-77.

[13] 刘巧静，林福严，李兴森. 人脸特征的选取和定位 [J]. 微计算机应用, 2000 (4).

[14] 张翠平，苏光大. 人脸识别技术综述 [J]. 中国图像图形学报, 2000, 5 (11)：885-894.

[15] 黄翔宇，章毓晋. 基于压缩域的图像检索技术研究进展 [J]. 中国图像图形学报, 2003 (5).

[16] 王凌，冯华君，徐之海. 一种基于光流场的复杂背景下人脸定位方法 [J]. 计算机工程与应用, 2003 (8)：68-23.

[17] 李江，郁文贤. 基于模糊隶属函数的主元分析人脸识别算法 [J]. 计算机工程与科学, 2004, 26 (6).

[18] 黄修武，杨静宇，郭跃飞. 基于隶属度的人脸图像抽取和识别 [J]. 电子学报, 1998, 26 (5).

[19] 赵丽红，刘纪红，徐心和. 人脸检测方法综述 [J]. 计算机应用研究, 2004 (9).

[20] 梁路宏，艾海舟，徐光. 人脸检测研究综述 [J]. 计算机学报, 2002 (5).

［21］ Viola P，Jones M. Robust Real time Object Detection ［C］. Canada：the Second international workshop on statistical and computational theories of vision-Modeling，Learning，Computing，and Sampling Vancouver，2001.

［22］ Lienhart R，An M J. Extended Set of Haar-Like Features for Rapid Object Detection ［C］. the IEEE International Conference on Image Processing，2002：900-903.

［23］ Berto R，Poggio T. Face recognition：Feature versus templates ［C］. IEEE Trans. on Pattern Analysis and Machine Intelligence，1993，15 (10)：1042-1052.

［24］ 王蕴红，谭铁牛，朱勇. 基于奇异值分解和数据融合的人脸鉴别 ［J］. 计算机学报，2000，23 (6).

［25］ Samaria F. Face segmentation for identification using Hidden Markov Models ［C］. British Machine Vision Conference，1993.

［26］ 谭昌彬，李一民. 基于 EHMM 的人脸识别 ［J］. 云南民族大学学报：自然科学版，2006，15 (4).

［27］ Ziad M，Martin D. Face Recognition Using the Discrete Cosine Transform ［J］. International Journal of Computer，2001，43 (3)：167-188.

［28］ 王志良，孟秀艳. 人脸工程学 ［M］. 北京：机械工业出版社，2008.

第4章 学习者情感特征提取及情绪建模

4.1 E-Learning 系统中的学习情绪识别

在 E-Learning 学习过程中，影响学习的因素主要是学习的情绪和动机，这也是目前情感教学系统中主要研究的对象，即如何识别和调节学习者的学习情绪和动机，使教学系统不仅是基于认知的（Cognitive），而且是情绪的（Emotional）和动机的（Motivational）。

要实现具有情感交互的教学系统，计算机首先需要能够正确地识别学习者的情感，然后才能对负向的情感进行针对性的调节。因此，一般的情感教学系统均须包含情感识别和情感反馈（情感调节）两大模块。目前，应用在教学系统中的情感识别方法主要可以分为基于表情识别的方法、基于生理感应信号的方法、基于认知评价的方法及多模态识别方法。其中，表情识别又包括人脸表情识别、姿态识别及语音识别等。本书主要以基于表情识别的方法为主。

4.1.1 基于表情识别的方法

表情识别技术是当前情感计算应用研究的一个热点方向，随着它的广泛研究与应用，它也成为 E-Learning 系统中用于实现学习情绪识别的首选方法。

1. 人脸表情识别方法

人脸表情识别方法一般包括：① 基于几何特征的识别方法。它主要是对人脸表情的显著特征，如眼睛、鼻子、眉毛、嘴等的位置变化进行定位、测量，确定其大小、距离、形状及相互比例等特征，进行表情识别。② 基于整体的识别方法。它是通过对整幅人脸或人脸图像中特别的区域进行变换，获取人脸各种表情的特征来进行识别。应用最广的是主元分析（PCA）方法。③ 基于模型的识别方法。它主要是建立精确的物理模型，根据解剖学知识确定关键特征并通过比较这些特征的变化来识别人脸表情。也就是说把人脸表情识别问题转化成可变形曲面的弹性匹配问题。而应用到 E-Learning 系统中的表情识别大多是基于对面部特征的跟踪。其步骤一般分为人脸检测、人脸特征提取及表情分类与分析。Mahmoud Neji 首先识别人脸，分别提取出眼睛、眉毛、嘴巴的轮廓，然后进行分析和对表情分类，并定义了 6 种间距，试图通过各种间距的变化规律来识别表情。如图4-1所示，向上或向下的箭头分别表示相应间距增大或减小，而等于符号则表示距离不变。其识别率达到了 80%。

Konstantin Zakharov 通过计算 3 个比率

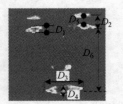

	D_1	D_2	D_3	D_4	D_5	D_6
喜悦	=	=	↑	↑	=	↓
悲伤	↓	↑	=		=	↑
生气	↑	↓	=	↑或↓	=	=
恐惧	?	↑	=	=	↑	↑
厌恶	=	=	↑	↑	=	↓
吃惊	↑	↑	=	=	=	=

图 4-1 基于特征点距离的识别模式

来进行分析识别：眼角到嘴巴的距离同两眼之间距离的比率、嘴巴间距同两眼距离的比率、眉毛间距同两眼距离的比率。用 K 时刻 3 个比率同初始比率的差值来确定情绪的正负向，如皱眉或微笑。他的这种方法仅用于识别出情绪的极性，并不能识别复杂的情绪状态。

吴彦文提出的表情识别方法为：根据嘴角和嘴中心的连线与眉心和嘴中心连线之间的夹角不同，如果夹角基本等于 90°左右，那么表情就是平静；夹角小于 90°，则是高兴；而夹角大于 90°，则是悲伤。这样便可判断平静、高兴与悲伤这 3 种基本表情。

Bethany McDaniel 等人采用的是 Ekman 的面部运动编码系统（FACS）来进行表情识别。他们对特定运动单元同相应情绪的关系进行了分析。如迷惑（Confusion）情绪同眉毛下弯（AU_4）、眼皮拉紧（AU_7）高度相关，而同嘴角下拉（AU_{12}）关联性较小；高兴（Delight）情绪同拉紧眼皮（AU_7）和提拉嘴角（AU_{12}）相关；挫败（Frustration）情绪是一个典型的同生理激活度相关的状态，对面部表情特征的跟踪很难进行识别，和它相关的运动单元也仅仅是 AU_{12}，即半笑半不笑的状态；厌烦（Boredom）也是一种不容易从面部表情特征识别的状态，目前还没有发现同该情绪相关的运动单元。

Ashish Kapoor 等人所建立基于概率和误差修正的多分类器组合模型对兴趣进行多模态的识别中也用到了 FACS 来进行表情分析的方法。

Massey 大学的 NGITS 项目组的人脸表情识别小组对学生的 6 种表情采用支持向量机（SVM）方法进行训练识别，它们的识别率分别是：平静（Normal）为 92%；厌恶（Disgust）为 93%；害怕（Fear）为 90%；微笑（Smile）为 93%；大笑（Laugh）为 96%；惊讶（Surprised）为 94%。

2. 姿态识别方法

MIT 的 Selene Mota 等人专门对学习过程中姿态同情感状态的关系与对应模式进行了分析与识别。他们认为学习者在学习过程中的行为姿态同相应的情感状态有着很大的关联性，通过对学习者行为姿态的识别和分析可以诊断出相应的情感状态，即兴趣高（High Interest）、无兴趣（Low Interest）及休息（Taking a Break）等。如当学生学习兴趣较高时，就很可能会身体向前倾；而厌烦时，可能会向后仰等。对学习的姿态采集主要是通过物理感应设备——传感椅实现的。他们采用 3 个步骤对学习者的行为姿态进行实时地识别和分析：首先对通过传感椅传来的压力矩阵运用高斯混合模型进行建模，进行姿态特征的提取；然后通过一个三层的前向神经网络对提取后的特征进行分类；最后用 HMM 将姿态同相应的情感状态进行关联识别。通过实验观察和统计，他们对学习者的 9 种姿态进行了分类，如表 4-1 所示。可以看出，对某些姿态，如向前倾（LF）、向后倾（LB）、向上坐（SU）、向后仰（SB）及坐在椅子边上（SE）等识别率都比较高，达到了 90% 以上，而向右前方倾（LFR）、向左前方倾（LFL）、向右后方倾（LBR）及向左后方倾（LBL）等姿态的识别率稍低，识别率在 76.65%～89.43% 之间。

表 4-1 利用传感椅进行识别的姿态及识别率

姿 态	识别率（%）
坐在椅子边上（Sitting on The Edge of The Chair, SE）	91.91
向上坐（Sitting Upright, SU）	93.21
向前倾（Leaning Forward, LF）	96.68

（续）

姿　　态	识别率（%）
向后倾（Leaning Back, LB）	90.91
向后仰（Slumping Back, SB）	90.12
向右前方倾（Leaning Forward Right, LFR）	76.65
向左前方倾（Leaning Forward Left, LFL）	80.02
向右后方倾（Leaning Back Right, LBR）	89.43
向左后方倾（Leaning Back Left, LBL）	79.86
总的识别率	87.64

最后通过 HMM 将这些姿态和情感关联分类后，对高兴趣的识别率为 85.39%，对低兴趣的识别率为 74.55%，对休息的识别率为 86.81%，总的识别率达到了 82.25%。

Abdul Rehman Abbasi 试图通过对人在学习过程中一些特定的手部姿态来判断其情感状态。如图 4-2 所示，挠头或抓鼻子可能表示在回忆；托下巴或摸嘴唇可能表示在思考；揉眼睛则可能表示比较疲惫了。为了建立这些姿态同学习情感之间的映射，他还构建了一个贝叶斯网络（Bayesian Network），并通过实验验证了网络结构的可行性，得到了较好的效果。但在实验中他对相应姿态的分类是通过人工完成的，并没有通过机器自动识别。由于这些手部姿态主要同脸部相关，他也提出了用基于肤色分割的方法来进行识别。

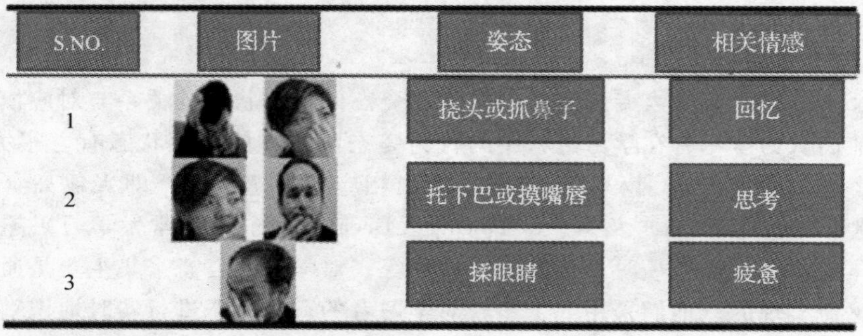

S.NO.	图片	姿态	相关情感
1		挠头或抓鼻子	回忆
2		托下巴或摸嘴唇	思考
3		揉眼睛	疲惫

图 4-2　姿态及相关情感

Massey 大学的 NGITS 项目组的姿态识别小组采用了多层前向 ANN 方法以及支持向量机（SVM）方法对 13 种姿态进行分类和识别，其中 ANN 方法的识别率达到了 98.27%，SVM 方法的识别率为 96.34%，应该说效果还是非常好的。

3. 语音识别方法

语音识别方法的应用主要体现在以下几个方面：① 通过长时期对韵律的变化跟踪来揭示语音的变化是情感识别最常用的方法；② 对语音频谱变化的瞬间捕获和跟踪；③ 词法和语法分别对应语义和语言结构的分析；④ 对话的上下文为情感识别提供相应的知识。

Arthur C. Graesser 等人通过对学生同 AutoTutor 之间的对话模式来识别情感。AutoTutor 是一个基于 Web 的能同学习者进行自然语言交流的智能教学系统，它有一个动态的对话 Agent 和一个对话管理系统，对学习者的对话进行分析和响应。他们认为 Ekman 所提出的基本情绪如伤心（Sadness）、高兴（Happiness）、生气（Anger）、恐惧（Fear）、厌恶

（Disgust）、惊讶（Surprise）等同学习过程中的情绪相关度较小，在学习过程中产生的较多的是比较复杂的情绪如迷惑（Confusion）、厌烦（Boredom）、钻研（Engagement）、好奇/兴趣（Curiosity/Interest）、高兴（Delight）/惊喜（Delight/Eureka）以及挫败（Frustration）等。通过对话的跟踪和分析，结果发现对话内容同迷惑（Confusion）、惊喜（Eureka）及挫败等情绪状态有高度的相关性，这些情绪受 AutoTutor 的反馈影响驱动和调节程度较大。

Diane J. Litman 等人通过他们建立的一个基于口语交流的智能教学系统（ITSPOKE）对学生对话的声韵律特征 [如音高（Pitch）、能量（Energy）、持续时间（Duration）、速率（Tempo）及停顿（Pausing）等]、词法特征进行分析和预测学生的学习情感，并将情感分类为正向的（Positive）、负向的（Negative）和中立的（Neutral）。如对于负向的 [迷惑（Confused）、厌烦（Bored）、恼怒（Irritated）]，其词法上会用一些像"我不知道"之类的短语，而在声韵律特征上主要表现为先停顿；对于正向的 [自信（Confident）、有热情的（Enthusiastic）]，则表现为声音大、速率高；对于中立的（既不正向也不负向），则表现为声高、音高及速率均适中等特征。其识别率为 80.53%。

Tong Zhang 等人通过对学生语音的词法、韵律、频谱及语法分析，来识别学生的 3 种情感状态：自信（Confidence）、迷惑（Puzzle）、犹豫（Hesitation）。其识别率达到 91.3%。

4.1.2 基于生理感应信号的方法

这种方法主要是借助一些物理传感设备，对学习过程中的各种生理信号进行感应和识别，从而判断学习情感状态。由于人的情感和心理信息都属于一种非语言表达（Nonverbal）的信号，而且每个人的情感表达方式不太一样，受个性等因素的影响，遇到相同刺激时的情绪反应也可能不相同。而通过生理信号的感应一般受主客观因素的影响较小，能反应学习者的真实情绪。用于情感检测的生理信号检测主要有以下几类：

1）肌电图（Surface Electromyography，EMG）：主要用于测试肌肉收缩过程中的电位变化信号。传感器主要接在皱眉肌（Corrugator Muscles）上，皱眉肌主要用来测试负向极性的情绪；为了测试正向极性情绪，还要将传感器接在颧骨肌（Zygomatic Muscles）上。

2）皮电反应（Galvanic Skin Response，GSR）：是反映人交感神经兴奋性变化的最有效、最敏感的生理参数，它通过测量人手心发汗的程度了解人心理紧张状态的变化。反应幅度大，灵敏度高，不易受大脑皮层意识的直接抑制，是国际上得到普遍承认的心理测试指标。它主要用于测试情绪的唤醒度，而同情绪的极性不相关。由 MIT 自己研制的 GSR 是一种无指手套，它配有发光的二极管显示器。当你的压力荷尔蒙达到高位时，显示器会发出明亮的白光。

3）脉搏波/血压（Blood Volume Pulse，BVP）：与心血管活动有关的神经元广泛地分布在中枢神经系统，在心血管活动调节中，下丘脑是一个非常重要的整合部位，是对机体各内脏机能进行整合的较高级部位，在发怒、恐惧等情绪反应中都起着重要的作用。因此，心理紧张状态和情绪的变化，会相应引起心血管活动的改变。事实上，人在心理紧张时，心脏脉搏输出量增加，心率加快，使脉搏波的收缩压上升。另外，人的紧张心理对血液循环的外周阻力带来影响，使外周阻力增加，从而使脉搏波的舒张压上升。这些在图谱上能明显地表现出来。

4）呼吸（Respiration，RSP）：主要用于检测呼吸的频率与幅度。它通常辅助其他传感器用于情感的识别。

Burleson 在构建学习伙伴 Agent 过程中，为了识别学生情感所采用的传感器中，除了 GSR 以外，还使用了压力鼠标来测试学生的紧张度［同挫败（Frustration）情绪相关］，传感椅来测试学生是否在努力学习还是处于厌烦或休息状态，摄像头用于跟踪面部表情、头部运动、嘴巴张合、眨眼、瞳孔放大等事件（见图 4-3），共识别出 8 种情绪状态：无情绪、生气、憎恨、悲痛、柏拉图式的爱、罗曼蒂克式的爱、愉快及崇敬，识别率达到 81%。这个结果是通过对一个学生 20 天的课程历经 5 周的时间跟踪取得的。

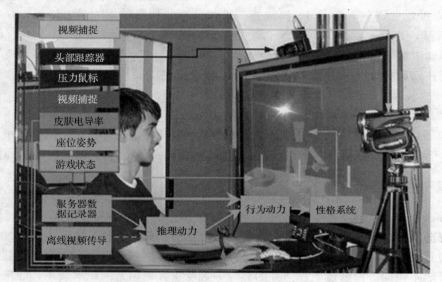

图 4-3　MIT 的 Learning Companion 系统

Nasoz 和 Paleari 等人描述了在学习环境中同虚拟 Agent 的情感交互（Virtual Agent for Learning Environment Reacting and Interacting Emotionally，VALERIE）项目的多模态情感用户接口（Multimodal Affective User Interface，MAUI）框架。MAUI 框架对生理信号主要包括对皮电反应（GSR）、温度和心率的测试，并集成了面部表情识别及声音识别等多种模态，采用 3 种机器学习算法——K 最邻近算法（KNN）、判别函式分析法（DFA）、马夸特后向传播（MBP）算法识别出了伤心（Sadness）、生气（Anger）、惊讶（Surprise）、恐惧（Fear）、挫败（Frustration）及娱乐（Amusement）等情绪。结果表明除了对惊讶情绪的识别，MBP 算法的效果要好于 DFA 和 KNN。

4.1.3　基于认知评价的方法

Ortony、Clore 和 Colins 构建了一个情感的认知理论，通过描述引发情感的认知过程解释情感的诱因。OCC 模型是这一理论的重要成果，也因其良好的可计算性成为目前情感计算领域广泛应用的情感模型。根据情感的认知理论，情感是作为认知评估的结果而出现的。OCC 模型认为情感能够通过对环境的研修要素进行评估而形成：事件、Agent、对象。事件是能够被人感知到的发生的事情；Agent 可能是人、动物，或者是没有生命的对象；对于个体，有 3 种价值结构：目的、标准和态度。个体对事件的评价主要是看促进还是阻碍自己目的的实现。标准是用来评价 Agent 的活动，即评估 Agent 的活动是否符合个体所持的社会道德标准或行为标准。最后，对象是否对个体产生吸引力则决定于其属性是否与个体的态度相一致。

个体情感的触发取决于其对世界的感知和解读。比如沮丧，是对某个不如意事件的反应，这个事件也必定被解读为不如意。再比如，同样一场比赛，获胜方的运动员会兴高采烈，而失败方的运动员则是垂头丧气。事实上，无论是赢方还是输方都是对一件相同的客观事件做出反应——比赛结果。只不过，赢方把这个事件解读为令人满意的，而输方的解释则是不满意。正是这些解读驱动着情感系统。尽管情感是现实的存在，并且还会表现出不同的强度，但它们触发的动因是基于个体对外部现实的认知解释，而不是直接产生于现实本身。这就是情感的认知基础。

因此，也有一些 E-Learning 系统采用认知评价，即基于 OCC 模型的方法对学生的情感进行建模。Patricia Augustin Jaques 等人即采用了 OCC 模型，通过对学生的可观察行为进行认知评价而推断学生的学习情感，包括愉快（Joy）和苦恼（Distress）、满意（Satisfaction）和失望（Disappointment）、感激（Gratitude）和生气（Anger）以及骄傲（Pride）和羞耻（Shame）。为了识别这些情感，还对学生的可观察行为（Observable Behavior）、学习事件（Events）及目标（Goals）进行了定义。其中可观察行为主要是指学生在学生界面中的行为，比如完成练习的时间、任务完成的成功与失败、请求或拒绝帮助等。事件是个人对发生的事情形成感知的诱因，可能是由学生的活动导致的，也可能是由教学 Agent 的活动导致的，如开始或完成新章节的学习、进行实例学习和练习、教学 Agent 主动提供帮助等。目标主要分为掌握取向（Mastery Goals）和表现取向（Performance Goals）两种类型。当符合学生目标类型的事件发生时，学生就会产生愉快或满意的情绪；当期望的事件没有发生时，就会产生不愉快或失望的情绪；当教学 Agent 的行为是学生喜欢接受时，就可能会产生感激的情绪，否则会产生气愤情绪；当学生认为自己的行为不理想时，可能会产生羞愧情绪。

4.1.4 多模态识别方法

为了提高对学生情绪的识别率，一些系统采用了多种模态组合进行建模，比如前面提到的 Ashish Kapoor 就采用了面部表情、姿态和游戏状态信息。姿态是采用传感椅感知用户身体姿势变化及行为活动，通过神经网络对采集数据分类，共识别出 8 类姿势和 3 种活动。游戏状态信息主要包括当前游戏的状态及游戏难度等。这种多模态的识别率达到 67.8%，明显高于单个模式的识别。

还有前面提到的 Fatma Nasoz 的 MAUI 中也用到了多种模式的识别。Conati 等人所构建的 DDN 模型中，也用到了生理信号、视觉（眉毛位置）等进行情绪的识别。

4.2 基于维度情绪论的学习者情感模型研究

4.2.1 学习情绪的定义

情绪是日常生活中屡见不鲜并亲身体验着的一种心理活动。在日常的工作、学习生活中时时刻刻都伴随着情绪的产生或变化。但是，迄今为止，机器还不具备人类情感的能力，人工智能研究所面临的重要问题之一是把动机和情绪引进机器，即人工心理和人工情感的主要研究内容，其中情感建模是研究的重点。远程教学系统中的情感研究也不例外，学生情感模型的建立是实现远程教学中情感交互的关键研究内容。

情绪具有多维度结构，维度是情绪的一种特性。维度论认为几个维度组成的空间包括了人类所有的情绪。情绪的表示可以看做是具有信息度量的多维空间的点在情感空间的映射，情感计算的基础就是找到这个映射。维度论把不同情绪看做是逐渐的、平稳的转变，不同情绪之间的相似性和差异性是根据彼此在维度空间中的距离来显示的。迄今为止，心理学家提出的维量划分方法有很多种，如美国的心理学家施洛伯格（H. Schlosberg）依据面部表情进行情绪的分类研究，于20世纪50年代初提出了情绪的三维模式：愉快—不愉快、注意—拒绝和激活水平（睡眠—紧张）。布鲁门瑟尔（Blumenthal）从认知论的角度提出了一个包括注意、唤起和愉快的情绪三维模式。J. G. Taylor采用评价（相当于快乐度）、唤醒和行为（相当于趋避度）这3个维度值对陌生面孔进行表情识别。此外，还有二维、四维和更多维的情感维度。

基于远程教学中需要交流的情感需求，并通过对学生学习情绪的大量观察研究，王志良老师的E-Learning课题组基于情绪维度论构建了学生的三维情感空间，3个维度分别为愉快维（愉快—不愉快）、兴趣维（有兴趣—没兴趣）和唤醒维（睡眠—紧张），如图4-4所示。该三维情绪空间是一个以愉快维为横向坐标轴、唤醒维为纵向坐标轴、兴趣维为竖向坐标轴的半径为1的圆球。所有正常的情绪都可以用圆球中对应的点来表示，圆球以外的点则表示情绪失控时的非正常情绪，其中坐标原点代表平静状态。

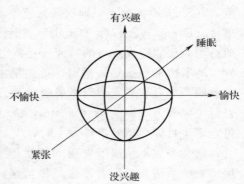

图 4-4　学生的三维情感空间

对于任何一种正常情绪 e，都可以用三维向量 (x, y, z) 来表示，向量的模 γ 表示情绪的强度，情绪强度最大为1，最小为0，超出这个范围，则认为情绪为非正常情绪。向量的角度 θ、β 表示情绪类型，角度相同的向量表示不同强度的同类情绪。γ、θ、β 的计算公式为

$$\gamma = \sqrt{x^2 + y^2 + z^2} \tag{4-1}$$

$$\theta = \begin{cases} \arccos \dfrac{x}{\sqrt{x^2 + y^2 + z^2}}, & y > 0 \\ \pi + \arccos \dfrac{x}{\sqrt{x^2 + y^2 + z^2}}, & y < 0 \end{cases} \tag{4-2}$$

$$\beta = \begin{cases} \arccos \dfrac{x}{\sqrt{x^2 + y^2 + z^2}}, & z > 0 \\ \pi + \arccos \dfrac{x}{\sqrt{x^2 + y^2 + z^2}}, & z < 0 \end{cases} \tag{4-3}$$

情绪向量的模和角度可以唯一地确定一种情绪，通过比较 γ、θ、β 的值可以判断两种情绪是否相同、是否为同一情绪类型或比较两种情绪的强度。

1. 判断两种情绪是否相同

通过比较两种情绪的坐标，可以判断其是否相同。也可以通过比较两者的情感强度和情感角度来判断两种情绪是否相同。例如两种情绪 $e_a = [x_a, y_a, z_a]$ 和 $e_b = [x_b, y_b, z_b]$，可以判断 $\begin{cases} x_a = x_b \\ y_a = y_b \\ z_a = z_b \end{cases}$ 是否成立或者判断 $\begin{cases} \gamma_a = \gamma_b \\ \theta_a = \theta_b \\ \beta_a = \beta_b \end{cases}$ 是否成立。如果成立，则两种情绪相同。

2. 判断两种情绪是否为同一情绪类型

通过比较情绪向量的角度可以判断两种情绪是否属于同一情绪类型。例如两种情绪 $e_a = [x_a, y_a, z_a]$ 和 $e_b = [x_b, y_b, z_b]$，首先根据式（4-2）、式（4-3）计算两种情绪的角度 θ_a、β_a、θ_b、β_b，如果 $\begin{cases} \theta_a = \theta_b \\ \beta_a = \beta_b \end{cases}$ 成立，则两种情绪属于同一情绪类型。

3. 比较两种情绪的强度

对于属于同一情绪类型的两种情绪来说，通过比较两种情绪向量的模来比较两种情绪的强度。例如两种情绪 $e_a = [x_a, y_a, z_a]$ 和 $e_b = [x_b, y_b, z_b]$，假设 e_a、e_b 同属于愉快类情绪，根据式（4-1）计算 γ_a 和 γ_b，如果 $\gamma_a > \gamma_b$，则表示情绪 e_a 比情绪 e_b 在愉快程度上更强烈。

基于可实现性的考虑，该研究结合基本情绪理论，在学习空间中定义了 6 类基本情绪类别：愉快、不愉快、有兴趣、无兴趣、睡眠、紧张，分别对应三维空间中的 X、Y、Z 坐标轴的正、负半轴。

4.2.2　学习状态的定义

在远程教学中，交流情感的目的是通过了解学生学习时情绪状态来掌握学生的学习情况，即通过识别的学习情绪来推断学生当前学习情况。为了清晰地表达学生的学习状态，定义了三维的学习状态空间，并确定了学习状态空间与学习情绪空间的对应关系，根据该对应关系就可以由学习情绪推断出学习状态。学习状态空间的 3 个维度分别是认知度（理解—困惑）、趋避度（喜欢—厌恶）和疲劳度（疲倦—兴奋）。根据情绪与认知的关系，这 3 个维度分别对应于学习情绪空间的 3 个维度：愉快维、兴趣维和唤醒维，如图 4-5 所示。认知度是指学生对学习内容的理解程度。趋避度表示学生对当前学习内容感兴趣的程度，有兴趣就会喜欢，没兴趣就会讨厌。疲劳度是指学习过程中学生的精神状态是否好。学生疲倦，则表明学生精力不够，需要休息。

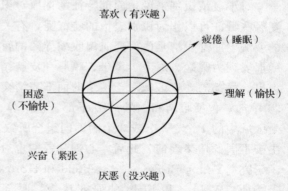

图 4-5　学生的三维学习状态空间

4.2.3　学习情绪的表现形式

王志良的 E-Learninng 课题组重点研究了远程教学中学生的情绪和表情特点，确定了远程教学中学生的外部表情及表情特征的数学描述。表情信息以面部表情为主，姿态表情为辅。通过大量的观察研究，课题组确定了 6 种外部表情：微笑、皱眉、眼睛睁开、眼睛闭合、身体前倾、身体后仰。其中前 4 种是面部表情，后 2 种是姿态表情。

为了使机器能够处理这些表情信息，需要进一步找出机器能够处理的外部表情特征及特征的量化表示。特征就是用来表征和区别不同事物的，也就是说特征是为了识别。对于模式识别系统，为了达到识别的目的，选取的一些描述方法，称之为特征，这些特征一起构成了特征空间，随后的识别工作都是在特征空间上完成的。这里由于识别目的不同，即便是对同一事物所定义的特征也不同，例如要在一堆苹果内分出大小苹果，那么特征是苹果的尺寸；如果要在这堆苹果中区分出成熟度，那么特征或许就是苹果的色泽。即便是出于相同的识别目的，特征的选取也可能不一样。如果在上述识别苹果大小时选择的是苹果的颜色特征，那么最终结果是不能区分大小苹果，可见特征的选择对识别结果有着重要的影响。一般情况下为了达到识别目的，对于特征的选择是一个复杂的过程，不能简单通过一个特征来区分。再例如要区分苹果的成熟度，如果仅仅依靠苹果的色泽，那么对于一些品种，即便是绿色的苹果，它也是成熟的，至此或许应该综合考虑其他因素，例如尺寸大小、香味等。可见特征选取是一个复杂的过程，并且它的选取对后续的识别结果将产生重大影响。

Ekman 的研究发现，人们能够识别出数百张不同的脸，却只能觉察出几种表情，而且是根据分类来觉察的。基于 Ekman 的观点，假设在加工模式上，人们对于表情的识别是以分类加工进行的，根据面部变化的特征将其归入相应类别，继而识别出属于何种表情。由于人在判别表情上的速度很快，所以在进行分类加工时不可能顾及所有的面部变化特征。因此，可以假设这种加工是根据一个或几个特征为主要线索来进行，这类线索在加工中起着决定性的作用。也就是说，人们能够通过这些面部特征线索，在很短时间内确定某个表情的具体属性。更进一步地，如果真的存在任何特征线索，它们应该不仅是人们分辨表情的主要依赖，更是人们识别和理解表情的主要方式。

对于表情识别来说，面部特征的选取对识别结果的影响和其他的模式识别一样重要。究竟哪些特征可以作为识别表情的特征呢，有关这一问题，此前的研究者曾经提出有参考价值的看法。面部表情是由面部肌肉收缩导致的暂时性的面部特征变形而产生的，这种面部特征变形表现为眼睑、眉毛、鼻子、嘴唇和皮肤结构周围出现的皱纹和凸起。Ekman 和 Friesen 提出，面部的 3 个区域对于情绪的面部表情交流具有重要意义：① 上部，包括眉毛和前额；② 中部，包括眼睛和颧骨；③ 下部，包括鼻、嘴和颌。他们认为，6 种基本情绪表情由这 3 个区域中的 1 个、2 个或 3 个的不同组合所致，而且这 3 个区域在情绪识别中的作用大小取决于不同的情绪表情。此后，心理学家们也对哪一个面部区域是判断情绪的最主要线索进行了研究。Young-Browne、Rosenfeld 和 Horowitz 研究发现，眼部区域能够解释情绪的最显著特征。Walden 和 Field 的研究认为，眼部区域是愤怒和快乐情绪的最显著判别指标。Cunningham 和 Odom 则认为，对于大多数表情而言，嘴部区域能提供更多的信息；但他们同时提到对于愤怒和快乐，眼部区域的作用更显著。根据对前人研究的回顾，可以发现，脸部的某些关键区域在人们对表情的识别和分辨中起到了主要作用，而其中得到公认的就是眼部区域和嘴部区域，并且不同的区域对区分各类表情的贡献是不同的。

综上所述，课题组依据表情识别的识别目的，基于图像处理技术确定了各种表情在人脸图像中对应的特征及特征的量化表示。下面分别详细说明各外部表情对应的情绪、对应的人脸图像特征及特征的量化表示。

1）身体前倾和身体后仰：这两个表情用于表示学生是否对学习内容有兴趣，如果学生对当前的学习内容很感兴趣，学生在学习过程中会自然地身体前倾，否则会身体后仰。根据实际观察不难得知，在视频图像采集装置固定在屏幕上方的情况下，学生身体前倾时，学生距离计算机屏幕变近，则学生头部图像在整个图像窗口中所占面积就变大。在学生正面面对屏幕时，学生头部图像越大，则相应的脸部区域就越大，因此可以用学生脸部区域在整个图像窗口中所占的面积来表示头部和计算机屏幕之间的距离。

2）眼睛睁开和眼睛闭合：用眼睛的开闭状态表示学生的精力状况，即唤醒度。当学生精力不够时，往往会打盹，眼睛就会闭合；精力充沛时，眼睛就会保持睁开状态。通过计算图像中眼睛区域的面积来获取眼睛的开闭状态。为了使得眼睛面积不受学生与计算机的距离影响，用 A_{eye}/A_{face} 来表示眼睛状态的变化。

3）皱眉与微笑：皱眉与微笑表示学生的愉快情绪。当学生在学习过程中遇到难题时，常会皱眉；解决了难题或者学习顺利时，则会面带微笑。由实际观察可知人皱眉时，眉宇间会出现皱纹。因此用眉间纹理特征表示皱眉。

人们在微笑时脸部最明显的特征是嘴角上翘，眼睛变小，脸颊部肌肉上抬。基于对实用性和实现复杂性的综合考虑，课题组用嘴巴的状态来表示微笑表情，设置了一个量化的参数 λ 来代表嘴巴的状态。设嘴巴两个角点的坐标为 (x_1, y_1)、(x_2, y_2)，嘴巴区域最高点坐标为 (x_3, y_3)，连接这两点构成的线段为 a，a 的中点坐标为 $(\bar{x}, \bar{y})$，则最高点与 a 的中点纵坐标的差值为 λ，计算方式为

$$\bar{x} = \frac{x_1 + x_2}{2} \tag{4-4}$$

$$\bar{y} = \frac{y_1 + y_2}{2} \tag{4-5}$$

$$\lambda = y_3 - \bar{y} \tag{4-6}$$

面部表情为微笑、生气和平静时，λ 会取不同值。微笑时 λ 的取值会小于平静时的 λ 值；生气时嘴角下撇，λ 取值会更大，如图 4-6 所示。同样考虑到学生与计算机距离的影响，用 λ/A_{face} 来表示嘴巴状态的变化。

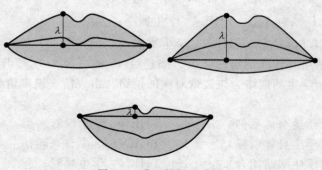

图 4-6　嘴巴特征示意图

4.2.4 情感识别模式

综合前面 4.2.1～4.2.3 节的内容，可以建立了一个学习状态、学习情绪及外部表情特征之间的对应模式，如表 4-2 所示。在获取学生的外部表情特征后，通过该对应模式就可以识别出学生的学习情绪及当前的学习状态。

表 4-2 学习状态、学习情绪及外部表情特征之间的对应模式

学习状态	学习情绪		外部表情	表情特征及数学描述
疲劳度	唤醒维	睡眠	眼睛闭合	眼睛区域面积小
		紧张	眼睛睁开	眼睛区域面积大
趋避度	兴趣维	有兴趣	身体的前倾	脸部区域面积大
		没兴趣	身体的后仰	脸部区域面积小
认知度	愉快维	愉快	微笑	嘴巴的状态：λ 变小
		不愉快	皱眉	眉心区域的纹理特征
			撅嘴	嘴巴的状态：λ 变大

表 4-2 给出的对应模式属于定性的层次，下面具体介绍如何获得各学习情绪和学习状态在各维度上的取值。

第一步，参数训练。系统开始运行时，首先采集学生正常状态（平静且正常坐姿）时的人脸图像，然后提取该图像中的 4 种情感特征——人脸区域面积 A_{face}^*、眉心纹理特征 CON_b^*、眼睛区域面积 A_{eye}^* 和嘴巴特征 λ^* 作为表情识别的识别参数。

第二步，实时提取特征，识别表情。在学生的学习过程中，通过摄像头实时采集学生的人脸图像，采集频率为 5 帧/s，采用特征提取方法提取每帧图像的特征：人脸区域面积 A_{face}、眼睛区域面积 A_{eye}、眉心纹理特征 CON_b、嘴巴特征 λ，并根据特征与相应的判别参数的比较结果，给出表情识别结果。根据特征判断表情的具体规则如下：

IF　$A_{face} <= 0.5A_{face}^*$　THEN　学生身体后仰；

IF　$A_{face} >= 1.2A_{face}^*$　THEN　学生身体前倾；

IF　$A_{eye}/A_{face} < 0.2A_{eye}^*/A_{face}^*$　THEN　学生眼睛闭合　ELSE　学生眼睛睁开；

IF　$\lambda/A_{face} <= 0.67\lambda^*/A_{face}^*$　THEN　学生微笑；

IF　$\lambda/A_{face} >= 1.5\lambda^*/A_{face}^*$　THEN　学生撅嘴；

IF　$CON_b >= 1.5CON_b^*$　THEN　学生皱眉；

第三步，识别情绪并计算情绪的强度。当连续 15 帧（即 3s）都识别为同一种表情时，则依据识别规则推断学生的情绪为该表情对应的情绪。由表情来识别情绪所属基本类别的规则如下：

IF　COUNT（学生身体后仰）>= 15　THEN　学生没有兴趣；

IF　COUNT（学生身体前倾）>= 15　THEN　学生有兴趣；

IF　COUNT（学生眼睛闭合）>= 15　THEN　学生睡眠；

IF　COUNT（学生眼睛睁开）>= 15　THEN　学生紧张；

IF　COUNT（学生微笑）>= 15　THEN　学生愉快；

IF　COUNT（学生皱眉 OR 学生撅嘴）＞＝ 15　THEN　学生不愉快；

假设定义一节课内有识别结果为 i（$i=1, 2, \cdots, 6$）类基本情绪的次数为 N_i 时，学生的 i 类情绪强度为 1。则当一节课内识别出某种情绪的次数为 n_i 时，学生的 i 类情绪强度为 n_i/N_i。

最后，再根据图 4-4 所示各类情绪所在坐标轴象限，确定正负符号，就可以获得学生情绪在三维情感空间中的具体取值。学习状态和学生情绪的映射关系如表 4-2 所示是一一对应的，由此就可以得出学生在疲劳度、趋避度和认知度上的取值。

4.3　基于 OCC 模型的学习情绪建模

4.3.1　学生情绪模型

采用基于对学生行为进行认知评价的方法对学生的情感进行识别是以 OCC 理论为基础，通过定义学习环境中的学习事件、目标及事件的期望度来确定学生的情绪。

1. 情绪定义

Conati 指出，在计算机系统里被识别的用户情感状态应该是"那些显著影响用户在系统中行为的情感"。E-Learning 系统主要关注学生的 8 种情感：愉快（Joy）/难过（Distress）、满足（Satisfaction）/失望（Disappointment）、感激（Gratitude）/生气（Anger）、骄傲（Pride）/羞愧（Shame）。根据图 4-7 所列出的规则，分别给出各种情绪的识别模式。

情感	规则
愉快	发生了一件合意的事情
难过	发生了一件不合意的事情
失望	合意的事情没有发生
慰藉	不合意的事情没有发生
希望	合意的事情有可能会发生
恐惧	不合意的事情有可能会发生
骄傲	所做的事情被肯定
羞怯	所做的事情不被肯定
责备	所做的事情被他人否定
钦佩	对别人做的事情肯定
生气	复杂的情感；难过+责备
感激	复杂的情感；愉快+钦佩
满足	复杂的情感；愉快+骄傲
悔恨	复杂的情感；难过+羞怯

图 4-7　OCC 模型的情绪产生规则

（1）愉快（Joy）/难过（Distress）

根据 OCC 模型，当一件希望发生的事情发生时，将会触发愉快情绪；反之，将会触发不愉快即难过的情绪，如图 4-8 所示。如学生成功解决一个问题，由于这是他所期望的事件，所以将会产生愉快情绪；而未能成功解决问题，即一个不期望发生的事情发生了，则会产生难过情绪。

（2）满意（Satisfaction）/失望（Disappointment）

根据 OCC 模型，当一件希望发生的事情发生时，将会触发满意情绪；而当一件希望发生的事情没有发生时，则会触发失望情绪，如图 4-9 所示。

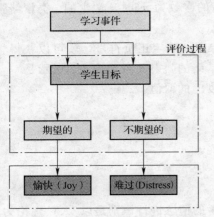

图 4-8　愉快/难过情绪的识别

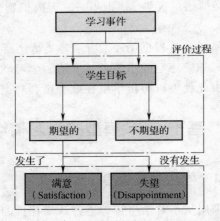

图 4-9　满意/失望情绪的识别

（3）感激（Gratitude）/生气（Anger）

根据 OCC 模型，感激和生气是复合情绪。感激是愉快和尊敬两种情绪的复合，即是当自己希望发生的事情发生，且他人的行为符合自己的社会行为准则时所触发的；生气是难过和责备两种情绪的复合，即是在当希望发生的事情没有发生，且他人的行为不符合自己的社会行为准则时所触发的，如图 4-10 所示。比如，当学生在学习过程中非常希望有人能帮他，而此时教学 Agent 正好为他提供了恰当而正确的帮助，这时学生将会产生感激的情感；而如果学生正在努力思考，想独立完成任务，而教学 Agent 此时进行了提示，这时学生将会生气。

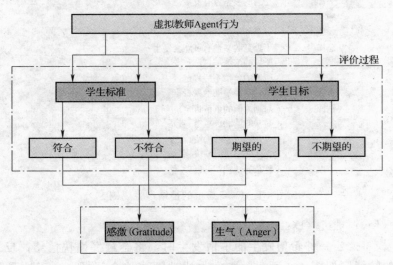

图 4-10　感激/生气情绪的识别

（4）骄傲（Pride）/羞愧（Shame）

根据 OCC 模型，骄傲和羞愧两种情绪是用户对自己行为的评价而产生的。当自己的行为符合自己的社会行为准则时，则触发骄傲情绪；反之，则触发羞愧情绪，如图 4-11 所示。

一个人会被触发哪种情感取决于其对所处情境的解释以及对情境关注的重点。OCC 模型理论指出，在不同的时刻从不同的侧面来考虑一个情境，某个人可能会体验到多种情感的混合。并且这些不同的情感可能会同时发生，也可能会陆续发生。因此情感的触发具有非常明显的复合性和动态性的特征。比如，满意在一个期望发生的事情发生的情况下会被触发，而这一情景同时也符合愉快这一情感触发的条件，因此同一情景就会触发两种情感。对于这类两种情感同时发生的情景，OCC 模型认为，强度高的情感会更能影响到一个人所能意识到的感受。在通常情况下，

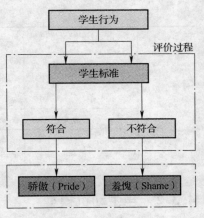

图 4-11　骄傲/羞愧情绪的识别

如果对事件的期望程度不是很高，满意相对会更易于被触发。因此，认为在被期望发生的事情发生时，将会引发满意和愉快的复合情感，属于正向情感；反之，则会出现失望和难过的复合情感，属于负向情感。

2. 学习事件定义

学习事件主要是指学生在 E-Learning 学习环境中通过与系统的交互而产生的学生行为及教学 Agent 的行为。而事件的主体将很大程度地影响到学生情绪的产生。例如，如果事件是由学生自己引发的，且不符合学生的社会行为标准，则学生可能会产生的是羞愧情绪；而如果事件是由教学 Agent 引起的，则学生可能会产生的是责备/生气情绪。表 4-3 和表 4-4 分别给出了由学生和 Agent 引发的事件。

表 4-3　学生事件定义

学习片断				
	学生登录			
		开启教学过程		
	教学过程	新章节学习	教学内容	
			教学实例	
			练习/回答	正确
				错误
				没完成
		章节完成情况	学生没开启	
			学生完成了	
			学生未完成	
	教学结果	学生没开启		
		学生完成了		
		学生未完成		
	学生退出			

表 4-4　教学 Agent 事件定义

教学 Agent 活动	帮助	Agent 提供帮助	学生接受了帮助
			学生拒绝了帮助
		学生请求帮助	一般帮助
			具体帮助
	消息	教学 Agent 提示了一个鼓励和激发学生动机的消息	
	行为	教学 Agent 展示了一系列体态行为以鼓励和激发学生动机，促进其积极情感的产生。这些行为通常伴随着消息的出现	

4.3.2　学生动机模型

心理学研究表明，可以从 3 个层面来考察和定义情绪，三者同时活动、同时存在，才能构成一个完整的情绪体验过程。

1）在认知层面上的主观体验：人的一种自我觉察，即大脑的一种感受状态。人对不同事物的态度会产生不同的感受，只有个人的内心才能真正感受到或意识到。反映了人内心世界的丰富多彩。

2）在生理层面上的生理唤醒：人在情绪反应时，常常会伴随着一定的生理唤醒。如激动时，血压高；愤怒时，浑身发抖；紧张时，心跳加快等，是一种内部的生理反应过程，常伴随有不同情绪产生。

3）在表达层面上的外部行为：也是情绪表达过程，如悲伤时哭，高兴时笑等。情绪所伴随出现的这些相应的身体姿态和面部表情，就是情绪的外部行为。常成为人们和推测情绪的外部指标。但人类心理有复杂性，有时人们的外部行为会出现与主观体验不一致的现象。

在课堂教学的情景下，学生是学习的主体，学生的学习积极性来自于学习动机，它是激励学生学习的内在动力。Angel de Vicente 提出的动机模型是由两组动机变量组成（见图4-12）：动机特性变量（同长期特性相关）及动机状态变量（同即时特性相关）。而 John M. Keller 基于期望值理论（Expectancy Value Theory）提出的 ARCS 动机模型（见表 4-5）也被广泛应用于教学领域的学习动机模型的建立。

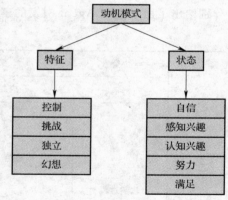

图 4-12　Angel de Vicente 提出的动机模型

表 4-5　ARCS 动机模型

A（Attention，注意）	为激发和维持的好奇心和兴趣注意策略
R（Relevant，关联）	关联策略链接到学习者的需要、兴趣和动机
C（Confidence，信心）	信心的策略，帮助学生建立积极的期望、成功的实现
S（Satisfaction，满意）	满意战略，努力提供外在和内在加固

动机水平的诊断方法，Angel de Vicente 提出了 5 种方法，其他关于动机水平评价研究的文献也都采用这 5 种方法中的一种或几种。

1. 问卷调查（Questionnaires）

这种方法实现起来比较简单，通过对学习者的问卷测试，即可相应地了解学习者的动机意向。但这种方法最大的缺点就是它只能反映出学习者长期的、较稳定的动机状态，而无法体现瞬时的学习动机。

2. 语言交流（Verbal Communication）

这种方法通过跟学习者的语言交流来判断学习者当前的动机状态，但它需要自然语言理解技术的支持，因此实现比较困难。

3. 自我报告（Self-report）

这种方法是通过让学习者自己报告当前动机状态的方式，比如系统提供一个界面，采用一定的动机理论模型（比如 ARCS 动机模型），将动机水平的各个状态以一个可以拉拽的滑块控件来表示，让学习者在一定的时间进行自我报告，来获取学习者的动机水平。

4. 专家系统（Expert System）

通过设计专门的专家系统软件来评估学习者的动机水平，并通过系统与学习者交互了解，分析学习动机水平低的原因。

5. 感应器（Sentic Modulation）

通过一些物理传感器对学习者身体各部位的感应或语言、表情变化等来感知学习者的动机水平。这些物理传感器有皮肤电反应感应器（Galvanic Skin Response Sensor）、血压感应器（Blood Volume Pulse Sensor）、呼吸感应器（Respiration Sensor）、肌动电流感应器（Electromyogram Sensor）等。其他的如相机（Camera）、传声器（Microphone）、感知椅（Sensor Chair）、感应手套（Sensor Glove）等，通过对学习者表情、语音语调、体态等信息的分析来获取学习者的情感动机状态。这种方法的特点是不通过直接的语言交流或报告，而是非语言的感知器对人身体各部位的感应变化来感知学习者的动机状态，因而具有较高的可信度；且其检测的结果具有实时性，因此比其他方法更具动态特征。但其缺点是需要一定的物理感应器的支持，而有些学习者在学习时可能不太接受这些感应器的检测。

以上的诊断方法各有利弊，通过直接同学习者交流或学习者自我报告的方法实现起来比较简单，但存在着学习者不能真实（或不愿意）反映自己的情感心理状态的缺点；利用传感器的方法能够在不打扰学习者的情况下较真实地反映学习者的心理，但也存在着对学习者的侵犯性问题，有些学习者并不愿意使用这些仪器，且这种方法也需要大量的开销。因此，还需要建立新的有效的动机模型来识别学习者的动机和心理。

具体实现中可以采用努力度（Effort）、自信度（Confidence）和独立度（Independence）来建立动机模型，同样是基于对学生行为的评价来进行动机水平的诊断，具体诊断规则如表 4-6～表 4-8 所示。

表 4-6　努力度模型

任务状态	步骤	帮助	努力度
放弃	无	-	无
放弃	少	使用帮助	低

（续）

任 务 状 态	步 骤	帮 助	努 力 度
放弃	少	没有帮助	较低
实现	少	使用帮助	较低
实现	少	没有帮助	一般
放弃	多	使用帮助	一般
放弃	多	没有帮助	较高
实现	多	使用帮助	较高
实现	多	没有帮助	高

表 4-7　自信度模型

学 生 反 馈	帮 助 类 型	自 信 度
无响应	请求帮助	−1
正确	使用了帮助	+1
正确	没有使用帮助	+2
错误	没有使用帮助	−1
错误	使用了帮助	−2

表 4-8　独立度模型

帮 助 状 态	帮 助 类 型	独 立 度
建议	–	−1
已提供	一般	−1
已提供	具体	−2
没有使用	–	+1
拒绝帮助	–	+2

4.4　学生情感识别的 DBN 模型构建

4.4.1　DBN 概述

贝叶斯网络（Bayesian Network，BN）是采用有向图来描述概率关系的理论，它适用于不确定性的概率性事物，应用于有条件地依赖多种控制因素的相关问题。在解决许多实际问题的过程中，需要从不完全的、不精确的或不确定的知识和信息中作出推理和判断，而BN 正是这种概率推理技术，它使用概率理论来处理各知识之间因条件相关性而产生的不确定性。

简单地说，BN 图就是非循环有向图（Directed Acyclic Graph，DAG）及其有关的参数属性集合，它由两个元素组成：

1）模型结构：以 DAG 表示模型结构属性，DAG 的节点对应于模型中的变量，有向边代表变量的条件依赖关系（Conditional Dependencies）。

2）相关参数：模型的参数是指为每一个变量指定的条件概率表（Conditional Probability Tables，CPT），CPT 为变量的每一个实例均指定了条件概率。

BN 理论具有如下特点：① 能够处理不确定性和概率性的事件与事物；② 能够用于学习因果或其他类型的关系；③ 是一种将（专家）先验知识和数据进行综合的理想模式；④ 能够处理不完全（或部分数据丢失的）数据集。因此，它在人工智能领域解决不确定性问题方面具有其特有的优点，且灵活性好，能自然地将专家知识融入模型中，具有令人瞩目的从数据中导出模型的能力，并能继续用专家知识和数据改进模型的性能，而且它的模型结构和参数具有明确的含义。因此，BN 是应用于智能分析、智能学习、智能控制等领域的强有力工具之一。

但 BN 没有考虑时间因素对变量的影响，无法反映不同时间片的状态变化及变量随时间的发展变化规律，因此，要分析这类数据就要建立相应的动态模型，即以贝叶斯理论为基础的动态贝叶斯模型。动态贝叶斯网络（Dynamic Bayesian Networks，DBN）是以概率网络为基础，把原来的静态网络结构与时间信息结合，而形成具有处理时序数据的新随机模型。DBN 一般包括离散变量 DBN 和连续变量 DBN，隐马尔科夫模型（Hidden Markov Models，HMM）和卡尔曼滤波模型（Kalman Filter Models，KFM）是其两个特例。

对于一个 BN 图，若记随机变量集为 $X = \{X_1, X_2, \cdots, X_n\}$，$X_i$ 代表图中的对应节点，$P_a(X_i)$ 表示 X_i 节点的父节点集。在 t 时刻的 X 表示为 X_i。在 BN 理论中，一个 BN 是一个包含了在 X 上联合概率分布的有向非循环图 G。具有同一父节点 $P_a(X_i)$ 的每个节点 X_i 与不是 X_i 的子孙节点的那些节点相互条件独立。

根据 BN 理论的基本原理，一个 BN 可定义为 $BN = (G, \theta)$。式中，G 为 X 上联合概率分布的有向非循环图；θ 为网络的参数。其中，X 上的联合概率分布定义为

$$P(X_1, X_2, \cdots, X_n) = \prod_{i=1}^{n} P(X_i \mid P_a(X_i)) \tag{4-7}$$

DBN 模型即是将这种表述扩展到模型化含时间因素的随机过程。为了用 BN 表述随机过程，需要得到随机变量 $X[1]$，$X[2]$，$\cdots$，$X[n]$ 上的一个概率分布，但这样的一个分布是十分复杂的。因此，为了能够对复杂系统进行研究并建立相应的模型，需要做一些假设和简化条件处理。这些假设条件概括如下：

1）假设在一个有限时间内条件概率变化过程对所有 t 是一致平稳的；

2）假设动态概率过程是马尔可夫（Markovian）过程，即满足

$$P(X[t+1] \mid X[1], X[2], \cdots, X[t]) = P(X[t+1] \mid X[t])$$

3）假设相邻时间的条件概率过程是平稳的，即 $P(X[t+1] \mid X[t])$ 与时间 t 无关，可以容易地得到不同时间的转移概率 $P(X[t+1] \mid X[t])$。

基于上述假设，建立在随机过程时间轨迹上联合概率分布的 DBN 就由两部分组成：一个先验网 B0，定义在初始状态 $X[1]$ 上的联合概率分布；一个转移网 B→，定义在变量 $X[1]$ 与 $X[2]$ 上的转移概率 $P(X[t+1] \mid X[t])$（对所有的 t 都成立）。

即（B0，B→）组成的 DBN 是对应于变量 $X[1]$，$X[2]$，$\cdots$，$X[\infty]$ 上的半无限网络结构。在实际计算中，只考察一个有限的时间段（1, 2, $\cdots$, T），并将 DBN 展开到 $X[1]$，$X[2]$，$\cdots$，$X[T]$ 上的一个网络结构。在时刻 1，$X[1]$ 上的父节点是那些在先验网络 B1 中的节点，在时刻 $t+1$，$X[t+1]$ 的父节点是那些在时间 t 和时刻 $t+1$ 中的都相关的在

B→中的节点，如图 4-13 所示。

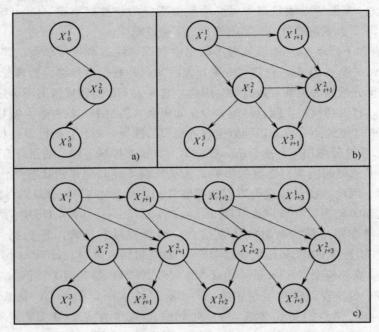

图 4-13　DBN 表示

a）DBN 初始网络 B0　b）DBN 转移网络 B→　c）按时间轴展开的 DBN

因此，若给定一个 DBN 模型，则在 $X[1]$，$X[2]$，$\cdots$，$X[T]$ 上的联合概率分布为

$$P(X[1],X[2],\cdots,X[T]) = P_{B0}(X[1]) \prod_{t=1}^{T} P_{B\rightarrow}(X[t+1] \mid X[t]) \tag{4-8}$$

综上所述，DBN 可以定义为（B0，B→）。其中，B0 表示最开始的 BN，从图中可以得到任意节点的先验概率 $P(X_0)$；B→表示由两个以上片段的 BN 组成的图形。

若用 $P(X_t \mid X_{t-1})$ 表示已知任一变量前一个时刻状态时，当前状态发生的概率。X_t^i 表示第 i 个变量 t 时刻取值，表示其父节点。N 表示有 N 个变量存在。当只有两个时间片段（2TBN）时，有 $P(X_t \mid X_{t-1}) = \prod_{i=1}^{N} P(X_t^i \mid P_a(X_t^i))$，同样可以计算出 DBN 中任一节点的联合概率分布概率为

$$P(X_{1:T}^{1:N}) = \prod_{i=1}^{n} P_{B0}(X_1^i \mid P_a(X_1^i)) \times \prod_{t=2}^{T} \prod_{i=1}^{N} P_{B\rightarrow}(X_t^i \mid P_a(X_t^i)) \tag{4-9}$$

4.4.2　DBN 模型构建

由于在 E-Learning 学习过程中，学生的情感状态往往受多方面因素影响，如已有知识、个性、目标等，因此，在诊断学生的情感状态时存在很大的不确定性，且学生的情感状态是随着时间的变化而不断变化的，因而具有一定的时序特征，通过构建 DBN 模型来对学生的情感进行诊断和分析，并预设学生学习汉诺塔（Tower of Hanoi）为教学情境（见图 4-14），来说明 DBN 模型的构建。

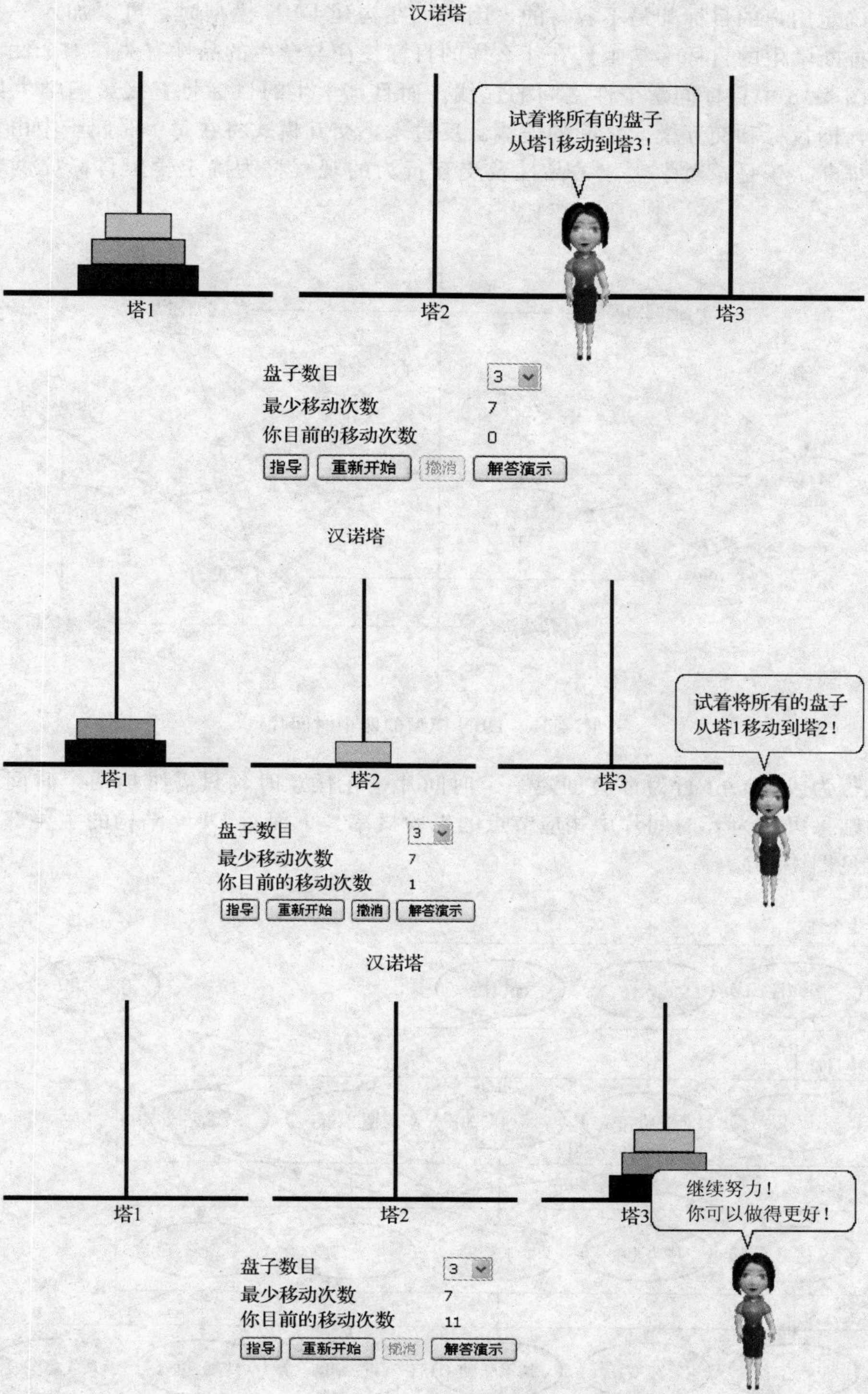

图 4-14　汉诺塔教学界面

DBN 模型的构建仍是以前述的 OCC 模型理论为基础，用户的目标是 OCC 模型的关键因素，但确定用户的目标却是不容易的，因此，在构建 DBN 模型时，可以加入一些证据结点来间接推断学生的目标。学生具有什么样的目标往往与学生的品性有关，如个性、领域知识等，如图 4-15 中目标同学个性之间的连线。而且，学生的目标将直接影响学生如何进行界面交互，即目标和交互模式之间的连线。反过来，交互模式将在每个时间步中由具体的学生行为来推断。于是，对学生相关品性及交互行为的观察将为确定学生目标提供非直接的证据。

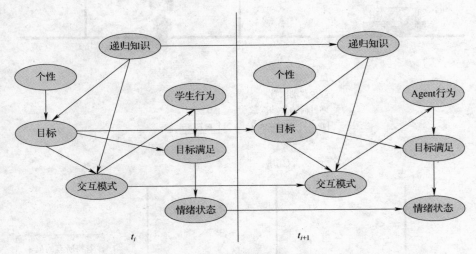

图 4-15　DBN 模型的两个时间片

学生行为或 Agent 行为都会创建一个时间片，在任意时刻只需维护两个时间片，之前时间片的结果可作为 t_i 时间片中相应节点的先验概率。下面对 DBN 结构的主要部分进行具体说明（见图 4-16）。

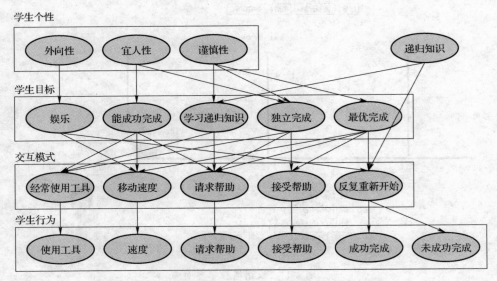

图 4-16　DBN 一个时间片的层次结构

1）学生目标：娱乐、能成功完成（不管移动的步骤数）、最优完成（以最少移动次数完成）、学习递归知识、独立完成（如不使用 Agent 的帮助）。

2）个性：个性会影响目标和行为，如果目标不能直接得到，可以使用个性计算目标的概率。个性采用五大人格个性模型：外向性（Extraversion）、宜人性（Agreeableness）、谨慎性（Conscientiousness）、神经质（Neuroticism）和开放性（Openness）。除了个性影响目标，还有一个因素，即已有的递归知识。如果递归知识已经学得很好，则学生对"学习递归"目标的兴趣就比较小。

3）交互模式：经常使用工具（如使用指导、撤销、解答演示等）、移动速度（将一个盘子从一个座上移到另一个座上的速度）、请求帮助、接受帮助、经常重新开始。对于经常重新开始，即学生按下"重新开始"按钮，模型认为可能是学生缺乏递归知识或想要以最少步骤完成或为了娱乐。目标和行为之间的依赖关系如下：

a）一个想要"独立完成"的学生不太可能去请求 Agent 的建议；

b）一个有"学习递归知识"目标的学生很可能会使用一些工具去帮助他学习；

c）具有"娱乐"目标的学生将会期望更快地完成，而具有"能够完成"和"最优完成"目标的学生则会慢一些，以期能够成功完成或以最少的移动步骤完成。

4）学生行为：交互模式的证据由个人界面行为来收集。每当学生完成一个行为，DBN 一个新的时间片就会产生。"使用工具"节点在学生每次使用某一种工具时都会被重设。学生可能因为想终止当前的移动，或当前已经成功完成（不管是否以最少步骤数完成）而按下"重新开始"按钮；而移动的速度提供了节点"速度"的证据；"请求帮助"是在学生每次向 Agent "请求帮助"时被设为真；"接受帮助"节点依赖于学生是否接受了帮助。

5）Agent 行为：像学生行为一样，每个 Agent 行为都会在 DBN 模型中增加一个时间片。Agent 行为一般包括暗示（不直接地建议来帮助学生）、显式地告诉学生怎么移、提高任务难度（增加盘子数目）、反馈（让学生反馈操作的心得）。

6）目标满足：评估机制表示了学生或 Agent 的行为是如何影响学生目标的，即"目标满足"节点同其他目标之间的关联。对每一个目标节点 g，都有一个真值节点 g_satisfied 描述目标 g 是否在每个学生行为或 Agent 行为后被满足。比如，学生具有"独立完成"的目标，如果 Agent 给予他如何去移动的建议，"独立完成目标满足"的概率就会减小。如果 Agent 提示越明显，减小的程度就越大。目标被满足节点是学生情感状态的直接原因。

7）学生的情感状态：OCC 模型提出了 22 种情感，在本书中只讨论同评价学生行为相关的 6 种。其中两个情感 Joy、Distress 是直接与学生对事件评价相关的；另外两个 Pride、Shame 是直接同学生对自己的行为评价相关的；还有两个 Gratitude、Anger 是直接同学生对 Agent 行为评价相关的。这 3 对情感在 DBN 中分别用 3 个二值节点 emotion_for_event、emotion_for_self、emotion_for_Agent 表示，这里假设每对情感相互之间是独立的，且每个交互事件仅仅改变学生在任何两个情感状态的概率。在每个时间片，所有的"目标满足"节点都连到了 emotion_for_event 节点上，表示对事件评估的结果。另外，"目标满足"节点也连到了 emotion_for_self 节点（如果在当前时间片中包含了学生行为），或者也连到 emotion_for_Agent 节点（如果时间片包含了 Agent 行为）。情感节点在不同时间片之间的连接表示了情感的变化过程，特别地，对于没有父节点（情感满足节点）的情感节点（比如 emotion_for_self），如果没有事件去触发，则情感将随着时间逐渐淡化。区别学生对自己和对 Agent 行为的不同情感状态，对帮助 Agent 决定如何去做是很重要的。

4.4.3　DBN 模型分析评估

为检测模型的可行性，模拟一个简单的交互过程来说明对模型的评估。假设在这个交互中，学生移动得很快、经常重新开始、总是成功完成，Agent 让学生反馈他移动盘子的成果而学生进行了忽略。

假设对学生的个性不了解，因为学生反复忽略 Agent 的建议，所以交互模式中的"接受帮助"的概率就减小，相应的"独立完成"的概率增加。目标"娱乐"的概率也增加，因为这个目标同学生移动快的证据相关（见图 4-17a）。中间的图显示了相应的学生情感状态的评估。Anger 情感的概率在每次 Agent 打扰时都会增加一点，因为干扰了"独立完成"的目标，于是它就会随着时间的推移逐渐减少直到 Agent 不再打扰。尽管有 4 次的 Agent 打扰，但目标"独立完成"在大多数时间片中还是得到了满足，因为学生经常在没有 Agent 帮助的情况下成功完成，且"成功完成"目标也得到了满足。由于学生经常重新开始，因此"最优完成"目标的概率也增加，这样，Pride 的概率就会持续增加，而 Joy 也会持续增加，除了在 Agent 干扰时有所下降（见图 4-17b）。

目标结点的概率变化也会进行传播，进而影响对学生个性的评估。学生的个性类型 Disagreeableness 会增加，因为它受到目标"独立完成"和"最优完成"的影响；而 Extraversion 会增加，因为它受到目标"娱乐"的影响（见图 4-17c）。

对情感模型的评价还要考虑学生的学习评估，以使 Agent 能提高学生的学习而不影响他的表现。比如上面的例子，情感模型很清晰地暗示了学生对 Agent 反复建议的行为而感到 Anger，这意味着 Agent 应该避免再打扰学生。但是，四次的 Agent 干扰可能也是合理的，因为 Agent 可能会认为学生的成功并不是因为对递归知识的掌握，Agent 也可能认为导致学生 Reproach 对学生表现的影响不会太大，因为 Joy 和 Pride 的概率高也表示学生享受当前的学习。

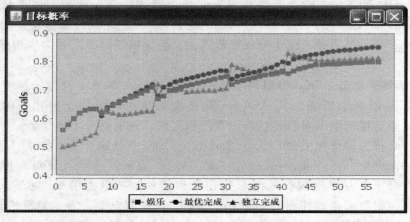

a）

图 4-17　DBN 实验概率曲线

a）目标概率变化

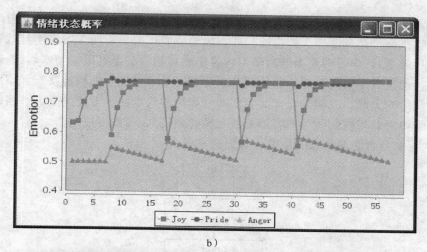

b）

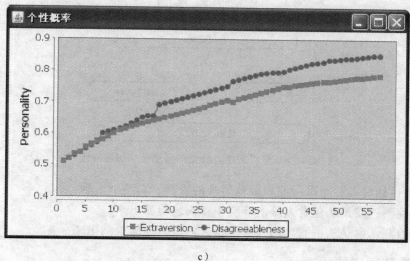

c）

图 4-17　DBN 实验概率曲线（续）

b）情绪状态概率变化　c）个性概率变化

4.5　基于情绪模式的学习者情感特征的提取

4.5.1　趋避度和专注度

对于趋避度，吴健辉在其著作中进行了阐述，并指出相对于维度空间中的快乐度/唤醒度，趋避度更具有优越性，它更具有生物学特征，所有生物对于环境事件的行为反应都可以用趋避度来表示，而行为反应又是与情绪反应紧密相关的。在王志良 E-Learning 课题组中，考虑到 E-Learning 系统的特点，根据系统需要，给趋避度作了具体化的定义，同时定义专注度，用于描述与情感状态相联系的学习者的精神状态。

趋避度：通过对人脸检测，判断学习者在学习过程中对当前学习内容的趋避程度，相对于正常状态，当检测的人脸轮廓变大时，表明学习者学习过程中身体前倾，学习者对当前的学习内容很感兴趣，趋避度变大；当检测的人脸轮廓变小时，表明学习者学习过程中身体后仰（或人往后躲避），学习者对当前的学习内容不感兴趣（甚至有厌烦情绪），趋避度变小。

专注度：通过对眼帘间距的检测，判断学习者在学习过程中的精神状态，相对于正常状态，当眼帘间距变大时，表明学习者对当前的学习内容很专注，专注度变大；当眼帘间距变小时，表明学习者对当前的学习内容不专注（精神疲倦），专注度变小。

图 4-18 为学习者学习状态的情感认知识别流程。

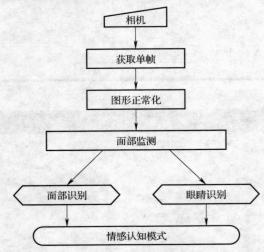

图 4-18　学习者学习状态的情感认知识别流程

实现系统目标的人脸跟踪检测和眼睛闭合的检测，有两个步骤：

1）人脸检测：就是从包含人脸的环境中将人脸检测出来。

2）眼睛检测：就是从检测出的人脸中将人的眼睛轮廓检测出来。

4.5.2　人脸及眼帘的检测

当前人脸检测的方法有很多种，各有特点。王志良 E-Learning 课题组中采用了基于肤色的方法来完成检测。整个流程分为两步：

1）图像采集；

2）人脸检测算法实现。

通过上述步骤得到二值化的图像后，再将这些像素点所在区域用矩形框标记出来，就完成了人脸检测。

在检测面部器官时，对于光线均匀分布的要求比较高，所以在定位之前，需要先对人脸图像进行一些处理，来平衡光线差异，消除阴影，使光线在人脸上的分布较为均匀。利用肤色模型实现了人脸检测后，得到的人脸区域转化为灰度图，并用合适的阈值对其进行二值化后，可得到将面部器官与肤色分开的二值化图。然后，搜索眼睛，在找到两个眼睛后，采用局部搜索的方法定位两个眼角点，即可得到眼睛的位置坐标。随后使用一个圆和 4 段抛物线对眼睛进行描述。

在成功地提取出人脸和眼睛轮廓以后，就需要在此基础上对表情进行识别。所谓人脸表情识别（Facial Expression Recognition）实际上就是对人脸的表情信息进行特征提取分析，按照人的认识和思维方式加以归类和理解，利用人类所具有的情感信息先验知识使计算机进行联想、思考及推理，进而从人脸信息中分析理解人的情绪，如快乐、惊奇、愤怒、恐惧、厌恶、悲伤等。其流程如图 4-19 所示。

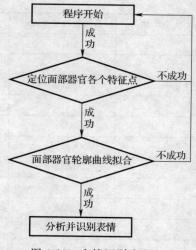

图 4-19　表情识别流程

4.5.3　基于人脸检测的趋避度模型

目前心理学家对于情绪的分类并没有统一的方法，对基本情绪的定义各不相同，伊扎德用因素分析的方法提出人类的基本情绪有 11 种，普拉切克认为人类的基本情绪有 8 种。结合 E-Learning 系统的特点要求和教学系统的实际应用，王志良 E-Learning 课题组为了获取学习者对学习内容感兴趣程度的情感识别结果，从基于人脸的趋避度检测入手，定义基于趋避度的情感状态值，并通过实验的方法得到趋避度检测和兴趣的情感状态值之间的关系，建立相应的情绪空间。

以下的实验都是在光照环境一致的情况下进行的，选取了 5 个学习者来进行数据的采集。对每位学习者都要求在某一特定的位置正对摄像头，实验所使用的摄像头为罗技 CCD 摄像头，数字图像设置为 320×240 的无压缩 RGB 格式，摄像头的位置保持一致。在采集过程中，由学习者端坐在远近不同的位置，每位学习者连续拍摄 30～50 张图片，然后对图片进行筛选，可得到 20～30 张样本图片。在趋避度的检测过程中，当学习者靠近到一定程度时，检测得到的高度会超出摄像头图像捕捉的范围，这时通过检测得到的高宽纵横比进行比较，如果该比值相对误差较大，就舍弃该组数据。此外，当学习者远离到一定程度时，系统无法检测到人脸。

表 4-9 是通过对学习者进行检测得到的样本数据。定义人脸检测宽度为 X_b，人脸检测高度为 X_a，在这些样本数据中要求 X_b 和 X_a 满足以下条件：

$$\text{Max}\left(\frac{X_b}{X_a}\right) > \frac{X_b}{X_a} > \text{Min}\left(\frac{X_b}{X_a}\right)$$

根据这个限制条件，在表 4-9 中，$\text{Max}\left(\frac{X_b}{X_a}\right) = 0.78$。所以当 $\frac{X_b}{X_a} = 0.8$ 时，可以认为结果是不可信的。

表 4-9　趋避度检测样本数据

大致距离/m	人脸检测宽度/cm	人脸检测高度/cm	高宽纵横比	检测得到的面积/cm²	预定义的兴趣值
1.2	1.5	2.40	0.62	3.60	0.00
1.2	1.5	2.50	0.60	3.75	0.10
	1.6	2.40	0.67	3.84	0.15
	1.7	2.55	0.67	4.34	0.20
	1.8	2.75	0.65	4.95	0.20

大致距离/m	人脸检测宽度/cm	人脸检测高度/cm	高宽纵横比	检测得到的面积/cm²	预定义的兴趣值
	1.9	2.90	0.66	5.51	0.25
	2.0	2.95	0.68	5.90	0.30
	2.0	3.10	0.65	6.20	0.35
	2.0	2.70	0.74	5.40	0.30
	2.2	3.20	0.66	6.72	0.40
	2.5	3.80	0.66	9.50	0.50
	2.6	4.00	0.65	10.40	0.55
	2.8	4.10	0.68	11.48	0.60
	3.1	4.70	0.66	14.57	0.70
0.6	3.2	4.40	0.73	14.08	0.70
	3.5	5.15	0.68	18.025	0.75
	4.0	5.60	0.71	22.40	0.85
	4.2	5.90	0.71	24.78	0.90
	4.15	5.90	0.70	24.485	0.90
	4.4	6.00	0.73	26.40	0.95
	4.3	6.00	0.72	25.80	0.90
	4.9	6.50	0.75	31.85	1.00
	5.0	6.50	0.77	32.50	1.00
0.2	5.2	6.50	0.80	33.80	1.00

　　根据上述数据，可以采用曲线拟合方法来处理样本数据。

　　1. 曲线拟合方法的基本思想

　　在实验研究和实际应用中，经常要把离散的测量数据转化为便于研究的曲线方程，即曲线拟合。正交基函数因为涵盖了幂函数、切比雪夫多项式、多元正交函数系列等，而常被采用为拟合函数。如在曲线拟合中最常见的二次曲线，就采用二元正交基函数系列（1，x，y，x^2，y^2，xy，…）进行拟合。最小二乘法在确定各拟合函数的系数时，尽管拟合的幂数不是很高，但它可使误差较大的测量点对拟合曲线的精度影响较小，而且实现简单，便于物理分析和研究，故成为最常用的方法之一。

　　对 m 元正交基函数，其拟合函数的形式为

$$y = \sum_{j=1}^{l} a_j g_j(x_1, x_2, \cdots, x_m) \tag{4-10}$$

式中，g_j 为由 m 个自变量构成的一个正交基函数。如 $m=3$，对应函数系列为 1，x_1，x_2，x_3，x_{12}，x_{22}，x_{32}，$x_1 x_2$，…，$x_1 x_2 x_3$，…，a_j 是待求的系数。

　　令在 n 次测量中第 i 次的测量值为 x_{1i}，x_{2i}，…，x_{mi}，y_i，则测量误差为

$$\sigma_i = \sum_{j=1}^{l} a_j g_j(x_{1i}, x_{2i}, \cdots, x_{mi}) - y_i \tag{4-11}$$

为便于表达，令

$$g_{ji} = g_j(x_{1i}, x_{2i}, \cdots, x_{mi})$$

这样，用最小二乘法可建立误差的目标函数，即

$$O(a_1, a_2, \cdots, a_1) = \sum_{i=1}^{n} \left(\sum_{j=1}^{l} a_j g_{ji} - y_i \right)^2 \tag{4-12}$$

式（4-12）取最小值的必要条件是其一阶偏导数等于零，即

$$\frac{\partial O}{\partial a_k} = 2 \sum_{i=1}^{n} \left(g_{ki} \left(\sum_{j=1}^{l} a_j g_{ji} - y_i \right) \right) = 0 \ (k=1,2,\cdots,l) \tag{4-13}$$

可整理为

$$\sum_{j=1}^{l} S_k a_j = T_k \quad (k=1,2,\cdots,l)$$

$$S_{k,j} = \sum_{i=1}^{n} g_{ki} g_{ji} \qquad T_k = \sum_{i=1}^{n} y_i g_{ki}$$

进一步可把式（4-13）写为矩阵形式：

$$Sa = T \tag{4-14}$$

式中，S 为 l 阶对称方阵；a、T 分别为含有 l 个元素的列向量。

根据上述步骤便可求出离散测量数据对应的拟合曲线方程。在 MATLAB 中实现最小二乘法拟合通常采用 polyfit 函数进行。

多项式函数拟合：

$$a = \text{polyfit}(xdata, ydata, n)$$

式中，n 表示多项式的最高阶数，$xdata$、$ydata$ 为将要拟合的数据，它是用数组的方式输入；输出参数 a 为拟合多项式 $y = a_1 x^n + \cdots + a_n x + a_{n+1}$ 的系数，$a = [a_1, \cdots, a_n, a_{n+1}]$。

2. 用曲线拟合方法进行趋避度建模

实验中采集得到的离散测量数据如表 4-10 所示。

表 4-10　检测数据和预测值（部分）

编　号	检　测　值	预　测　值
0	3.30	0
1	3.60	0
2	3.75	0.10
3	3.84	0.15
4	4.335	0.20
5	4.95	0.20
6	5.51	0.25
7	5.90	0.30
8	6.20	0.35
9	5.40	0.30
10	6.72	0.40
11	9.50	0.50

（续）

编　号	检　测　值	预　测　值
12	10.40	0.55
13	11.48	0.60
14	14.57	0.70
15	14.08	0.70
16	18.025	0.75
17	22.40	0.85
18	24.78	0.90
19	24.485	0.90
20	26.40	0.95
21	25.80	0.90
22	31.85	1
23	32.50	1
24	33.80	1

为了比较验证拟合曲线模型的效率，采用全部数据拟合以及样本数据分组拟合的方法进行拟合。根据编号按照 $3n$，$3n+1$，$3n+2$（$n=0$，1，2，…，8）将以上数据分成 3 组：

```
x1date= [3.6, 4.335, 5.9, 6.72, 11.48, 18.025, 24.485, 31.85];
y1date= [0, 0.2, 0.3, 0.4, 0.6, 0.75, 0.9, 1];
x2date= [3.75, 4.95, 6.2, 9.5, 14.57, 22.4, 26.4, 32.5];
y2date= [0.1, 0.2, 0.35, 0.5, 0.7, 0.85, 0.95, 1];
x3date= [3.84, 5.51, 5.4, 10.4, 14.08, 24.78, 25.8, 33.8];
y3date= [0.15, 0.25, 0.3, 0.55, 0.7, 0.9, 0.9, 1];
```

（1）第一组数据拟合

MATLAB 拟合：

```
MATLAB 程序：
x1date= [3.6, 4.335, 5.9, 6.72, 11.48, 18.025, 24.485, 31.85];
y1date= [0, 0.2, 0.3, 0.4, 0.6, 0.75, 0.9, 1];
m= 2;
p= polyfit (x1date, y1date, m);
xi= linspace (0, 35, 100);        % x-axis data for plotting
z= polyval (p, xi);
plot (x1date, y1date,' o, x1date, y1date, xi, z,':');
xlabel (' x'), ylabel (' y= f (x)'), title (' Second Order Curve Fitting');
```

当阶数为 2 时，可以得到

$n=2$，$p=-0.0012$ 0.0730 -0.1205

polyfit 的输出是一个多项式系数的行向量。其解是

$y=-0.0012x^2+0.0730x-0.1205$

为了将曲线拟合解与数据点进行比较，可以把两者都绘成图，阶数为 2 时的拟合曲线如图 4-20 所示。

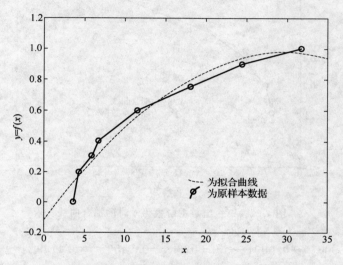

图 4-20　第一组数据阶数为 2 时的拟合曲线

同理，下面对 $n=3$，$\cdots$，7 分别进行拟合，具体的拟合曲线如图 4-21～图 4-25 所示。

$n=3$，$p=0.0001$ -0.0060 0.1435 -0.3665

$y=0.0001x^3-0.0060x^2+0.1435x-0.3665$

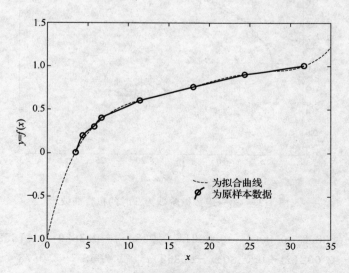

图 4-21　第一组数据阶数为 3 时的拟合曲线

$n=4$，$p=-0.0000$　　0.0008　　-0.0222　　0.2818　-0.7221

$y=0.0008x^3-0.0222x^2+0.2818x-0.7221$

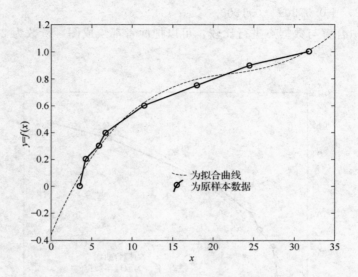

图 4-22　第一组数据阶数为 4 时的拟合曲线

$n=5$，$p=0.0000$　-0.0001　　0.0026　-0.0459　　0.4199　-0.9954

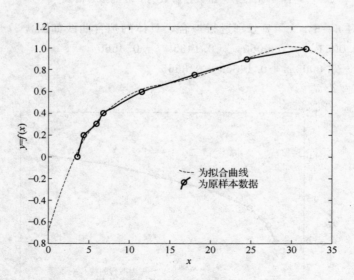

图 4-23　第一组数据阶数为 5 时的拟合曲线

$n=6$，$p=-0.0000$　0.0001　-0.0021　0.0380　-0.3639　1.7652　-3.0873

$y=0.0001x^5-0.0021x^4+0.0380x^3-0.3639x^2+1.7652x-3.0873$

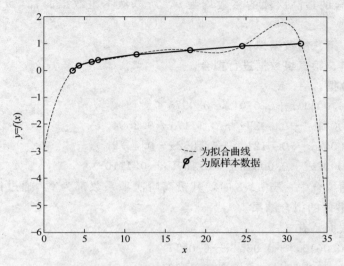

图 4-24 第一组数据阶数为 6 时的拟合曲线

$n=7$, $p=0.0000$ -0.0001 0.0031 -0.0635 0.7093 -4.3372 13.6310 -17.0028

$y=-0.0001x^6+0.0031x^5-0.0635x^4+0.7093x^3-4.3372x^2+13.6310x-17.0028$

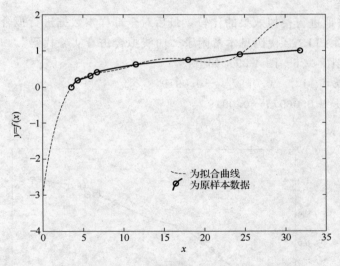

图 4-25 第一组数据阶数为 7 时的拟合曲线

　　多项式阶次的选择是任意的，$n+1$ 数据点唯一地确定 n 阶多项式。于是，在上面的情况下，有 8 个数据点，可选一个高达 7 阶的多项式。然而，高阶多项式给出很差的数值特性，人们不应选择比所需的阶次高的多项式。此外，随着多项式阶次的提高，近似变得不够光滑，因为较高阶次多项式在变零前，可多次求导。

　　如上图中拟合结果，当阶数大于 5 时，在左边和右边的极值处，数据点均出现大的纹波。当企图进行高阶曲线拟合时，这种纹波现象经常发生。可见使用太高阶数的拟合并不一定好。同时通过前面的拟合可以看到当 $n=3$ 时已经取得了较好的拟合效果，而且当

$n>3$ 时，高阶拟合的最高次项的系数均为 0，所以从本组数据而言，$n=3$ 是最好的拟合结果。

（2）第二组、第三组数据拟合

同理对第二组、第三组数据进行拟合。

对于第二组数据，有

$n=2$，$y=-0.0011x^2+0.0701x-0.0975$

$n=3$，$y=0.0001x^3-0.0039x^2+0.1117x-0.2504$

$n=4$，$y=0.0004x^3-0.0121x^2+0.1852x-0.4472$

$n=5$，$y=0.0002x^3-0.00093x^2+0.1679x-0.4110$

在该组数据的拟合中，当 $n>3$ 时，其最高阶次项系数都为 0，通过比较可以得出本组数据中，$n=3$ 是最好的拟合结果。

对于第三组数据，有

$n=2$，$y=-0.0010x^2+0.0654x-0.0517$

$n=3$，$y=-0.0035x^2+0.1040x-0.1979$

$n=4$，$y=-0.0026x^2+0.0955x-0.1746$

$n=5$，$y=0.0007x^3-0.0116x^2+0.1480x-0.2801$

在本组数据的拟合中，当 $n>2$ 时，其最高阶次项系数都为 0，从拟合效果图看，$n=3$ 是最好的拟合结果。

（3）为了更好地进行模拟效果的比较，最后对全部样本数据进行拟合

仿真实验的 MATLAB 代码见本章附录"曲线拟合仿真实验代码"。

拟合效果（见图 4-26～图 4-29）如下：

$n=2$，$p=-0.0011 \quad\quad 0.0697 \quad\quad -0.0919$

$y=-0.0011x^2+0.0697x-0.0919$

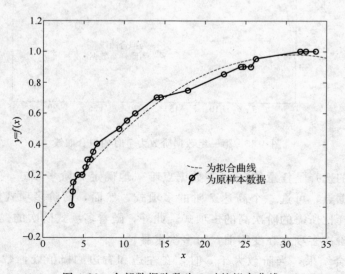

图 4-26　全部数据阶数为 2 时的拟合曲线

$n=3$，$p=0.0001$　-0.0042　0.1167　-0.2634

$y=0.0001x^3-0.0042x^2+0.1167x-0.2634$

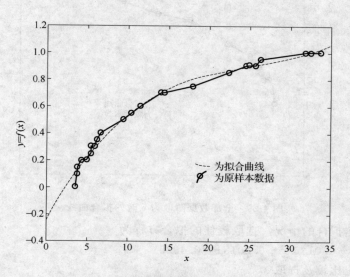

图 4-27　全部数据阶数为 3 时的拟合曲线

$n=4$，$p=-0.0000$　0.0004　-0.0136　0.2018　-0.4925

$y=0.0004x^3-0.0136x^2+0.2018x-0.4925$

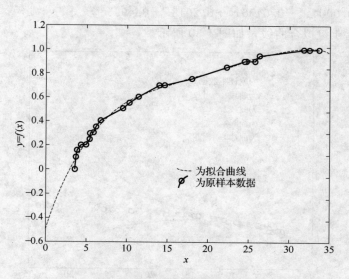

图 4-28　全部数据阶数为 4 时的拟合曲线

$n=5$，$p=0.0000$　-0.0000　0.0009　-0.0196　0.2397　-0.5736

$y=0.0009x^3-0.0196x^2+0.2397x-0.5736$

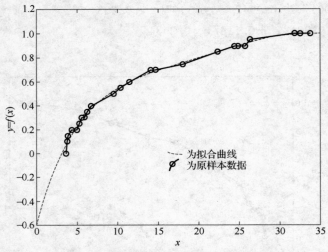

图 4-29　全部数据阶数为 5 时的拟合曲线

根据全体样本拟合的情况，选取较佳的拟合方程为

$$y=0.0004x^3-0.0136x^2+0.2018x-0.4925$$

（4）拟合曲线比较及选取

根据前面分组拟合的情况，共得到 4 组拟合曲线方程：

曲线 1：$y=0.0001x^3-0.0060x^2+0.1435x-0.3665$

曲线 2：$y=0.0001x^3-0.0039x^2+0.1117x-0.3504$

曲线 3：$y=-0.0035x^2+0.1040x-0.1979$

曲线 4：$y=0.0004x^3-0.0136x^2+0.2018x-0.4925$

进一步比较这 4 组拟合曲线，如图 4-30 所示。

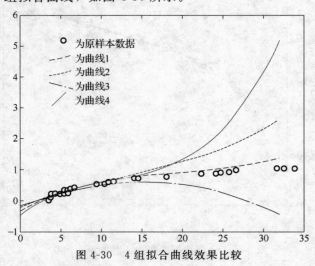

图 4-30　4 组拟合曲线效果比较

根据这 4 组拟合曲线的拟合情况，选取

$$y=0.0001x^3-0.0060x^2+0.1435x-0.3665$$

为拟合曲线。

由此方程得到的拟合曲线与原离散测量数据点的比较效果如图 4-31 所示。

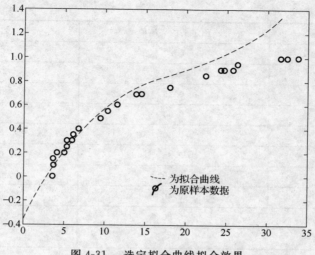

图 4-31　选定拟合曲线拟合效果

通过上述方法，可以得到一条很好的同本结果相吻合的拟合曲线，但该方法计算过程相对复杂，而且在实际系统运行时由于不同的学习者有不同的样本特征，则对于每一位学习者均需要用此法进行拟合，以得到其特征拟合曲线。

3. 用归一化思想实现趋避度简易建模

通过对样本数据的观测，可以发现，预定义的兴趣值同检测的脸部轮廓的长宽是成正比的，而预定义的兴趣值的取值范围为 [0，1]。根据数据归一化处理的思想，通过函数变换将检测值映射到 [0，1] 的数值区间。

设函数变换形式为

$$y = f(x)$$

通过样本数据可以看到，只有当检测值在特定范围内的数据才是有效的，设定

$$x_{F\,min} \leqslant x \leqslant x_{F\,max}$$

式中，$x_{F\,max}$ 为最大的检测有效值；$x_{F\,min}$ 为最小的检测有效值。

$$y = f(x) \quad x_{F\,min} \leqslant x \leqslant x_{F\,max}$$

由于预定义的兴趣值同检测的脸部轮廓的长宽是成正比的，而检测面积同脸部长宽轮廓是二次的关系，再根据归一化思想，设定函数基本变换形式为

$$Y = a\,\frac{\sqrt{x} - \sqrt{x_{F\,min}}}{\sqrt{x_{F\,max}} - \sqrt{x_{F\,min}}} \quad x_{F\,min} \leqslant x \leqslant x_{F\,max} \tag{4-15}$$

式中，a 为待定系数。a 暂取为 1，在 MATLAB 中对数据和函数基本变换结果作比较，差别依然较大，如表 4-11 和图 4-32 所示。

表 4-11　数据和函数基本变换结果比较

检测得到的面积/cm²	预定义的兴趣值	数据处理结果
3.60	0.00	0
3.75	0.10	0.01027782
3.84	0.15	0.01635120

（续）

检测得到的面积/cm²	预定义的兴趣值	数据处理结果
4.335	0.20	0.04855167
4.95	0.20	0.08609427
5.51	0.25	0.11829602
3.30	0.00	−0.02124620
5.90	0.30	0.13976379
6.20	0.35	0.15579859
5.40	0.30	0.11210464
6.72	0.40	0.18269917
9.50	0.50	0.31150440
10.40	0.55	0.34902145
11.48	0.60	0.39195869
14.57	0.70	0.50471064
14.08	0.70	0.48769097
18.025	0.75	0.61737503
22.40	0.85	0.74548806
24.78	0.90	0.80992543
24.485	0.90	0.80211174
26.40	0.95	0.85202919
25.80	0.90	0.83658999
31.85	1	0.98492978
32.50	1	0.99999399
33.80	1	1.02967707

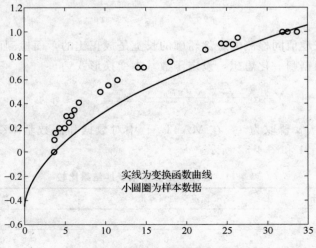

图 4-32　数据同初选变换函数比较

通过对处理的结果进行观察，可以发现经过基本形式处理后的结果同预定义的值之间有近似的二次关系，如下所示：

0.1	0.01027782
0.9	0.80992543

根据此可对基本形式进行变换，得

$$Y = a \left[\frac{\sqrt{x} - \sqrt{x_{F\,min}}}{\sqrt{x_{F\,max}} - \sqrt{x_{F\,min}}} \right]^{\frac{1}{2}} \quad x_{F\,min} \leqslant x \leqslant x_{F\,max} \tag{4-16}$$

经过多次试验后，暂取 $a = 1$，并以此为改进形式进行计算。改进形式后的结果比较如表 4-12 所示。

表 4-12　改进形式后的结果比较

检测得到的面积/cm²	预定义的兴趣值	数据处理结果	简化结果的兴趣值	误差（%）
3.60	0	0	0	0.00
3.75	0.10	0.10137956	0.1	0.00
3.84	0.15	0.12787182	0.13	13.33
4.335	0.20	0.22034444	0.22	10.00
5.51	0.30	0.34394189	0.34	13.33
5.90	0.30	0.37384995	0.37	23.33
6.20	0.35	0.3947133	0.39	11.43
5.40	0.30	0.33482031	0.33	10.00
6.72	0.40	0.42743323	0.43	7.50
9.50	0.50	0.5581258	0.56	12.00
10.4	0.55	0.59078038	0.59	7.27
11.48	0.60	0.62606604	0.63	5.00
14.57	0.70	0.7104299	0.71	1.43
14.08	0.70	0.69834875	0.70	0.00
18.025	0.75	0.78573216	0.79	5.33
22.40	0.85	0.8634165	0.86	1.18
24.78	0.90	0.89995857	0.90	0.00
24.485	0.90	0.89560691	0.90	0.00
26.40	0.95	0.92305427	0.92	3.16
25.80	0.90	0.91465294	0.91	1.11
31.85	1	0.99243629	0.99	1.00
32.50	1	0.99999699	1	0.00
33.80	1	1.01473005	1	0.00

得到结果如图 4-33 所示。

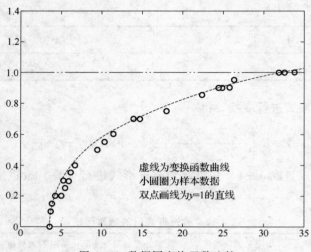

图 4-33　数据同变换函数比较

可以看到，得到的函数变换形式同预定义的兴趣值吻合的程度比较好。

根据上述处理过程，定义函数变换形式为

$$Y = \begin{cases} 0 & x \leqslant x_{F\,min} \\ \left[\dfrac{\sqrt{x} - \sqrt{x_{F\,min}}}{\sqrt{x_{F\,max}} - \sqrt{x_{F\,min}}} \right]^{\frac{1}{2}} & x_{F\,min} \leqslant x \leqslant x_{F\,max} \\ 1 & x_{F\,max} \leqslant x \end{cases} \tag{4-17}$$

得到函数变换形式后，利用另一位学习者采集得到的样本数据进行了验证（见表4-13），发现通过该模型得到的兴趣情感值比较好地吻合了对实际情况的评价值，而且运算相对简单，模型稳定。并在模型定义中通过归一化思想，在变换中引入 $x_{F\,min}$ 和 $x_{F\,max}$，很好地解决了检测判断标准会因人而异的问题。该模型是适合 E-Learning 系统学习兴趣情感状态检测的。

表 4-13　趋避度检测数据验证

大致距离 /m	人脸检测 宽度/cm	人脸检测 高度/cm	高宽纵横比	检测得到的 面积/cm²	数据处理过程		由模型得出 的兴趣值
1.2	1.0	1.6	0.63	1.6	0.028381	0.001685	0
	1.2	1.7	0.71	2.04	0.04191096	0.204722	0.20
	1.4	2.2	0.64	3.08	0.125716416	0.354565	0.35
	1.35	2.2	0.61	2.97	0.117604349	0.342935	0.34
	2.8	4.2	0.67	11.76	0.555198451	0.745116	0.75
	1.3	1.9	0.68	2.47	0.078679295	0.280498	0.28
0.6	1.6	2.4	0.67	3.84	0.178199208	0.422136	0.42
	1.8	2.8	0.64	5.04	0.251409407	0.501407	0.50
	2.35	3.7	0.64	8.695	0.431928109	0.657212	0.66
	2.2	3.5	0.63	7.70	0.387335159	0.622363	0.62

（续）

大致距离/m	人脸检测宽度/cm	人脸检测高度/cm	高宽纵横比	检测得到的面积/cm²	数据处理过程		由模型得出的兴趣值
0.6	2.05	3.3	0.62	6.765	0.342720439	0.585423	0.59
	2.3	3.4	0.68	7.82	0.392860222	0.626786	0.63
	2.0	3.1	0.65	6.20	0.31425198	0.560582	0.56
	2.9	4.8	0.6	13.92	0.632580449	0.795349	0.80
	2.8	4.5	0.62	12.60	0.586073227	0.765554	0.77
	2.7	4.2	0.64	11.34	0.539347334	0.734403	0.73
	2.5	4.0	0.63	10.00	0.486706767	0.697644	0.7
	3.0	4.5	0.67	13.50	0.618031658	0.78615	0.79
	3.2	5.0	0.64	16.00	0.701595526	0.837613	0.84
	3.4	5.0	0.68	17.00	0.733174027	0.856256	0.86
	3.9	6.0	0.65	23.40	0.916389967	0.957283	0.96
	4.3	6.2	0.69	26.66	1.000008275	1.000004	1.00
	4.7	6.2	0.76	29.14	1.060242107	1.029681	1.00
	3.4	5.6	0.61	19.04	0.794835021	0.891535	0.89
	3.3	5.4	0.61	17.82	0.758381434	0.870851	0.87

4. 两种方案比较与选择

比较由两种方法得到的拟合曲线效果图，不难发现这两类方法得到的曲线都可以很好地贴近原始的离散测量数据。但是从算法速度和效率上来考虑：拟合算法针对每位学习者均需要进行运算，以得到其特征拟合曲线方程；而归一法得到的是一个误差较小，并且模型固定的曲线函数，并在模型定义中引入 $x_{F\,min}$ 和 $x_{F\,max}$，很好地解决了检测判断标准会因人而异的问题。基于以上的对比分析可知，对于本系统而言，归一法得到的拟合曲线比较适合作为后台的实时智能算法。

综上所述，可以得到基于人脸趋避度检测的学习兴趣情感识别模型为

$$Y = \begin{cases} 0 & x \leqslant x_{F\,min} \\ \left(\dfrac{\sqrt{x} - \sqrt{x_{F\,min}}}{\sqrt{x_{F\,max}} - \sqrt{x_{F\,min}}} \right)^{\frac{1}{2}} & x_{F\,min} \leqslant x \leqslant x_{F\,max} \\ 1 & x_{F\,max} \leqslant x \end{cases} \tag{4-18}$$

式中，x 为实时检测得到的人脸面积；$x_{F\,max}$ 为可检测的最大人脸面积；$x_{F\,min}$ 为可检测的最小人脸面积。

为了清晰地表达学生的学习状态，定义两种学习心理状态：喜欢（表示对课程非常有兴趣）、厌烦（表示对课程没有兴趣），并根据情绪与认知的关系（正向情绪促进学习、负向情绪不利于学习），将图 4-34a 中所表现出的情绪表述为正常状态，图 4-34b 为正向情绪，图 4-34c 为负向情绪，图 4-34d 为非正常情绪（学习者离开）。

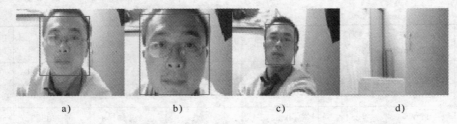

图 4-34　人脸检测结果比较

由于情绪是一种多成分、多维量、多种类、多水平整合的复合心理过程，所以任何基本情绪的定义和维度空间的定义都是有局限性的，而且本系统当前所定义的情绪空间是针对系统特定需求和特定观测值的，所以相对简单。在实际应用中，对于图 4-35 出现的情况，如仅根据上述方法判断，则结果将是不准确的。对于这些情况，可依据下面的专注度检测方法在一定程度上削弱趋避度检测的判断错误。

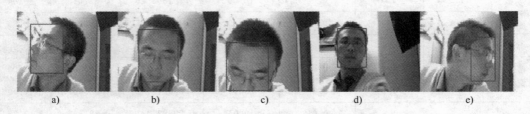

图 4-35　仅依据上述方法检测的异常情况

4.5.4　基于眼帘检测的专注度模型

与基于人脸趋避度检测的兴趣情感值识别相似，结合 E-Learning 系统的特点，通过对基于眼帘的专注度检测，定义基于专注度的情感状态值，该值用于评价学习者认真、疲倦的精神状态。同样通过实验的方法去获得关注度检测和学习者精神状态值之间的关系。

相对于趋避度的检测，利用眼帘进行专注度的检测难度要更大。同时眼帘专注度的检测同趋避度的检测结果是相关联的，当趋避度检测值大时，说明学习者身体前倾，相对于一般状态，此时检测到的眼帘间距就大；当趋避度检测值比较小时，学习者远离了摄像头，则可检测到的眼帘间距就小，甚至检测不到。所以在数据处理过程中首先应该削弱甚至消除趋避度对专注度检测的样本数据的影响。

由表 4-14 可以看出，当对数据进行了消除趋避度影响的处理后，得到的数据是基本一致的。根据表 4-14，针对该学习者，可以得到该学习者眼帘最大、最小间距的特征值（即眼帘最大、最小间距多样本数据的平均值），利用该特征值进行专注度检测的数据处理（见表 4-15）。

表 4-14　专注度检测样本数据

大致距离 /m	微眯眼睛/mm	正常状态/mm	睁大眼睛/mm	趋避度的兴趣情感值 P_1	微眯眼睛 P_1	正常状态 P_1	睁大眼睛 P_1
0.8	3.0	6.0	8.0	0.73	4.109589	8.219178	10.95890
	2.0	4.0	6.0	0.56	3.571429	7.142857	10.71429
0.6	3.5	6.5	8.5	0.84	4.166667	7.738095	10.11905

（续）

大致距离/m	微睁眼睛/mm	正常状态/mm	睁大眼睛/mm	趋避度的兴趣情感值 P_I	微睁眼睛 P_I	正常状态 P_I	睁大眼睛 P_I
	3.0	6.0	8.0	0.77	3.896104	7.792208	10.38961
0.2	4.0	8.0	11	1.00	4.000000	8.000000	11.00000
1.0	—	3.0	4.0	0.35	0.000000	8.571429	11.42857
	2.5	4.5	6.0	0.59	4.237288	7.627119	10.16949
0.3	3.0	7.0	10.0	0.96	3.125000	7.291667	10.41667
	2.0	3.0	4.5	0.42	4.761905	7.142857	10.71429
1	—	2.0	3.0	0.23	0.000000	8.695652	13.04348
平均值					3.983498	7.822106	10.89543

表 4-15 专注度检测数据处理

眼帘距离/mm	此刻的趋避度情感值	预定义的专注度值	数据处理（1）	数据处理（2）	数据处理（3）	简化结果	误差（%）
7	0.73	0.9	9.5890411	0.810999	0.900555	0.90	0.06
4	0.56	0.6	7.1428571	0.45709	0.676084	0.68	12.68
3.5	0.84	0.2	4.1666667	0.0265	0.162789	0.16	18.61
6	0.77	0.7	7.7922078	0.551036	0.742318	0.74	6.05
8	1.00	0.7	8.0000000	0.581099	0.762299	0.76	8.90
3	0.35	0.8	8.5714286	0.663772	0.814722	0.81	1.84
5.5	0.59	0.85	9.3220339	0.772369	0.878845	0.88	3.39
3	0.96	0.2	3.1250000	−0.12421	0.000000	0.00	
4	0.42	0.85	9.5238095	0.801561	0.895299	0.90	5.33
3	0.23	0.9	13.043478	1.31078	1.000000	1.00	11.11
2	0.9	0.15	2.2222222	−0.25482	0.000000	0.00	
5	0.5	0.85	10.000000	0.870455	0.932982	0.93	9.76
3	0.65	0.40	4.6153846	0.09142	0.302357	0.30	24.41
6	0.83	0.60	7.2289157	0.46954	0.685230	0.69	14.21

注：数据处理（1）$= \dfrac{X}{P_I}$

数据处理（2）$= \dfrac{\dfrac{X}{P_I} - x_{e\,min}}{x_{e\,max} - x_{e\,min}}$

数据处理（3）$= \left(\dfrac{\dfrac{X}{P_I} - x_{e\,min}}{x_{e\,max} - x_{e\,min}} \right)^{\frac{1}{2}}$

根据上文中趋避度模型建立的方法，可以得到基于眼帘专注度检测模型为

$$Y = \begin{cases} 0 & x \leqslant x_{e\,min} \\ \left[\dfrac{\dfrac{X}{P_I} - x_{e\,min}}{x_{e\,max} - x_{e\,min}} \right]^{\frac{1}{2}} & x_{e\,min} < x \leqslant x_{e\,max} \\ 1 & x_{e\,max} < x \end{cases} \tag{4-19}$$

式中，x 为检测得到的眼帘距离；$x_{e\,max}$ 为最大的眼帘距离平均值；$x_{e\,min}$ 为最小的眼帘距离平均值；P_I 为当前状态下趋避度值。

在实际操作中，由于数据采集过程的不精确性，同时图像处理过程中的眼帘间距的检测准确度还不高，所以当前基于眼帘的专注度检测准确度有待提高。图 4-36 为判断人眼睁闭状态示意图。

图 4-36　判断人眼睁闭状态示意图

4.6　情绪模型的定义和运算

由趋避度检测和专注度检测可以组成一个 E-Learning 系统情绪的检测，在确立了情绪的二维模型后，给出情绪强度、情绪角度等的相关定义。

4.6.1　情绪的定义

$$e = (e_x, e_y)$$

$$e_x = \left\{ e_x = \left[\frac{\sqrt{x} - \sqrt{x_{F\,min}}}{\sqrt{x_{F\,max}} - \sqrt{x_{F\,min}}} \right]^{\frac{1}{2}} \,\middle|\, e_x \in R, x_{F\,min} \leqslant e_x \leqslant x_{F\,max} \right\} \tag{4-20}$$

$$e_y = \left\{ e_y = \left[\frac{\dfrac{Y}{P_I} - y_{e\,min}}{y_{e\,max} - y_{e\,min}} \right]^{\frac{1}{2}} \,\middle|\, e_y \in R, y_{e\,min} < e_y \leqslant y_{e\,max} \right\}$$

令

$$a = \sqrt{x_{F\,max}} - \sqrt{x_{F\,min}}, b = \sqrt{x_{F\,min}}$$

$$e_x = \left\{ e_x = \left(\frac{\sqrt{x} - b}{a} \right)^{\frac{1}{2}} \,\middle|\, e_x \in R, b \leqslant e_x \leqslant a + b \right\} \tag{4-21}$$

进一步简化，令 $k = \sqrt{\dfrac{1}{a}}$

$$e_x = \left\{ e_x = k \left(\sqrt{x} - b \right)^{\frac{1}{2}} \,\middle|\, e_x \in R, b \leqslant e_x \leqslant \frac{1}{k^2} + b \right\} \tag{4-22}$$

同理对 e_y 进行简化，令

$$c = y_{e\,max} - y_{e\,min}, d = y_{e\,min}$$

$$e_y = \left\{ e_y = \left[\frac{\dfrac{Y}{P_1} - d}{c} \right]^{\frac{1}{2}} = \left(\frac{Y - dP_1}{cP_1} \right)^{\frac{1}{2}} \Bigg| e_y \in R, d < e_y \leqslant c + d \right\}, u = \sqrt{\frac{1}{cP_1}}, v = dP_1 \quad (4\text{-}23)$$

$$e_y = \left\{ e_y = u\,(Y - v_1)^{\frac{1}{2}} \Bigg| e_y \in R, \frac{v}{P_1} < e_y \leqslant \frac{1}{u^2 P_1} + \frac{v}{P_1} \right\}$$

式中，u、v 为同一个人趋避度检测和专注度检测相关的特征值（最大特征值、最小特征值）。

这样即可得到学习者学习兴趣状态和学习者精神状态的情感值，在实际系统中两者是相关联的。为了进行综合评价，给出学习者情感状态的综合评价值，并对这两个检测值进行归一化处理，形成情感识别的综合评价值，在这个过程中，采用模糊数学的方法来进行数据处理。由于在检测识别过程中，人脸趋避度检测和眼帘专注度检测的准确度不同，且由趋避度和专注度得到的两个情感值在学习者情感综合评价中的地位不是均等的，故在综合评价中给予不同权数。设趋避度评价值权数为 q，专注度评价值权数为 $1-q$，这两个权数便组成一个模糊向量 $(q, 1-q)$，通过合成可得学习者学习状态的综合评价值。

情绪强度的定义

$$r = \sqrt{qe_x^2 + (1-q)e_y^2} \quad -1 \leqslant r \leqslant 1 \quad (4\text{-}24)$$

情绪角度的定义

$$\theta = \begin{cases} \arccos \dfrac{e_x}{r}, & e_y < \dfrac{q}{(1-q)}e_x \\[3mm] \arccos \dfrac{e_y}{r}, & e_y > \dfrac{q}{(1-q)}e_x \end{cases} \quad (4\text{-}25)$$

4.6.2　情绪运算相关理论

在情绪以及情绪强度、角度的相关定义给出后，给出学习者情绪运算的相关理论。这样在情绪反应阶段，智能 Agent 助理可以根据学习者的情绪状态、学习状态，进行比较判断，从而采用相应的策略和模型，改善学习者的学习状态。

1. 判断两种情绪是否相同

通过判断两种情绪的横纵坐标是否相同，或通过判断两者的情感强度和情感角度是否相同可以判断两种情绪是否相同。例如，两种情绪状态 $e_a = [e_{x_a}, e_{y_a}]$ 和 $e_b = [e_{x_b}, e_{y_b}]$，可以通过判断 $\begin{cases} e_{x_a} = e_{x_b} \\ e_{y_a} = e_{y_b} \end{cases}$ 或者 $\begin{cases} \gamma_a = \gamma_b \\ \theta_a = \theta_b \end{cases}$ 是否成立来判断两种情绪是否相同。如果成立，则两种情绪相同。

2. 判断两种情绪是否是同一情绪类型

通过计算两种情绪在情绪曲线中的位置是否处于某一范围，或通过计算情绪角度可以判断两种情绪是否属于同一情绪类型。例如，对于某一情绪类型，定义其范围为 $r \subset (k_1, k_2)$，则对于两种情绪状态 $e_a = [e_{x_a}, e_{y_a}]$ 和 $e_b = [e_{x_b}, e_{y_b}]$，如果 $r_a \subset (k_1, k_2)$，$r_b \subset (k_1, k_2)$ 成立，则两种情绪属于同一情绪类型。

3. 比较两种情绪的强烈程度

对于属于同一情绪类型的两种情绪来说，通过比较两种情绪的情绪强度来比较两种情绪的强烈程度。例如，两种情绪状态 $e_a = [e_{x_a}, e_{y_a}]$ 和 $e_b = [e_{x_b}, e_{y_b}]$ 同属于快乐状态，如果 $\gamma_a > \gamma_b$，则表示情绪状态 e_a 比情绪状态 e_b 在愉快程度上更强烈。

4. 情绪加强

在某种情绪状态下，当加入外界刺激时，则目前的情绪会受到影响。例如，在平静状态时，听到表扬，则情绪变为快乐状态。假设目前的情绪状态为 $e_a = [e_{x_a}, e_{y_a}]$，因为外界刺激使其发生 $e_b = [e_{x_b}, e_{y_b}]$ 的情绪变化，则现在的情绪状态 $\vec{e_n}$ 可以用合成的方法计算出来。定义情绪加强函数为

$$\phi(e_a + e_b) = e_{a+b}$$
$$= [e_{x_a}, e_{y_a}] + [e_{x_b}, e_{y_b}]$$
$$= [e_{x_a} + e_{x_b}, e_{y_a} + e_{y_b}] \tag{4-26}$$

4.7 小结

本章主要讨论了具有实用性的 E-Learning 系统学习情绪识别的方法，并对其中基于维度情绪论、OCC 模型、DBN 模型的学习情绪模型进行了介绍。随后笔者在情绪心理学维度论及图像处理的基础上，根据 E-Learning 特点，通过教学过程中学习者趋避度和专注度来描述 E-Learning 系统中学习者的情绪状态（主要是学习兴趣和精神状态），并应用曲线拟合方法及归一化原理对检测样本进行处理。在拟合过程中可以看到对于某一学习者的样本数据，可以用较低阶数的拟合曲线即可得到较好的拟合效果。随后根据归一化原理，通过变换函数的选取，得到了适合 E-Leanring 系统应用的趋避度模型，并用类似方法得到了专注度模型。最后结合系统实现应用情况，给出了适合 E-Learning 系统应用的情感模型-学习者学习兴趣检测（趋避度和专注度）模型，并给出了情绪强度、情绪角度及情绪计算的相关定义，体现了系统的情绪化特点。

附录　曲线拟合仿真实验代码

```
xdate=
[3. 6000   3. 7500   3. 8400   4. 3350   4. 9500   5. 4000   5. 5100   5. 9000   6. 2000
6. 7200   9. 5000   10. 4000   11. 4800   14. 0800   15. 5700   18. 0250   22. 4000
24. 4850   24. 7800   26. 4000   25. 8000   31. 8500   32. 5000   33. 8000]
ydate=
[0   0. 1000   0. 1500   0. 2000   0. 2000   0. 2500   0. 3000   0. 3000   0. 3500   0. 4000
0. 5000   0. 5500   0. 6000   0. 7000   0. 7000   0. 7500   0. 8500   0. 9000   0. 9000
0. 9000   0. 9500   1. 0000   1. 0000   1. 0000]
m= 2;
```

```
p= polyfit (xdate, ydate, m);
xi= linspace (0, 35, 100);      %  x-axis data for plotting
z= polyval (p, xi);
plot (xdate, ydate', o , xdate, ydate, xi, z, ':');
xlabel ('x'), ylabel ('y= f(x)'), title ('Second Order Curve Fitting');
```

参 考 文 献

[1] 吴健辉，罗跃嘉. 情绪的认知科学研究途径 [C]. 北京：第一届中国情感计算及智能交互学术会议，2003：6-11.

[2] 王志良，陈锋军，薛为民. 人脸表情识别方法综述 [J]. 计算机应用与软件，2003 (12)：63-66.

[3] Neji M, Ben Ammar M. Agent-based Collaborative Affective e-Learning Framework [J]. The Electronic Journal of e-Learning，2007，5 (2)：123-134.

[4] Ben Ammar M, Neji M, Alimi A M. The integration of an emotional system in the Intelligent Tutoring System [C]. The 3rd ACS/IEEE International Conference，2005：145.

[5] Nkambou R. Managing Student Emotions in Intelligent Tutoring Systems [C]. 2006 FLAIRS Conference，2006：389-394.

[6] Neji M, Ben Ammar M. Emotional eLearning system [C]. Bangkok：the 4th International Conference on eLearning for Knowledge-Based Society，2007：18-19.

[7] Zakharov K. Affect Recognition and Support in Intelligent Tutoring Systems [D]. the University of Canterbury，2007.

[8] 吴彦文，刘伟，张昆明. 基于情感识别的智能教学系统研究. 计算机工程与设计，2008，29 (9)：2350-2352.

[9] 马希荣，刘琳，桑婧. 基于情感计算的 E-Learning 系统建模 [J]. 计算机科学，2005，32 (8)：131-133.

[10] 王万森，温绍洁，郭凤英. 基于人工情绪的智能情感网络教学系统研究. 小型微型计算机系统，2006，26 (3)：569-572.

[11] 马希荣，王志良. 远程教育中和谐人机情感交互模型的研究 [J]. 计算机科学，2005，32 (9)：182-183.

[12] 罗奇，万力勇，吴彦文. 情感计算在 e-learning 系统中的应用探索 [J]. 开放教育研究，2006，12 (3)：80-83.

[13] Kapoor A，Picard R W. Probabilistic Combination of Multiple Modalities to Detect Interest [C]. ICPR (3)，2004：969-972.

[14] Abbasi A R. A Bayesian Network Approach to Interpret Affect-An Application to Affective Tutoring [C]. Lisbon：2nd Conference on Affective Computing and Intelligent Interaction，2007.

[15] Abbasi A R, Dailey M N, Afzulpurkar N V, etal Probabilistic prediction of student affect from hand gestures [C]. Orlando：International Conference on Automation，Robotics and Control Systems (ARCS08)，2008：58-63.

[16] Graesser A C, D'Mello S K, Craig S D. The Relationship between Affective States and Dialog Patterns during Interactions with Auto Tutor [J]. Journal of Interactive Learning Research，2008，19 (2)：293-312.

[17] Litman D J, Forbes-Riley K. Predicting student emotions in computer-human tutoring dialogues [C].

the 42nd annual meeting of the association for computational linguistics，2004：352-359.

［18］俞佳. 面部表情识别线索的精密检测研究 ［D］. 上海：华东师范大学，2004.

［19］De Vicente A，Pain H. Informing the Detection of the Student's Motivational State：An empirical Study ［M］. Berlin：Springer-Verlag，2002，933-943.

［20］肖秦琨. 基于动态贝叶斯网络的智能自主优化机制研究 ［D］. 西安：西北工业大学，2006.

［21］肖秦琨，高嵩，高晓光. 动态贝叶斯网络推理学习理论及应用 ［M］. 北京：国防工业出版社，2007.

［22］Lisetti C L Nasoz F. A Multimodal Affective User Interface ［C］. the 10th ACM International Conference on Multimedia 2002：161-170.

［23］Jaques P A. Applying Affective Tactics for a Better Learning ［C］. the European Conference on Artificial Intelligence（ECAI）2004：22-27.

［24］王志良，祝长生，解仑. 人工情感 ［M］. 北京：机械工业出版社，2009.

第 5 章　情感交互系统中的情绪反应

根据学习支持（Learning Supports）的相关理论，情绪反应是情感交互系统中智能化、人性化的主要表现形式，基于此本章以远程教育系统中虚拟教师——Agent 动画人物为基础，给出了该助教的情绪反应（即助教对学习者不同学习行为的具体情绪表现），并分别采用模糊数学和支持向量机的方法，给出情绪反应的确定方法。之后制定了个性化助教以及教学过程中助教的行为规则。为下一章基于 Agent 的 MASIES 远程教育情感交互的实现奠定了基础。

5.1　远程教育中学习情绪交互

学习支持在传统教学情境中非常重要，而在 E-Learning 学习情境中，因为学习者处于各自不同的时间和空间中，所以学习支持就显得更加重要。从这个角度讲，智能 Agent 助理技术无疑是一种最佳的学习支持工具，它实质上代表了一种更加智能化的服务，实现了更加人性化的交互手段，使得 E-Learning 系统环境具有更好的交互性和智能性，内容的表现形式更加丰富、更具有吸引力，能够有力地提高学习者的学习兴趣和学习效率。

5.2　虚拟教师的表情及个性化设计

虚拟人的个性化在很大程度上取决于它的可信度。一般包括物理、表情、逻辑和情感等方面的个性化。如图 5-1 所示，这几个方面都是自成一体。

物理个性化：指虚拟人的外观。可以通过借助一些 3D 建模的软件对虚拟人的人脸和身体进行建模。

表情个性化：这是模拟出具有真实感的虚拟人的过程中最具挑战性的问题。需要设计出虚拟人如何通过面部表情和动作进行自我表达。表情个性化就是要设计出虚拟人如何微笑、如何生气、如何眨眼、如何点头等。任何一个参数化的动画系统都可以用来进行人脸表情的设计。

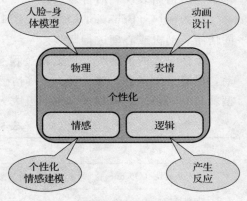

图 5-1　虚拟人个性化的组成部分

逻辑个性化：这包括虚拟人要对输入的信息进行分析、思考，找到答案，最后选择自然的语言进行回复。这是建模过程中最繁琐的任务，这部分可视为虚拟人的"大脑"。

情感个性化："思想"控制了对话过程中，虚拟人的情感如何随着时间而发展，这一过程即情感个性化。能够自发地产生情感，使虚拟人与一个带有知识库的专家系统有着本质的不同。情感个性化和逻辑个性化这两个方面是相辅相成的。

虚拟教师在系统中主要是同学习者进行情感交流，并在学习者需要的时候对学习者的情绪、动机和心理进行调节，以使学习者在学习过程中感受到老师的存在，就像在传统的课堂教室中学习一样，不再感到学习的枯燥和单调。首先给出虚拟教师的情感模型定义如图 5-2 所示。

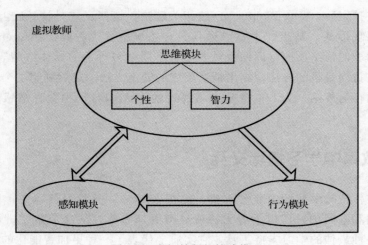

图 5-2　虚拟教师的情感模型

虚拟教师的情感模型 ET＝{感知模块；思维模块；行为模块}

感知模块（Sense Module，SM）：是虚拟教师感受外部环境和自身内部状态的模块。针对系统的实际应用，只考虑系统的外部环境变化，即学习者的情绪及认知水平的变化。

思维模块（Thinking Module，TM）：理智与情感调控的综合结果，即根据感知模型所感知的学习者的情绪及认知水平变化从而产生相应的面部表情或语言，不同个性的教师会具备不同的情绪表现和语言表达。

行为模块（Behavior Module，BM）：即虚拟教师通过面部表情或语言等规则对学习者的情绪、动机或心理进行调节。

个性对人的情感产生、更新过程有着很大的影响，例如神经质的人比一般人更容易激动，更容易出现喜、怒、哀、乐等情感，而且往往比较善变。当前关于个性方面最著名的模型就是 OCEAN 人格模型（也叫五大人格模型），如表 5-1 所示。

表 5-1　OCEAN 人格模型

因　素	描　述
开放性（Openness）	具有想象、审美、情感丰富、求异、创造、智能等特质
谨慎性（Conscientiousness）	显示了胜任、公正、尽责、谨慎、克制等特质
外向性（Extraversion）	表现出热情、社交、果断、冒险、乐观等特质
宜人性（Agreeableness）	具有信心、直率、利他、依从、谦虚、移情等特质
神经质（Neuroticism）	具有焦虑、敌对、压抑、自我意识、冲动、脆弱等特质

定义个性用五元组表示：

$$P = \langle O, C, E, A, N \rangle, \text{且 } O, C, E, A, N \in [0,1]$$

其中，O、C、E、A、N 分别表示开放性、谨慎性、外向性、宜人性和神经质 5 个方面人格因素的大小。个体某方面因素的数值越大，则个体这个因素的表现越明显。例如，某人的性格 $P = \langle 0.7, 0.8, 0.9, 0.05, 0.1 \rangle$，表示这个人非常开朗、比较外向、具有责任心、不具有宜人性、做事非神经质（不容易过分激动）。

虚拟教师的情感调节中表情及语言行为产生规则如表 5-2 所示。教师的个性将对其表情和语言同时产生影响。由于个性的不同，当面对相同刺激时，将会表现出不同的表情。例如，当学习者由于未成功完成相似难度的学习任务时，外向性的教师可能更倾向于表现出惊奇、同情；而神经质特性的教师可能会表现为生气。虚拟教师的语言主要体现为评价和奖罚两个方面，而个性对语言行为的影响在于说话的口气或语气等，比如，当学习者在成功完成任务时，外向性的教师可能会说："太棒了！"、"好样儿的！"；而谨慎性的教师可能会说："还不错"、"有进步"。

首先，定义个性矩阵

$$\boldsymbol{P} = \begin{bmatrix} p_1 \\ p_2 \\ \vdots \\ p_j \end{bmatrix}, \forall j \in [1, n], p_j \in [0, 1] \tag{5-1}$$

定义情绪受个性的影响矩阵

$$\boldsymbol{MPE} = \begin{bmatrix} \theta_{e_1 p_1} & \theta_{e_1 p_2} & \cdots & \theta_{e_1 p_n} \\ \theta_{e_2 p_1} & \theta_{e_2 p_2} & \cdots & \theta_{e_2 p_n} \\ \vdots & \vdots & \vdots & \vdots \\ \theta_{e_m p_1} & \theta_{e_m p_2} & \cdots & \theta_{e_m p_n} \end{bmatrix} \tag{5-2}$$

则虚拟教师的初始情绪为

$$\boldsymbol{E}_1 = \boldsymbol{MPE} \times \boldsymbol{P} \tag{5-3}$$

定义情绪变化的阈值矩阵

$$\boldsymbol{T} = \begin{bmatrix} t_1 \\ t_2 \\ \vdots \\ t_i \end{bmatrix}, \forall i \in [1, m], t_i \in [0, 1] \tag{5-4}$$

$$t_i = \frac{\sum\limits_{j=1}^{n} \theta_{e_i p_j} p_j}{\sum\limits_{j=1}^{n} \theta_{e_i p_j}}, \forall i \in [1, m], \forall j \in [1, n]$$

当学习者情绪或动机发生变化被虚拟教师感知后，思维模型将对学习心理按照规则进行映射，并同时对产生当前学习心理的原因进行分析。表 5-2 所列出的是根据当前的情绪-动机模型和教学对象的原子组合规则（这里只列出一部分），按照这些规则可以得到情绪变化的增量矩阵

表 5-2　虚拟教师表情及语言行为产生规则

激发动机状态	任务状态	任务类型	帮助状态	表　情	语言（建议）
努力度降低				同情++ 生气+	提醒集中注意力
努力度提高 独立度降低				希望+ 同情+	不打扰或鼓励继续努力
努力度提高 独立度提高				愉快+	表扬努力 鼓励接受挑战
努力度降低 独立度降低				同情++ 生气+ 失望+	建议使用帮助 鼓励继续努力
努力度降低				同情+	建议使用帮助 鼓励接受挑战
自信度降低	失败	较高难度		同情+	鼓励接受挑战 建议降低难度
自信度降低	失败	较低难度	拒绝	伤心++ 失望+ 同情+	建议重新学习 建议使用帮助
自信度降低	失败	较低难度	已接受	伤心++ 失望+	建议重新学习
自信度降低	失败	相似难度		伤心+ 惊奇+	提醒相似任务的成功 鼓励接受挑战
自信度提高	成功	较高难度	拒绝	骄傲++ 愉快+	表扬成功
自信度提高	成功	相似难度/ 较低难度		愉快+	建议提高难度 鼓励接受挑战
自信度降低	放弃	较高难度		失望+	建议尝试较低/相似难度
自信度降低	放弃	较低难度		生气+ 伤心+	建议重新学习
自信度降低	放弃	相似难度		生气+	建议尝试较低/相似难度

$$\boldsymbol{R} = \begin{bmatrix} r_1 \\ r_2 \\ \vdots \\ r_i \end{bmatrix}, \forall i \in [1, m], \forall r_i \in [0, 1] \qquad \Delta \boldsymbol{E} = \boldsymbol{MPE} \times \boldsymbol{R} \qquad (5\text{-}5)$$

将情绪增量矩阵和 $\boldsymbol{MPE}$ 矩阵相乘，得到增量情绪，并同初始情绪相加得到反应情绪 E_F 为

$$E_\text{F} = \boldsymbol{E}_\text{I} + \Delta \boldsymbol{E} \qquad (5\text{-}6)$$

若反应情绪的维度分量大于相应的阈值分量，则虚拟教师的情绪将发生变化，表现为分量值最大的情绪。

虚拟教师的情绪（见图 5-3）主要包括愉快（Joy）、希望（Hope）、失望（Disappointment）、生气（Anger）、惊奇（Surprise）、伤心（Sadness）、同情（Sympathy）、平静

(Calm)、骄傲（Pride）。

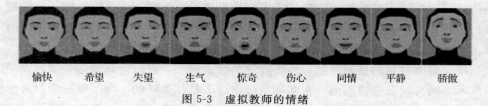

| 愉快 | 希望 | 失望 | 生气 | 惊奇 | 伤心 | 同情 | 平静 | 骄傲 |

图 5-3　虚拟教师的情绪

由于情绪反应是以学习者的行为状态和对学习者情感的判断产生的，这里给出基于模糊集合和支持向量机的两类产生规则及算法。

5.3　基于模糊集合的情绪反应

首先利用模糊集合的理论建立虚拟助理情绪反应的模型。情绪反应是以学习者的行为状态和对学习者情感的判断产生的。在系统中主要通过在线时间评价、在线次数、同 Agent 交互次数、学习内容评价、课程相对进度、以往单元测试情况、学习者当前的情绪等作为虚拟助理情绪生成的要素。在利用模糊集进行情绪反应的生成时，仅选取 3 类值作为判断和生成情绪的依据，分别是在线时间评价值、学习内容评价值、学习者当前的情绪评价值。

5.3.1　在线时间评价值和学习内容评价值

在线时间评价值为

$$T_i = \begin{cases} T_{i-1} + \dfrac{CT_i}{ST_i} & 1 > T_i \geqslant 0 \\ 1 & T_i \geqslant 1 \end{cases} \tag{5-7}$$

式中，CT_i 为本次在线时间；ST_i 为课程所需总学时。

学习内容评价值为

$$S_i = \begin{cases} S_{i-1} SW + IS + AS + \dfrac{TS}{SD_i} & 100 > S_i \geqslant 0 \\ 100 & S_i \geqslant 100 \end{cases} \tag{5-8}$$

式中，SW 为评价值累加过程中相对权重，取 $SW = 0.9$；IS 为学习中和 Agent 交互次数；AS 为 Agent 奖罚分；TS 为单元测试得分（五分制）；SD_i 为单元测试难易度（0.8～1.2，难度越大，数字越小）。

5.3.2　学习者模糊情感综合评价

模糊一词来自英文 Fuzzy，意思是"模糊的"、"（形状或状态）不清楚"等，总之，它意味着界限不明确。模糊数学不是"模糊的"或"含糊的"数学，而是涉足模糊性现象领域的数学，是运用数学方法研究和处理带有模糊性现象的一门新兴学科。模糊数学就是把客观世界中的模糊现象作为研究对象，从中找出规律，然后用精确的数学方法来进行处理的一门新的数学分支。

模糊数学自提出之后，得到了快速的发展，并在很多领域获得了非常广泛的应用，如模式识别、模糊控制、模糊诊断等。它是一门在信息不完全情况下对系统进行数学描述的学科。在模式识别中引入模糊数学方法，用模糊技术来设计识别系统，可以更好地模拟人的思维过程，进而提高计算机的智力，提高系统的实用性和可靠性。作为表达人类思维的一种方式，模糊数学在模拟人类判断的领域里得到了很好的应用，形成了很多方法。

根据第 4 章所得到的趋避度和专注度检测的数学模型，可以得到学习者学习兴趣情感状态值和学习者精神状态的情感值，在实际系统中两者是相关联的。为了得出学习者情感状态的综合评价值，对这两个检测值进行归一化处理，形成情感识别的综合评价值。在这个过程中，采用模糊数学的方法来进行数据处理。由于在检测识别过程中，人脸趋避度检测和眼帘专注度检测的准确度不同，且由趋避度和专注度得到的两个情感值在学习者情感综合评价中的地位不是均等的，故在综合评价中给予不同权数。在本系统中，设趋避度评价值权数为 0.6，专注度评价值权数为 0.4，这两个权数组成一个模糊向量 $A=(0.6，0.4)$，前文中的趋避度和专注度检测结果组成情感向量 $Q=(0.8，0.7)$，通过 A 和 Q 的合成可得学习者学习状态的综合评价值

$$P=AQ=(0.6，0.4)\begin{bmatrix}0.8\\0.7\end{bmatrix}=0.76 \tag{5-9}$$

5.3.3 虚拟助理的情绪反应

定义如下变量表达式来描述智能 Agent 助理的情绪反应生成：

$$P=F(e_1,e_2,e_3)$$

式中，e_1、e_2、e_3 分别为在线时间评价值、学习内容评价值、学习者当前的情绪评价值；F 为系统内外界刺激到智能 Agent 助理情绪的生成原则；P 为智能 Agent 由外部刺激得到的内部情绪状态。

由于在 E-Learning 系统中，在线时间评价值、学习内容评价值、学习者当前的情绪评价值在智能 Agent 助理的情绪生成中所占权重是不同的，所以将上述 3 个情绪生成的基本元素作归一化处理。这里采用模糊综合评判法，这种方法的基本思想是首先确定评价指标集 U 和评判集 V，建立 $U×V$ 的模糊评判矩阵 R；设置指标权重 M，然后对矩阵合成得 A，并对 A 归一化处理。

在系统中主要考虑 3 个因素：在线时间评价值、学习内容评价值、学习者当前的情绪评价值。它们可构成因素集 $e=\{$在线时间评价值（e_1），学习内容评价值（e_2），学习者当前的情绪评价值（e_3）$\}$，并定义评判集为 $v=\{$很用功（v_1），一般（v_2），不用功（v_3）$\}$，则对 e_i（$i=1,2,3$）的判断为 $\{e_{i1}, e_{i2}, e_{i3}\}$。

$$p=\begin{bmatrix}e_{11} & e_{12} & e_{13}\\e_{21} & e_{22} & e_{23}\\e_{31} & e_{32} & e_{33}\end{bmatrix} \tag{5-10}$$

设对于学习者的某一状态 $T_i=0.5$，$S_i=50$，$P_{fe}=0.76$，对于学习内容评价值（e_2），给的评价为很用功（e_{21}）0.3、一般（e_{22}）0.5、不用功（e_{23}）0.2，则对 e_2 的评价为（0.3，0.5，0.2），此外假定 e_1 的评价为（0.3，0.7，0），e_3 的评价为（0.4，0.6，0），于是可得出单因素评价的模糊矩阵 R 为

$$\boldsymbol{R} = \begin{bmatrix} 0.3 & 0.7 & 0 \\ 0.3 & 0.5 & 0.2 \\ 0.4 & 0.6 & 0 \end{bmatrix} \tag{5-11}$$

虚拟助理情绪生成的 3 个因素在评价中的地位不是均等的，需给予不同权数。设在线时间评价值权数为 0.1，学习课程内容评价值权数为 0.3，学习者当前的情绪评价值权数为 0.6，这 3 个权数便组成 e 上的一个模糊向量 $\boldsymbol{A} = (0.1, 0.3, 0.6)$，通过 $\boldsymbol{A}$ 和 $\boldsymbol{R}$ 的合成可得智能 Agent 助理情绪反应生成综合评价值

$$\begin{aligned} \boldsymbol{B} &= \boldsymbol{A}\boldsymbol{R} \\ &= (0.1, 0.3, 0.6) \begin{bmatrix} 0.3 & 0.7 & 0 \\ 0.3 & 0.5 & 0.2 \\ 0.4 & 0.6 & 0 \end{bmatrix} \\ &= (0.36, 0.58, 0.06) \end{aligned} \tag{5-12}$$

因为本例中 $0.36 + 0.58 + 0.06 = 1$，所以不需要进一步归一化，如最后的结果 $e_1 + e_2 + e_3 = E$ 不等于 1，则用 E 去除各数，便是归一化后的综合评价结果。归一化后的评价结果记为

$$P = (P_1, P_2, P_3)$$

在实际的系统中，根据刺激值不同给出相应的评判集，表 5-3 列出了系统部分的评价集。根据 3 个刺激因素（在线时间评价值、学习内容评价值、学习者当前的情绪评价值）的不同情况得到相应的评价集，然后经过上述归一化处理后，即可得出智能 Agent 助理的内部情绪状态值。

表 5-3 系统情绪评价集的部分内容

T	评 价 集	S	评 价 集	P	评 价 集
1	(1, 0, 0)	100	(1, 0, 0)	1	(1, 0, 0)
…	…	…	…	…	…
0.8	(0.6, 0.4, 0)	80	(0.5, 0.4, 0.1)	0.7	(0.4, 0.6, 0)
0.5	(0.3, 0.6, 0.1)	50	(0.2, 0.5, 0.3)	0.5	(0.1, 0.8, 0.1)
…	…	…	…	…	…
0	(0, 0.8, 0.2)	0	(0, 0.3, 0.7)	0	(0, 0, 1)

5.3.4 基于模糊集合的情绪反应小结

从以上的演算过程可以看到，基于模糊集合的虚拟助理情绪反应算法比较简单，容易理解，但实现过程比较繁琐，要定义较多的评价集，并要制定较多的规则，建立相关的规则集，并且学习者趋避度、关注度作为情绪反应的主要依据在计算过程中被简化处理，所以下面尝试采用支持向量机技术建立虚拟助理情绪反应的分类模型，并对两者结果进行比较。

5.4 支持向量机的虚拟助理情绪反应

5.4.1 支持向量机多类分类问题

基本的支持向量机只能解决两类分类问题，不能直接用来解决多类分类问题，而现实问题通常需要涉及多类分类问题。目前已经提出的解决支持向量机多类分类问题一般有以下 3 种解决方案。

1. 多类分类器算法

以 Weston 在 1998 年提出的多类算法为代表，这个算法在标准支持向量机算法的基础上，通过改写 Vapnik 的支持向量机两类分类中的优化目标函数，使其满足多类分类的需要。

2. 一对多算法

1-a-r 算法是由 Vapnik 提出的，其基本思想是每次将其中一个类别的样本作为一个分类，其他不属于该类别的样本当做另外一个分类，这样就变成了一个两分类问题。最后的输出是两类分类器输出为最大的那一类，因此对于 K 类问题的分类，需要构造 K 个两类分类器。

3. 一对一算法

1-a-1 算法是由 Kressel 提出的，其基本思想是在 K 个类别中，构造所有可能的两类分类器，每个两类分类器只用 K 类中的两类训练样本进行训练，这样需要建立 $K(K-1)/2$ 个两类分类器。在识别时，对构成的多个两类分类器进行综合判断，一般可采用投票方式来完成多类识别，得票最多的类为待测样本所属的类。

第一种方案，尽管在理论上非常完美，但其涉及的目标函数过于复杂，实现困难，计算复杂度高，训练样本数目较大时需要很长的运算时间，所以一般很少采用。第二种方案易于实现，但是鲁棒性不强，任何一个分类机的错误分类都会带来分类的二义性，而且其分类超平面较复杂，易产生过量匹配，另外在增量学习中，不易于扩展，增加训练样本需要对所有的分类机重新训练。第三种方案虽然分类机个数较多，但是单个分类机的训练样本数量相对较少，训练速度因而较快，且易于扩展，有利于增量学习。

5.4.2 支持向量机中情绪反应特征要素的提取

在基于模糊集合的虚拟助理情绪反应模型构建过程中，为了简化计算，将虚拟助理的情绪反应简化为在线时间评价值、学习内容评价值、学习者当前的情绪评价值（学习者趋避度、关注度的合成量）3 个因素。在基于向量机的情绪反应分类模型构建中，尽可能用相关因素的原始观测值，则特征要素可以归纳为：

1）在线时间评价：一般认为，连续在线学习时间以 30～50min 为佳，时间太短或太久，学习的效率均会下降，所以对于在线时间评价值用在线学习时间为变量的正态分布的结果来衡量。

2）同 Agent 交互次数：在线时间内同 Agent 交互的次数。

3）学习内容评价：上文中得到的学习内容评价值。

4) 以往单元测试成绩：上一单元测试成绩。

5) 学习者趋避度：通过检测得到的趋避度值。

6) 学习者专注度：通过检测得到的专注度值。

7) 前一时段 Agent 助理情绪的反应值：以前一分钟 Agent 助理情绪的反应值作为参数值。对于初始系统，取 3 作为默认值。

8) 学习者习惯系数：根据前文中对学习者的问卷调查，设定学习者的习惯系数，主要用来表明哪一种情绪更有力于激励学习者认真学习。它分为：鼓励、放任、批评 3 类，分别记为 [3, 2, 1]。

根据上文，系统选取了兴奋、高兴、平静、厌恶、生气 5 种基本情绪反应，在分类中分别定义为 [5, 4, 3, 2, 1]。

5.4.3 建立情绪反应分类模型的基本步骤

根据支持向量机的基本原理，结合 E-Learning 系统的特点，建立基于支持向量机的情绪反应分类模型一般分为 3 个阶段：首先是数据准备阶段，包括相关因素的确定与量化，以及在此基础上样本数据的获取与归一化处理；其次是训练阶段，就是通过已评价过的样本数据对支持向量机进行训练，找到训练样本的支持向量，从而确定最优分类面；再次是预测阶段，即装入训练阶段的有关数据，根据最优分类超平面，对测试样本集做出分类决策。

建立基于支持向量机的情绪反应分类模型的具体步骤如下：

1) 情绪反应特征要素的提取及量化。本文中，根据对学习者情绪反应要素的分析及分类，提取主要特征，将其量化，组成一个包含 8 个特征向量的一维数组。

2) 情绪反应样本数据的构建。以 X 表示样本的特征向量，Y 表示其对应的评价结果，则训练样本集可表示为

$$T = \{(x_1, y_1), \cdots, (x_l, y_l)\} \in (X \times Y)^l \tag{5-13}$$

式中，$x_i \in X = R^n$，$y_i \in Y = \{1, -1\}$，$i = 1, \cdots, l$，l 为样本容量，n 为特征向量的个数，并设相关评价等级数为 m。

3) 训练数据的归一化处理。这一步对 SVM 分类器是至关重要的，同时可以消除量纲的影响。

$$x_{ij} = \frac{t_{ij} - t_{ij\min}}{t_{ij\max} - t_{ij\min}} \tag{5-14}$$

式中，x_{ij} 为第 i 组数据归一化后的特征值；t_{ij} 为第 i 组数据第 j 个特征值的取值；$t_{ij\min}$ 为第 i 组数据第 j 个特征值的最小取值；$t_{ij\max}$ 为第 i 组数据第 j 个特征值的最大取值。

4) 调整 y_i。本文采用的是"一对多"的多类分类器。对于某一样本值来说，共有 k 个等级，也就是有 k 类。如果该样本属于第 q 类，则对于第 q 类而言，$y_i = 1$，否则 $y_i = -1$。每建立一个 SVM 分类器，q 的值发生一次变化。对于 p 类的多分类问题，q 的取值依次为 $1, 2, \cdots, p$。

5) 建立 SVM_p 分类器。把训练样本通过核函数映射到高维特征空间，根据 Mercer 定理，选择合适的核函数 $K(x_i, x)$ 及核参数，并根据核函数的要求对输入数据样本进行规范化。核函数通常选择多项式核函数、径向基函数或神经网络核函数等。在约束条件 $0 \leqslant \alpha_i \leqslant C(i = 1, 2, \cdots, n)$ 和 $\sum_{i}^{n} \alpha_i y_i$ 下最大化式以求解 Lagrange 系数 α_i，找出支持向量 SV，求出

阈值 b。建立训练数据样本的最优分类超平面，也即建立了一个 SVM 分类器。重复此步骤 m 次，得到 $1，2，…，m$ 个分类模型 SVM_m。

利用获得的分类模型对测试样本进行分类，预测虚拟助理可能的情绪反应。若第 q 个 SVM 模型的输出为 1，则该样本的评价等级为 q 类；若第 q 个 SVM 模型的输出为 -1，则该样本的评价等级为非 q 类，即属于其他的等级。训练好的 SVM 分类器，对每一个测试样本，应该只有一个 SVM 分类器的输出为 1。若出现多个 SVM 分类器的输出为 1，则 SVM 的分类模型需要重新训练。

5.4.4 仿真实验和结果分析

为了验证上述算法的有效性和正确性，进行以下的仿真实验及结果分析。首先，通过调研和样本采集创建一个包含 5 名学习者、每名 20 组样本数据的数据库。下面以某位学习者其中 10 组样本为例，样本特征值如表 5-4 所示。

表 5-4 样本特征值

样　　本	在线时间评价	同 Agent 交互次数	学习内容评价	以往单元测试成绩	学习者趋避度	学习者专注度	前一时段 Agent 助理情绪的反应值	习惯系数
1	17	4	58	38	0.53	0.74	4	2
2	35	7	68	85	0.68	0.49	3	1
3	46	11	75	69	0.83	0.65	4	3
4	23	7	63	53	0.73	0.33	2	2
5	35	9	79	100	0.52	0.61	3	1
6	31	10	31	79	0.27	0.56	3	3
7	17	6	54	48	0.39	0.74	1	2
8	24	7	78	84	0.81	0.79	5	3
9	38	15	36	76	0.25	0.64	3	1
10	25	14	65	65	0.43	0.81	2	2

相应的情绪分类值为 [3 4 5 3 5 2 1 5 2 3]。

出于对系统人性化的考虑，如果对一个用户作太多的样本采集工作，将会给用户带来繁琐且不人性化的感觉，这便违背了系统对人性化设计所追求的初衷。也正是因为这个原因，决定了系统是一个小样本输入的预测系统。因此，对于每个用户，最多采集其 20 组样本数据作为基本样本提供给系统。学习者则选择 5 名学生，将他们的评价值取平均值作为样本的实际评价值。因为评价样本数量较少，所以不宜分类太多，同时根据心理学对情绪的分类和系统的特点，将分类设定为 5 个等级。在 20 组数据中，将前 10 组作为训练样本，后 10 组作为测试样本，以便比较预测值与用户评价值的差异，从而验证该预测模型的正确性与可靠性。用于测试的样本数据如表 5-5 所示。

表 5-5　用于测试的样本数据

预定义类型	在线时间评价	同 Agent 交互次数	学习内容评价	以往单元测试成绩	学习者趋避度	学习者专注度	前一时段Agent 助理情绪的反应值	习惯系数
1	23	8	68	32	0.53	0.74	3	2
2	35	10	78	45	0.68	0.49	4	1
3	45	15	46	76	0.83	0.65	5	3
4	55	14	51	84	0.73	0.33	3	2
5	15	7	79	68	0.52	0.61	5	1
6	36	10	36	79	0.27	0.56	2	3
7	26	11	28	72	0.39	0.34	1	2
8	48	21	87	94	0.81	0.79	5	3
9	35	15	56	69	0.25	0.64	2	1
10	40	14	64	78	0.43	0.81	3	2

相应的情绪分类值为 $[3\ 4\ 5\ 3\ 4\ 2\ 1\ 5\ 1\ 3]$。

实现支持向量机的训练可以按照上文提出的步骤逐步实现，也可以使用现有的支持向量机的软件包，当前应用于支持向量机训练的软件包有 libsvm 和 svmlight 等。本文选择了 libsvm 来进行仿真实验。在进行训练之前，先将样本参数进行归一化处理。随后利用 libsvm 软件预定义的核函数，选择不同的惩罚参数和核参数进行训练和测试。

利用 libsvm 的软件包进行仿真实验的 MATLAB 代码见本章附录"libsvm 仿真实验代码"。

关于 SVM 的研究表明，特征空间的维数与 SVM 的复杂度没有直接关系，核参数影响数据在特征空间分布的复杂程度，误差惩罚参数 C 通过调整给定特征空间中经验误差的水平来影响学习机的推广能力，这两种参数的影响是同时存在的，只有综合考虑才能得到性能最优的 SVM。需要经过比较对两个未知参数 C 和 γ 进行选择，SVM 才能做出准确分类。表 5-6 给出了基于 libsvm 软件包在 MATLAB 中选取不同惩罚参数 C 和核参数 γ 后的预测精度。

表 5-6　惩罚参数 C 和核参数 γ 的选择

核参数 γ	惩罚参数 C	预测精度（%）
0.1	1	30
0.5	1	90
0.5	10	50
0.8	1	90
0.8	5	70
0.8	10	60
1	1	90
1	5	70
1	10	60

由表 5-6 可知，通过选择合理的惩罚参数和核参数，可以提高分类的准确度。总的来说，预测精度不是很高，导致这个结果的原因有很多，主要是由于系统特点决定了样本数据量太小，其他还有影响因素的提取、因素的选取、模型参数的选择等。还有一个最重要的原因便是，学习者的学习心理是一个复杂的大系统，心理活动普遍存在模糊性、混沌性，具有不稳定的特性。因此，预测精度允许一定程度的误差存在。

理论和实践结果表明，支持向量机存在全局优化、训练时间短、泛化性能好、算法复杂度与空间维度无关等优点，但是支持向量机仍然存在很多的重点和难点：如对于多类问题，尽管训练多类支持向量机的算法已被提出，但支持向量机用于多类分类问题时的有效算法、多类支持向量机的优化设计仍是一个需要进一步研究的问题。

5.4.5 基于模糊集合的方法和基于支持向量机的方法的比较

通过基于模糊集合的方法和基于支持向量机方法的比较，可以看到基于模糊集合的智能 Agent 助理情绪反应算法比较简单，但实现过程要定义较多的评价集，需要制定较多的规则，并建立相关的规则集；基于支持向量机的方法，可以为情绪反应模型提供更好的理论基础，并且相对模糊数学的方法更易于编程实现，另外采用支持向量机的方法更利于系统模块化的实现，当相关理论得到重大突破时，可以更方便地进行应用。

上文获得了虚拟助理的情绪反应分类模型，下面利用产生式推理方法，制定虚拟助理的行为规则。

5.5 虚拟助理情绪反应的行为规则

为了达到更和谐的人机交互，情绪模块会根据每位学习者的学习行为、学习环境以及由上文得到的虚拟助理的情绪反应，提供相应的学习辅助策略和交互行为，使得学习者能更好地融入课程的学习之中。在本系统中利用产生式推理方法，并采用多级推理规则对智能 Agent 的情绪反应制定规则。

首先定义智能 Agent 助理的情绪反应值对情绪决策影响的规则。

一个规划可以描述为下面的五元组：

Pi:: =（Object，PAgent，State，Action，Emotion）

其中，Object 为引发该规划的事件；PAgent 为智能 Agent 助理的情绪表达（即情绪反应值）；State 为此时学习者的状态；Action 表示一组完成该规划需要采取的行为；Emotion 表示该规则反映出来的情绪。

智能 Agent 助理的反应是由一组基本动作序列组成的，定义为 Behave，Behave:: =Φ（Action$i$，$i=0$，1，…）。其中 Φ 是一种复合函数，表示了动作的组合。这里将现有的基本动作定义为原子动作，则相关动作可以通过原子动作的组合递归定义如下：

1）Agent 的所有动作定义为原子动作，记为 Action$i$，$i=0$，1，…

2）如果 Action1、Action2 是动作，则 Action1 $\wedge$ Action2 是动作，$\wedge$ 表示连接，即 Action2 在 Action1 完成后执行。

3）如果 Action1、Action2 是动作，则 Action1 $\vee$ Action2 是动作，$\vee$ 表示并行，即 Action1 和 Action2 两个分支过程中选择其中一个执行即可。

4) 如果 Action1、Action2、Action3 是动作，则（Action1 ∨ Action2）＊Action3 是动作，其中＊表示非等待连接，即 Action1 和 Action2 中有任何一个动作完成即可执行 Action3。

同时定义规则库，用于产生相应的行为规则，规则形式为

IF　条件　THEN　采取的规划

条件相当于前述的 Object、PAgent、State，基于虚拟助理对环境的判断感知。

在规划行为库中所有规则的最后，设计一个条件一直为真的规划。一般是为了维护虚拟助理持续性，并使其随机采取一些行为。

在系统运行中，常见的 Object 有学习者单元测评得到了比较好（差）的成绩；学习者学习进度很快（慢）；学习者离开；学习者未离开却长时间未做任何动作；学习者请求虚拟助理帮助等。这些 Object 均会触发虚拟助理进行动作，对于具体规则和相对应的行为，在系统中做了定义。在下列说明中，固定 Object、State，仅对 PAgent 的不同情况进行简要说明，如表 5-7 所示。

表 5-7　规则和相应的动作

情绪类型	条件和规则 （Pi 值的范围）	学习辅助策略	智能 Agent 的动作
兴奋	P1：(0.7，1) P2：(0，0.2) P3：(0，0，1)	在学习者当前学习内容评价值中加分值 a 启动词语库内"兴奋"类语句，不断随机地给予赞赏。启动一系列积极的动作，以激励、鼓励学习者能维持此学习行为	Greeting, Congratulate GestureLeft, Hearing_1
高兴	P1：(0.2，0.7) P2：(0，0.6) P3：(0，0.2)	在学习者当前学习内容评价值中加分值 b 启动词语库内"高兴"类语句，并随机地表现出来。启动一系列积极的动作，以激励学习者能维持此学习行为	GetTechy, GetArtsy GetAttention
平静	P1：(0，0.3) P2：(0，1) P3：(0，0.3)	在学习者当前学习内容评价值中加分值 c 启动词语库内"平静"类语句，并随机选取，给学习者适当鼓励	Explain, Wave SendMail, Idle_swing
厌恶	P1：(0，0.2) P2：(0，0.5) P3：(0.3，0.7)	在学习者当前学习内容评价值中减分值 d 启动词语库内"厌恶"类语句，不断随机警告学习者认真学习	Processing, Idel_yawn Searching, Writing
生气	P1：(0，0.1) P2：(0，0.3) P3：(0.7，1)	在学习者当前学习内容评价值中减分值 f 启动词语库内"生气"类语句，不断随机地给予警告、批评。同时以相应的动作去警示学习者端正学习态度，认真学习	Alert, Thinking, Checking, Somthing, LookUp

注：a、b、c、d、f 的具体分值，随着 Object、State 的不同而不同。

根据表 5-7，则前面归一化例子中得到的 P＝(0.36　0.58　0.06) 即表现为高兴的情绪。在真实的系统中，对于不同环境下不同的情景，即 Object、PAgent、State 不同情况，均定义了相应的规则和动作。

在系统应用中利用推理机进行教学推理，为虚拟助理进行辅助教学和下一步的教学提供

相应的策略。对于教学而言，系统主要包括同步视频教学（教师实时授课、卫星广播教学）和非同步教学辅助（课件教学、知识学习等）。在同步视频教学阶段定义如下的教学策略：

IF＜趋避度比较差，情绪低落＞THEN＜进行声音和信息提示"现在是实时教学阶段，请坚持听讲"＞

IF＜处于平静状态时间大于 20min＞THEN＜进行鼓励，提示将给予奖励分＞

IF＜当前学习状态为疲倦＞THEN＜发出警告"请提起精神，坚持听完，否则将给予罚分"＞

IF＜心情很高兴＞AND＜专注度很差＞THEN＜进行鼓励，同时进行提醒"活动一下，别睡着了"＞

通过这些规则，根据情绪的强化作用，可对学生的学习行为进行鼓励和督促，给出相应的强化性提示，可以很好地提高学习者的学习效率。

非同步教学辅助阶段，由于并不需要学习者实时听课，则相应的策略就丰富得多，如可以进行语言提示，可以要求学习者先休息一下，可以给学习者放一段音乐，可以给学习者讲一个小笑话，可以给学习者一些智慧小提示等。本系统中主要定义的教学策略有：

IF＜用户登录上来＞THEN＜显示一个智慧小提示＞

IF＜情绪状态在最佳范围内＞THEN＜给出情绪强化反馈＞

IF＜连续在线时间大于20min＞ AND＜专注度降低＞THEN＜提示"你应该休息一下了"＞

IF＜连续在线时间大于30min＞ AND＜专注度很差＞THEN＜提示"你应该休息一下了"，并自动给出一段音乐＞

IF＜连续在线时间大于40min＞THEN＜提示"你学习的时间已经很长了，起来运动一下"＞

IF＜情绪处于低落状态＞THEN＜自动给予一段柔和的音乐，并讲一个小笑话＞

IF＜情绪处于平静状态＞AND＜学习者的综合评价值比较低＞ THEN＜提示"别泄气，这才刚开始学习，你会做得很好的"＞

在系统中，由于 Agent 行为的表现形式包括动作、消息、对奖罚分的处理等。实际定义的行为规则如下：

＜ action= ""；message= ""；score= "" ＞

其中，action 定义了 Agent 的动作名称，系统根据该名称调用 Agent 的具体动作，为空则表示不作任何动作；message 定义了消息内容，表示 Agent 表现的文字内容，为空表示不提示任何文字；score 定义了奖罚分值，正值表示此时为奖励，负值表示为惩罚，为空或为 0 表示不执行奖罚分。例如，学习者学习不认真，可定义行为规则为

＜ action= "angry"；message= "请认真听课!"；score= "- 3" ＞

在系统中，对于教学策略相应规则，可以根据系统实际运行情况修改。

5.6　小结

本章构建了基于个性的虚拟教师的情感反应模型，该模型在充分考虑虚拟教师的个性特征基础上，以学生的情绪变化认知学习作为情绪调控的增量因素，通过个性矩阵与增量矩阵

的运算得到最终变化后的矩阵，从而构建了一个能够自主调控学生情绪的虚拟教师 Agent。

　　在虚拟教师的行为选择策略上，首先根据人工心理和情感计算的研究成果选取了 5 种基本情绪作为智能 Agent 助理对学习者不同学习行为情绪反应的基本类型，随后用基于模糊集合的方法实现了不同学习状态下的助教情绪反应分类。该方法比较简单，但需要制定的规则太多，为此又利用支持向量机理论，实现了小样本情况下智能 Agent 助理的情绪反应分类模型，并对两者在系统中的适用性做了比较。之后给出了个性化助教特征值，使智能 Agent助理在情绪反应基本类型确定的情况，在交互过程中又表现出差异性。最后，着重规划了智能 Agent 助理的行为规则、交互表现规则等，为下一章系统通过智能 Agent 助理来实现同学习者的交互、系统的智能化和自主管理，充分体现系统和谐人机交互奠定了基础。

附录　libsvm 仿真实验代码

```
%支持向量机用于多类模式分类 - 必须选择最优参数 gam, sig2
%工具箱：LS_SVMlab
%使用平台：Matlab6.5
%产生训练样本与测试样本，每一列为一个样本
  n1= [ 0.8194   0.9844   0.9844   0.8594   0.6094   0.9900   0.8775   0.9600
0.9844   1.0000
         0.3478   0.4000   0.4889   0.2545   1.0000   0.5556   0.4615   0.3750
0.8571   0.7000
         0.5800   0.6800   0.7500   0.6300   0.7900   0.3100   0.5400   0.7800
0.3600   0.6500
         0.3800   0.8500   0.6900   0.5300   1.0000   0.7900   0.4800   0.8400
0.7600   0.6500
         0.5300   0.6800   0.8300   0.7300   0.5200   0.2700   0.3900   0.8100
0.2500     0.4300
         0.7400   0.4900   0.6500   0.3300   0.6100   0.5600   0.3400   0.7900
0.6400   0.8100
         0.8000   0.6000   0.8000   0.4000   0.6000   0.6000   0.2000   1.0000
0.6000   0.4000
         0.5000      0    1.0000   0.5000      0    1.0000   0.5000   1.0000      0
0.5000];
      y1= [ 3       4       5       3       5       2       1       5       2       3];
   n2= [ 0.6957   0.5714   0.6667   0.5091   0.9333   0.5556   0.8462   0.8750
0.8571   0.7000
         0.6800   0.7800   0.4600   0.5100   0.7900   0.3600   0.2800   0.8700
0.5600   0.6400
         0.3200   0.4500   0.7600   0.8400   0.6800   0.7900   0.7200   0.9400
0.6900   0.7800
```

```
       0.5300   0.6800   0.8300   0.7300   0.5200   0.2700   0.3900   0.8100
0.2500   0.4300
       0.7400   0.4900   0.6500   0.3300   0.6100   0.5600   0.3400   0.7900
0.6400    0.8100
       0.6000   0.8000   1.0000   0.6000   1.0000   0.4000   0.2000   1.0000
0.4000    0.6000
       0.5000      0   1.0000   0.5000      0   1.0000   0.5000   1.0000      0
0.5000];
   %x2= [2 1 1 1 3 2 3 2 1 2];
   y2= [ 3    4    5    4    5    2    1    5    1    3];
   xn_train= n1;              %训练样本
   dn_train= y1;              %训练目标
   xn_test= n1;               %测试样本
   dn_test= y2;               %测试目标
   X= xn_train';
   Y= dn_train';
   Xt= xn_test';
   Yt= dn_test';
   type= 'c';
   kernel_type= 'RBF_kernel';
   gam= 1;
   sig2= 10;
   preprocess= 'preprocess';
   codefct= 'code_MOC';
   [Yc, codebook, old_codebook] = code (Y, codefct);
   [alpha, b] = trainlssvm ({X, Yc, type, gam, sig2, kernel_type, pre-
process});                  %训练
   Yd0= simlssvm ( {X, Yc, type, gam, sig2, kernel_type, preprocess},
{alpha, b}, Xt);         %分类
   Yd= code (Yd0, old_codebook, [], codebook);
   Yd
   Yt
   Result= ~ abs (Yd-Yt)                    %正确分类显示为1
   Percent= sum (Result) /length (Result)    %正确分类率
```

参 考 文 献

[1] Hsu C W, Lin C J. A comparison of methods for multi-class support vector machines [J]. IEEE Trans-
    actions on Neural Networks, 2002, 13 (2): 415-425.

［2］朱永生，张优云. 支持向量机分类器中几个问题的研究［J］. 计算机工程与应用，2003（13）：36-38.

［3］吴健辉，罗跃嘉. 情绪的认知科学研究途径［C］. 北京：第一届中国情感计算及智能交互学术会议，2003：6-11.

［4］谷学静. 基于 HMM 的人工心理建模方法及虚拟人相关技术研究［D］：北京：北京科技大学，2003.

［5］姚敏，张娜. 用神经网络计算模糊度［J］. 计算机应用与软件，2000，17（7）：28-31.

［6］郭尚波. 个性化情感建模方法的研究［D］. 太原：太原理工大学，2008.

［7］曾广平，涂序彦，王洪泊. "软件人"研究及应用［M］. 北京：科学出版社，2007.

［8］叶绿. 虚拟教育环境中虚拟人（角色）技术的研究与应用［D］. 杭州：浙江大学，2005.

［9］何国辉，甘俊英. 人机自然交互中多生物特征融合与识别［J］. 计算机工程与设计，2006，27（6）.

［10］傅小兰. 专家论坛：人机交互中的情感计算［J］. 计算机世界，2004（5）.

［11］Ahn H，Picard R W. Affective-Cognitive Learning and Decision Making：A Motivational Reward Framework For Affective Agents［C］. Beijing：First International Conference On Affective Computing and Intelligent Interaction，2005：866-873.

［12］罗森林，潘丽敏. 情感计算理论与技术［J］. 系统工程与电子技术，2003，25（7）.

［13］马希荣，王志良. 远程教育中和谐人机情感交互模型的研究［J］. 计算机科学，2005，9.

第 6 章 具有情感交互特性的 E-Learning 系统实现

本章将对系统的需求进行分析,然后设计出一个适合系统识别的情感模型,根据此情感模型确定系统的实现功能以及设计目标,最后给出了整个系统的设计流程图。

6.1 系统设计目标

用于远程辅助教学的学生情感识别系统是一个建立在远程教育基础上帮助学生与教师进行情感交流的辅助工具。该系统能够实时地将学生对课程的反应通过网络反馈给教师,教师通过这些信息应该能够很直接地得到此学生对当前课程是否感兴趣、是否很疲劳和是否有疑惑。通过这些信息,教师能够得到与学生面对面教学同样的情感交流效果,从而给学生更加合理的教学安排和课程设置。

该系统应具备以下功能:

1. 实时地在学生端通过摄像头进行学生图像采集

辅助教学系统应该在教学系统登录的同时自动启动,并且进行实时学生图像数据采集。

2. 系统具有开始、暂停、继续、停止图像采集的功能

当学生暂停或者停止学习时,辅助教学系统应该具有暂停或者停止图像采集的功能。如果要从暂停功能恢复,则应该执行继续功能恢复图像采集;如果要从停止功能恢复,则应该使用开始功能恢复图像采集。

3. 在采集到的实时学生学习状态图像上进行人脸检测

辅助教学系统应该在启动之后立即进行人脸检测,方便学生调整自己的坐姿以及与计算机的距离,确保接下来的识别能够正常准确地运行。

4. 在检测到的人脸图像上进行人脸五官特征定位

五官的定位是接下来情感识别的基础,本文所做的定位包括眼睛、眉间和唇部定位。同时五官的定位能够让学生确定是否是正脸检测,非正脸检测并不属于本书所讨论的范围。

5. 训练出不同人脸在普遍状态下的参数

这部分是在学生已经准备好进行识别的基础上进行的,因为每个人都有自己的脸部特征,所以这里并没有运用人脸脸部特征的普遍性,而是在每次登录此辅助系统时根据当前学生的脸部特征训练出一系列的参数,以确保接下来的识别工作更具有准确性。

6. 进行学生学习情感状态识别

此步骤是最关键的步骤,根据每个人不同的脸部特征参数,识别出学生的脸部表情和姿势,以此进行学生情感分类输出识别结果。

7. 通过网络将学生的学习状态文字描述发送给教师端

为了节省网络资源和提高图片采集识别效率,并不将学生的实时图像数据传递给教师端,整个识别工作都是在学生端完成,然后将识别得到的结果通过文字发送给教师端。

8. 教师端用 Agent 进行实时的提示

为了不影响教师端的正常工作，本书运用了 Microsoft Agent COM 组件在教师端进行弹出提醒，此 Agent 具有友好的外观，并且只在学生的学习状态有变化时才进行提醒。

6.2　多模态情感的设计

在远程教学中，需要通过识别的学习情绪来推断学生的当前学习情况。为了清晰地表达学生的学习状态，本文定义了三维的学习状态空间，并确定了学习状态空间与学习情绪空间的对应关系，根据该对应关系就可以由学习情绪推断出学习状态。学习状态空间的 3 个维度分别是认知度（理解—困惑）、趋避度（喜欢—厌恶）和疲劳度（疲倦—兴奋）。根据情绪与认知的关系，这 3 个维度分别对应于学习情绪空间的 3 个维度，即愉快维、兴趣维和唤醒维，如图 6-1 所示。认知度是指学生对学习内容的理解程度。趋避度表示学生对当前学习内容感兴趣的程度，有兴趣就会喜欢，没兴趣就会讨厌。疲劳度是指学习过程中学生的精神状态是否好，学生疲倦则表明学生精力不够，需要休息。

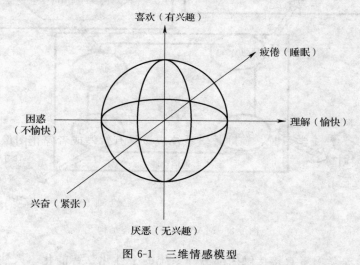

图 6-1　三维情感模型

所对应的学习状态、学习情绪、表情特征之间的对应模式如表 4-2 所示（见第 4 章）。

6.3　基于 Agent 的 MASIES 实现

6.3.1　MASIES 框架结构

用户端 MASIES 系统自身是一个 B/S 结构的 E-Learning 管理系统，该用户端 MASIES 系统是以 Agent 技术和人工心理理论为基础，在个性化教学方面，构建了解释结构模型（Interpretive Structural Model，ISM）多层级结构化 Learning-Map，以个性化教学和情感交互为核心，实现学习的个性化和协同化，体现和谐人机交互理念。并在表情识别及情感建模研究基础上建立情感认知模型，同时设计了一个智能 Agent 助理用于人机交互，在教学过程中根据学生的学习状态生成 Agent 助理的情绪和反应，对学习者的教学辅助策略做出实时调整，达到智能化和人性化助理教学的目的。

整个框架可分为：学习端、服务器端、通信管理 3 个部分，如图 6-2 所示。

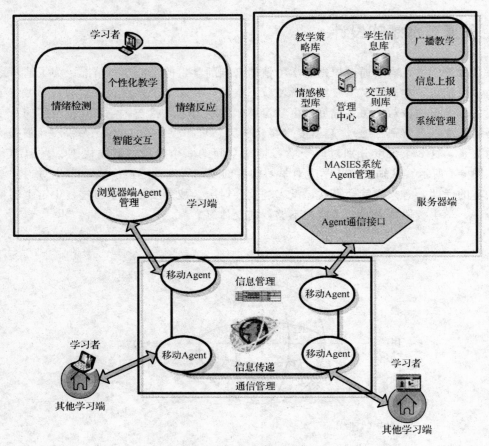

图 6-2　MASIES 系统框架结构

1）学习端：是学习者直接接触的部分。系统的个性化、智能化、人性化交互主要在这部分体现。学习者通过学习端登录系统，并根据个性化教学提供的策略进行学习，同时通过在浏览器端的交互实现和谐的人机交互。

2）服务器端：负责对整个 MASIES 系统的管理，负责将从 ISNIES 接收到的视频教学内容及文本图片信息整理并保存在服务器端，同时在 MASIES 系统内进行广播教学，并收集学习者信息进行存储或上报。同时实现对 Agent 发布的管理。

3）通信管理：通信管理部分充分利用移动 Agent 的自主移动和智能协作特性，在系统内充当消息管理员和信息邮递员，实行信息的自主发布和迁移。

6.3.2　MASIES 系统 Agent 功能模块说明

MASIES 系统利用移动 Agent 实现消息的传递。下面我们从功能角度将分布在网络空间中的 Agent 归纳起来，并按照功能进行说明。这些 Agent 包括学生 Agent、教师 Agent（由管理 Agent 派生）、个性化 Learning-Map Agent、通信 Agent、情感分析 Agent、教学

Agent、中介 Agent 以及智能助手 Agent 等，这些 Agent 实体由管理 Agent 动态维护。这些 Agent 之间的相互交互用图 6-3 进行说明。

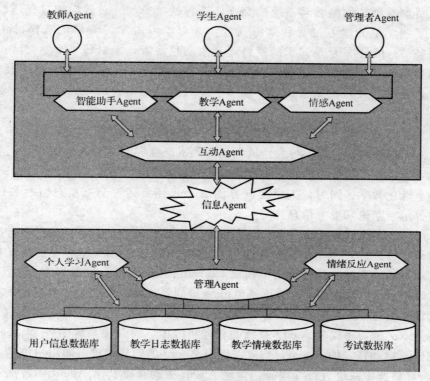

图 6-3 MASIES 系统 Agent 功能模块

功能模块模型中涉及 5 个基本数据库，即教学资源库、系统全局知识库、教学策略库、考试数据库和学生信息库（含学生基本信息与学习中间信息）；3 类基本用户，即教师、学生和管理者；10 类 Agent，即教师 Agent、学生 Agent、管理者 Agent、人机交互界面 Agent、教学 Agent 和管理 Agent、通信 Agent、智能助理 Agent、情感 Agent、情绪反应 Agent、个性化 Learning-Map Agent。下面具体介绍部分 Agent 的功能。

学生 Agent：学生 Agent 与系统同步启动。在学习者进入 E-Learning 系统时，系统会自动生成一个学生 Agent。Student Agent 时时跟踪并记录学习者所做的操作，并将学习者学习路径、时间、学习内容等信息传递给智能助理 Agent 和教学 Agent。它一方面要为对应的学生提供交互界面，引导学生的学习，并在学习过程中根据学生的实际情况，通过教学 Agent 从教学策略库中选择合适的策略给学生以指导，在学习结束后将学生的学习结果返回学生信息库。另一方面学生 Agent 还要调用目前登录学生的学生基本信息和学习记录，查看学生以往的学习情况，根据这些记录为学生本次学习呈现最初的学习资料。学生 Agent 在用户的整个学习期间要不断地通过人机交互界面 Agent 分析学生的学习状态，为用户下一步学习做相应的准备。同时还负责将本次学习的最终分析结果返还给学生信息库，以便为下一次学习提供资料。

教学 Agent：接收到学生 Agent 传递的信息后，分析学习者在学习中表现出来的兴趣和爱好，将分析得到的结果传递给人机交互界面 Agent，同时将学习者信息和分析得到的学习者个性化信息记录到数据库中。

教师 Agent：教师登录网络教学系统以后，系统会自动生成一个教师 Agent。一方面，教师 Agent 负责教师与网络教学系统的交互，通过教学 Agent 对教学的过程进行相关的指导和监控，了解学生的学习过程和学习反应，并对学习者学习策略的选择给予意见。另一方面，教师 Agent 还是专业知识的资料库和主动收集者，能对每一个学习者提供专业的最大的资源数据，建立相关的课程或课程框架（包含教学目标、教学策略、教学步骤等）供教学 Agent 选择，并可根据教师的干预和学生的反应对本身的知识库进行主动的调整和扩充。

人机交互界面 Agent：负责系统和学习者交互之间的协调，合理地安排教学 Agent、电子版 Agent、智能助理 Agent 的行为。特别地，人机交互界面 Agent 要负责登记学生个体目前的学习状态，以此掌握学生的学习进度、学习效果和学习能力，触发教学 Agent，为不同的学生提供个性化教学。同时，人机交互界面 Agent 还要通过交互信息监控和评价学生的学习，给出提示、结论和参考信息。

情感 Agent：接收到智能助理 Agent 和教学 Agent 传递的信息后，对学习者反映出来的信息进行模糊评价合成，得出相关的个性化信息和情感信息，传递给人机交互界面 Agent 处理，同时对判断得到的结果传递给个性化 Learning-Map Agent 和数据库。

智能助理 Agent：从人机交互界面 Agent 处得到系统反应的结果，根据系统反应的结果和已定义的情绪反应规则指导智能 Agent 助理的动作，同时可以接受学习者的请求。

管理 Agent：主要完成多 Agent 系统的管理和维护，如管理系统中各个 Agent 的运行，按照时间或任务启动特定的 Agent，响应系统中 Agent 的信息请求（如用户信息 Agent 的数据库访问），对数据库系统进行管理等。管理 Agent 主动获得其他 Agent 的数据和资料，并自动地生成相关的管理数据，如学习者的学习时间、地区分布、学习者水平统计、教师工作统计等，协助管理者进行有效而快速的反应。同时，管理 Agent 还要担负起诸如其他 Agent 的增删管理、名录和地址管理、通信链条的管理职责。

管理者 Agent：管理者 Agent 不同于上面所说的管理 Agent，管理 Agent 由 Agent 系统生成，负责整个系统的自主维护、消息响应；而管理者 Agent 主要负责教育教学活动，包括一系列的管理，如课程管理、学籍管理、成绩管理等。管理者登录网络教学系统以后，系统会自动生成一个管理者 Agent。管理者 Agent 负责对整个教学情况作宏观的调控。

6.3.3 Agent 功能流程说明

除了实现一般的教学内容外，MASIES 系统最大的特点就是其具有个性化教学、情绪识别、情绪反应及人性化交互特性。在系统中通过个性化 Learning-Map Agent 获得学习者的个性化信息，适时地调整对学习者采用的教学策略，形成个性化的 Learning-Map，从而实现个性化的因材施教。同时通过情感分析 Agent 分析学习中情感状态的变化，得出学习者的学习情绪状态，为情感交互和智能化教学提供依据。智能 Agent 助理通过分析学习者的学习状态、行为、情绪变化等特征，形成自己的情绪，它将会影响对学习者的教学辅助策略，并进行智能化反应，与学习者进行沟通，体现出人性化和智能化的教学特点。

下面具体说明这三部分功能的工作流程。

1. 个性化教学功能流程（见图6-4）

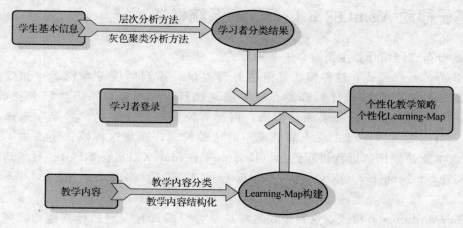

图6-4　个性化教学功能流程

2. 情绪识别功能流程（见图6-5）

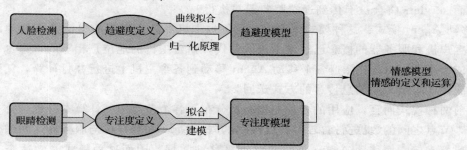

图6-5　情绪识别功能流程

3. 情绪反应功能流程（见图6-6）

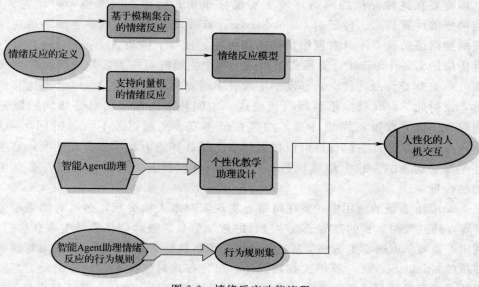

图6-6　情绪反应功能流程

6.4 基于移动 Agent 的 E-Learning 系统框架

目前的分布式网络计算主要有以下 3 种模式。

1）Client-Server 模式：这种模式是由服务器提供一系列的服务和资源（如数据库），它的特点就是所有的代码和计算都是在服务器端执行，客户端如果需要服务器的资源，则通过调用服务器提供的服务来满足需求，因此客户端需要一定的"智能"来选择要请求的服务。目前大多数分布式系统都是采用的这种模式，而且这种模式还提供了应用比较广泛的技术支持，比如远程过程调用（Remote Procedure Calling，RPC）、对象请求代理（Object Request Brokers，ORB）、Java 的远程方法调用（Remote Method Invocation，RMI）等。

2）Code-on-Demand 模式：这种模式的特点是客户端具有一定的计算能力，同传统的 Client-Server 模式相比，客户端不需预装代码，因为所有的代码都可以被下载到本地。Java 的 applets 和 servlets 是这种模式的典型例子，applets 将会在 Web 浏览器中下载并在客户本地执行；而 servlets 将会被上传到远端服务器并执行。

3）移动 Agent 模式：这种模式下网络中的每台主机都具有高度的灵活性来处理计算及资源等，客户机和服务器的概念已经被主机所替代，每台主机的地位是相等的，每台主机可生成一个或多个 Agent，并派遣各个移动 Agent 移动到各个主机上进行并行计算，任务完成后返回，或把计算结果用消息传递的方式送回。

对于前两种模式而言，应用的各功能模块被分布于各个节点中，计算本身也是分布在各个节点中，节点之间的数据交换采用消息传递的方式进行，即客户机与服务器之间的交互需要连续的通信支持；而移动 Agent 模式是将计算移往数据，因而这种模式非常适合于需要及时、适时的交互的分布式应用程序。

Internet 上的主机分布在不同地点，硬件、软件环境各不相同，它们的计算能力也相差甚远。因此要在这种异构的网络环境下实现分布式并行计算就需要一种动态、自治、适应异构网络的计算模式。传统的 Client-Server 计算模式的静态结构缺乏网络适应性，数据移动需增加网络负载，不具有网络协同的适应性。且基于移动 Agent 的分布式并行计算除了具有传统的 Client-Server 计算模式的网络上每个主机既可作为客户端又可作为服务器端的优点外，更有着自身的优点：移动 Agent 技术通过将服务请求 Agent 动态地移到服务器端执行，使得此 Agent 较少依赖网络传输这一中间环节而直接面对要访问的服务器资源，从而避免了大量数据的网络传送，能够在低带宽、高延迟、不可靠的网络中应用；移动 Agent 可以在异地自主运行，可以根据当前主机计算能力和网络负载情况，自主判断是停留还是移动到新的主机上继续执行，对于网络环境具有很好的适应性，而且相互间有很好的协作性。

在 E-Learning 系统的应用中，要在网络上实现实时地人机交互，必然对网络带宽提出很高的要求，而且要对大量的产生于教学过程的教学信息、教师信息及学生信息进行挖掘、分析和利用，要对获取的学生情感信息进行建模、理解和反馈，计算量大。面对这样的应用要求，传统的 Client-Server 计算模式难以胜任，而分布式对象技术、分布式人工智能技术和数据库技术的有机结合才是解决这一挑战性难题的有效途径，也代表着目前技术的发展趋势。移动 Agent 技术具有移动性（Mobility）、自动化（Autonomous）、个人化（Personalized）与可适应性（Adaptive）等特性，它可以代理用户进行工作，也由于移动 Agent 本身有代理用户的身份去远端的主机上运作，因此即使使用者离线，移动 Agent 一样能在远端的机器上执行所交代的任务，且不需要统一的调度，由用户创建的 Agent 可以异步地在不同节点上运行，待任务完成后再将结果传送给用户服务。为了完成某项任务，用户可以创建多个 Agent，同时在一个或若干个节点上运行，形成并行求解的能力，且它还具有自治性和智能路由等特性。移动 Agent 通过将计算移到数据上，减少了网络数据传输，解决了大量的数据计算需求，并能合理定制用户的实时需求与分配各种资源，因此，本课题提出一种基于移动 Agent 技术实现的支持协作系统的架构，使得远程教学成为一项宏观可调控的平台，便于系统的扩展和结构的动态变化，为开放式大学和网络学院的推广，对网络教育资源的有效管理和利用，必将起到非常大的推动作用。

6.4.1 基于移动 Agent 的 E-Learning 系统架构及功能设计

对于协作计算的大量深入分析的结果表明，尽管面对的领域不同，解决的问题迥异，但却存在许多共同的设计要素。基于移动 Agent 系统的设计在实现协作计算时主要需要考虑以下几个方面：

1）互操作性：异质环境下的计算实体进行集成的问题。

2）协作性：参加协作的各方如何共享信息和交换信息，各协作方并行工作如何保证系统的性能。

3）安全性：如何保证信息交换的安全性。

4）变化管理：能够实时地进行变化检测。

5）信息服务：数据挖掘、信息代理和知识共享。

基于移动 Agent 的 E-Learning 系统架构的设计（见图 6-7）主要基于以下几个方面的考虑：

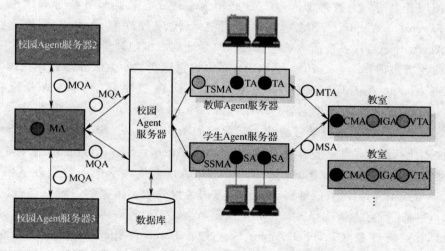

图 6-7　基于移动 Agent 的 E-Learning 系统架构

1）建立以社群为单位的教学环境来模拟传统教学中的教室，这样就可以让学习者感觉到自己就像在现实的教室中学习一样，有老师的指导，并能同其他学习者交流，从而构建了一个"人-人"交互的教学情境，以利于学习者的学习。

2）可以充分利用移动 Agent 的特性发挥移动的优势，进行多个校园服务器之间的信息查询和共享。一个校园服务器中的 Agent 可以移动到另一个校园的数据库中进行信息的查询。

3）建立专门的 Agent 用于信息收集［如教室管理服务器中的信息收集代理（IGA）］，这样便于教师了解学习者的学习需求和特点，从而有助于教师有针对性地制定或修改教学策略，提高教学效率。学生也可以利用信息的挖掘，发现有价值的信息。

4）远程教育服务中心（E-learning Service Center Server，ESCS）：ESCS 相当于中介服务器，是联系各个学校的纽带。每个学校只要在 ESCS 上注册，那么它就可以和本系统内的所有学校进行信息交互，而不需要事先知道别的学校的有关信息。它负责提供已注册学校的地址和端口号等信息的查询服务，以及各个学校之间的协作交互服务。

5）校园 Agent 服务器（Campus Agent Server，CAS）：CAS 负责掌管 E-Learning 的环境及整个系统架构的技术提供，包含系统架构平台、移动代理程序的各项功能，并管理系统下所有校园的教学对象与人员信息。因此，CAS 负责初始化整个环境（教室服务器、学生 Agent 服务器、教师 Agent 服务器的产生）、监控其他服务器、提供注册查询的服务以及与其他 CAS 合作。

当学习者或教师需要查询的问题在内部找不到合适的答案时，可以由 CAS 派遣 MQA 到其他校园的 CAS 上进行协同查询。其他使用者可以向 CAS 申请相应服务，CAS 会根据使用者申请成为的角色为其提供平台技术。按角色的不同分为以下 3 种情况：

① 当使用者申请作为教室管理者加入，CAS 必须为他建立"教室管理代理（Classroom Management Agent，CMA）"与"信息收集代理（Information Gathering Agent，IGA），然后将这两个代理送到这个使用者所申请的站点去帮助他管理此教室。

② 当使用者申请作为教师加入，CAS 必须为它建立"教师服务器管理代理（Teacher Server Management Agent，TSMA），然后将这个代理程序移动到申请者所在的站点（Teacher Agent Server）去帮助他管理课程、教学计划、拟定教学策略等。

③ 当使用者申请作为学习者加入，CAS 必须为它建立"学生服务器管理代理（Student Server Management Agent，SSMA），然后将这个代理程序移动到申请者所在的站点（Student Agent Server）去帮助它管理学生社群。Student Agent Server 提供 Web 界面让学习者通过浏览器 Agent 来进行学习活动。其架构如图 6-8 所示。Student Agent Server 通过 SSMA 为加入此社群的学生创造学生代理（Student Agent，SA），再由 SA 依照学习者的需求产生移动学生代理（Mobile Student Agent，MSA）来代表学生向各个教室申请进行学习。通过 SA 的帮助，学习者能够得到课程学习的建议列表，因而学习者可以根据 SA 的推荐对课程、教师进行自主的选择。

6）教师社群管理者（Teacher Agent Server）：Teacher Agent Server 由 TSMA 管理，每个教师都需要通过 TSMA 的注册验证方能进驻此 Server，经过验证后每个教师对应一个 TA，并由 TA 根据教师的需求产生 MTA 移动到教室中，方便教师了解教室中的教学信息，并在适当的时候和教室中的学习者进行交流。

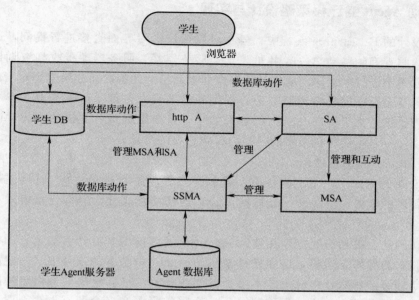

图 6-8　Student Agent Server 架构

6.4.2　基于 J2EE 的 RMI 实现模式

RMI（Remote Method Invocation，远程方法调用）是由纯 Java 语言编写的分布式对象系统，是网络分布式应用系统的核心解决方案之一。它可以被看做是 RPC 的 Java 版本，但是传统 RPC 并不能很好地应用于分布式对象系统。而 Java RMI 则支持存储于不同地址空间的程序级对象之间彼此进行通信，实现远程对象之间的无缝远程调用。

由于 RMI 集成了 AgletContext，因此可以直接在 RMI 中创建 Aglet 服务器的运行环境，模拟 Tahiti 服务器，而 J2EE 提供了很好的 RMI 支持，因此，本书采用将 Aglet 集成到 RMI 中运行的实现模式，提供 Aglet 的服务。系统实现框架如图 6-9 所示。

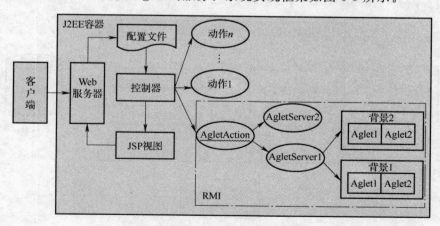

图 6-9　Aglet_struts 框架示意图

6.4.3 移动 Agent 的迁移策略设计与实现

在我们设计的 E-Learning 系统中，学生可以通过学习界面直接进行提问，这时，系统会产生一个问题查询的移动 Agent 并被发送至服务器端，服务器端接收到查询请求后，会从当前的数据库中进行搜索同问题相关的答案并返回给学生端，而如果学生对当前的答案不满意，则服务器会根据远程教育服务中心提供的目录发送查询 Agent 至其他学校的 Agent服务器上进行查询，为了提高 Agent 的查询效率，就要根据每台主机的当前性能等进行动态的迁移，以使得学生能够在最短的时间内得到想要的结果。

1. 移动 Agent 的迁移模式

移动 Agent 为完成用户指定的任务，通常要移动到多个主机上，与这些主机交互，使用这些主机提供的服务和资源。一般移动 Agent 的迁移模式分为静态迁移模式和动态迁移模式两种。

如果待访问的主机和访问次序在移动 Agent 出发之前由其设计者确定，那么就称之为静态路由迁移，简称静态迁移。这种迁移是移动 Agent 最基本的迁移方式。它的优点是结构简单、易于理解。然而，它最大的不足是智能性较差，它只能按人为指定的路线进行迁移，没有主观能动性。比如说，当移动 Agent 所需的资源在多个节点上存在时，那么迁到服务质量最好、反应速度最快的节点上工作当然是最佳的选择。但是人为指定的路线未必满足这样的要求，因此降低了完成工作的效率。为了解决这些问题，就需要提出一种动态路由模式，即移动 Agent 在移动的过程中，对下一个移动节点的选择是根据当前各主机性能、状态等动态生成的。

2. 动态迁移策略设计

为了实现动态路由模式，就需要移动 Agent 在迁移过程中具有一定的智能性。为此，我们专门设计了信息收集 Agent 用于在移动 Agent 迁移之前先对各主机的信息进行收集，并更新相应数据库信息。然后采用机器学习方法，如神经网络方法对收集到的信息进行训练，并预测执行时间后将预测时间序列返回给信息查询 Agent，以选择时间值最小的站点作为迁移的目标站点（见图 6-10）。

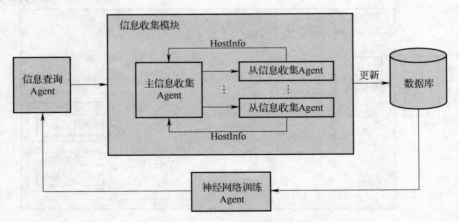

图 6-10 动态迁移策略框架

在信息收集模块中，采用了主从模式来实现任务的分配。其基本原理是，把任务按功能划分为一个或多个子任务，每个从移动 Agent 负责一项子任务的实现，主 Agent 负责控制和实现任务的主逻辑，并通过分派和管理从移动 Agent，让从移动 Agent 迁移到目标节点并完成具体的子任务，从而达到完成整个任务的目的。这种模式可以很好地实现任务的并行性、实时性，而且减少了代码的传输量，也不会占用远程节点太多的资源，同时还实现了代码的重用。

3. 信息收集模块的实现

为了动态获取各主机的性能参数，可以使用Java 的 NSClient4j.jar 类库，这个类库是一个提供了简单的 API 存取 Windows 性能监视器（Windows Performance Monitor，WPM）数据的纯java程序。它使用了一个叫 NSClient 的 Windows 服务，NSClient 是一个监听在可配置端口上 Windows 本地服务，该服务可以实现请求、接收请求，查询相应的 WPM 计数器值，并以一个字符串的形式返回值的监听在可配置端口上的 Windows 本地服务。Java 可以通过 socket 管理通信，NSClient4j 是一个和 NSClient 通信的简单的 Java 类。使用 Java API，连接到 NSClient 上，发出一个 WPM 计数器值的请求，并处理其响应的结果。其原理如图 6-11 所示。通过 NSClient4j 提供的 API，可以很容易地获取到主机的 CPU 负载、内存负载、磁盘空间、服务状态、处理状态、系统正常允许时间等信息。

图 6-11　NSClient 原理

例如，下面编写了一个获取 IP 地址为 192.168.1.3 的进程切换速率及 CPU 使用率的程序，结果如图 6-12 所示。

```
1 package edu. ustb. ie. nagios;
2
3 / * *
4 * < p> Title: CLStat< /p>
5 * < p> Description: A Java Command Line Example< /p>
6 * < p>
7 * < p>
8 * @ author qiao
9 * @ version 1. 0
10 * /
11
12 public class CLStat {
```

```
13  public static void main (String [] args) {
14  try {
15  NSClient4j client = new NSClient4j (args [0]);
16   System. out. print (" Result:" + client. getPerfMonCounter (args
[1]));
17  } catch (NSClient4JException e) {
18  System. err. println (" Exception Geting Stat:" + e);
19  }
20  }
21 }
```

```
C:\JBProjects\NSClient4J>set CLASSPATH=%CLASSPATH%;.\nsclient4j.jar
C:\JBProjects\NSClient4J>java com.marketwide.nagios.CLStat 192.168.1.3 "\System\
Context Switches/sec"
Result:3393.68772
C:\JBProjects\NSClient4J>java com.marketwide.nagios.CLStat 192.168.1.3 CPU
Result:8
```

图 6-12　程序运行结果

因此，可以派送从信息收集 Agent 移动到各个主机获取到相应的信息后返回给主信息收集 Agent。实现的类图如图 6-13 所示。首先 GatherInfoMaster 类通过 createSlave（）方法创建 GatherInfoSlave 类，GatherInfoSlave 类是从 AbstractGatherInfoSlave 继承的类，并实现了它的两个抽象方法 initializeTask（）和 gainInfo（）。当 GatherInfoSlave 被发送到远程主机上时，它会自动执行这两个方法。initializeTask（）主要实现系统初始化、检查系统配置等工作；gainInfo（）通过 NSClient4j 读取 Windows 系统的各项性能指标，并将结果返回给它的父类 AbstractGatherInfoSlave，进而再通过它把结果传给主信息收集类 GatherInfoMaster。

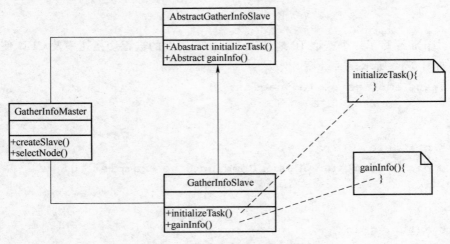

图 6-13　信息收集模块实现类图

下面是主信息收集类 GatherInfoMaster 及从信息收集类 GatherInfoSlave 的部分代码实现。

通过对 4 台主机性能的获取，绘制出各主机性能的图表曲线，如图 6-14 所示。图中，"Information Type"为获取信息的类型，如 CPU 处理时间、内存占用率、磁盘 I/O 时间等；通过"Add Host Address"按钮可以添加对新的主机的信息获取并进行图表展示。

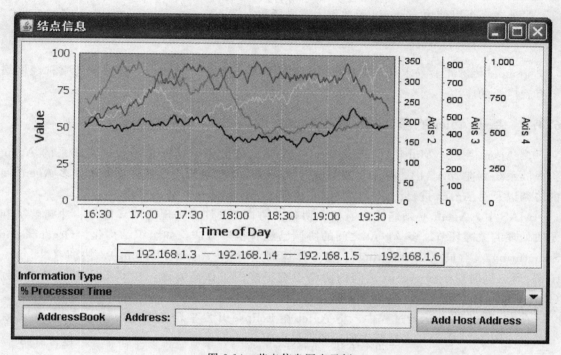

图 6-14　节点信息图表示例

4. 神经网络训练

可以将信息收集模块收集的各性能参数作为神经网络的输入神经元，执行时间作为神经元的输出（见图 6-15a）。采用和函数［见式（6-1）］作为神经网络中所有神经元的计算函数，即神经元 j 的输出是所有与 j 相连的前一层神经元输出乘以权重再加上偏置 θ_j 的和，如图 6-15b 所示。

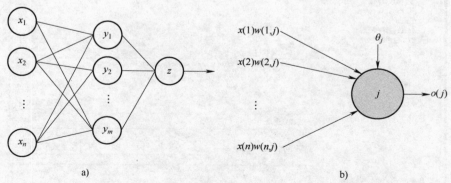

图 6-15　神经网络模型
a）预测模型　b）神经元输出

$$o(j) = \sum_{i=1}^{n} w(i,j)x(i) + \theta_j \qquad (6\text{-}1)$$

式中，$w(i,j)$ 为连接神经元 i 与 j 的权重；$o(j)$ 为神经元 j 的输出。在全连接网络中，神经元 j 在第 k 个隐层的输入是所有在 $k\text{-}1$ 层神经元的输出乘以权重再与偏置 θ_j 的和。

另外，还可以使用 sigmoid 函数作为激励函数，即

$$f(x) = \frac{1}{1 + e^{-x}} \qquad (6\text{-}2)$$

sigmoid 函数很容易求导，这样可以在训练网络时减少计算量。它在反向传播神经网络中有着广泛的应用。

6.4.4 基于 Aglet 的多 Agent 系统

多 Agent 系统（Multi-Agent System，MAS）是由多个相互作用、相互联系的 Agent 构成的系统。在 MAS 中，除了实现系统内 Agent 个体的管理，往往还需要解决多 Agent 间的协调以及对 Agent 进行组织，以共同完成单个 Agent 无法胜任的工作。

MAS 中，Agent 必须能彼此通信和协作。协调是 MAS 实现协同、协作、冲突解决和矛盾处理的关键环节。多 Agent 之间的协调已经有很多方法，如组织结构化（Organization Structuring）、合同（Contracting）、多主体规划（Multi-Agent Planning）、协商（Negotiation）等。同时对于多 Agent 之间的协调也有很多的工作需要做，在本系统中，通过规划（Planning）来实现 Agent 的协调工作。

在本系统开发及运行过程中，将 Aglet 在 Eclipse 开发平台上运行，对此需要一些特殊配置，如图 6-16 所示，这是特殊配置的部分内容。

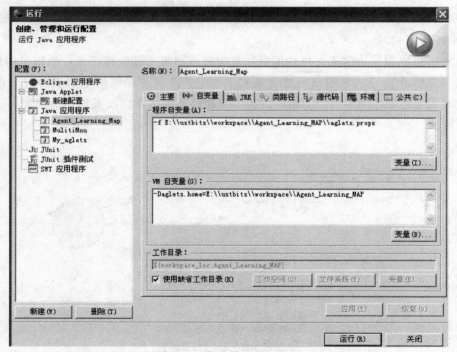

图 6-16　部分特殊配置方法

经过以上配置，可以脱离命令行方式，在 Eclipse 下运行 Aglet，如图 6-17 所示。

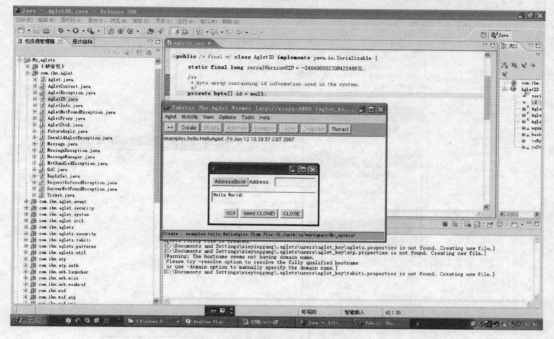

图 6-17　Eclipse 下 Aglet 界面

图 6-18 和图 6-19 为 Eclipse 下基于 Aglet 的 Learning-Map 执行界面。

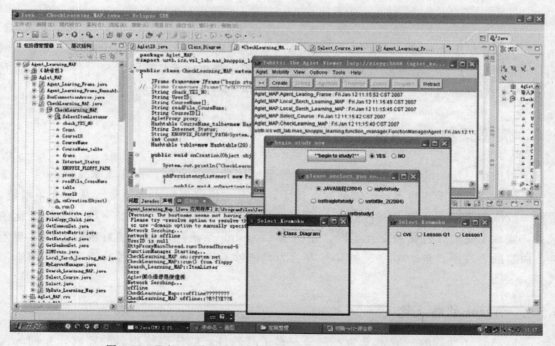

图 6-18　Eclipse 下 Aglet 平台启动后的 Learning-Map 执行界面 1

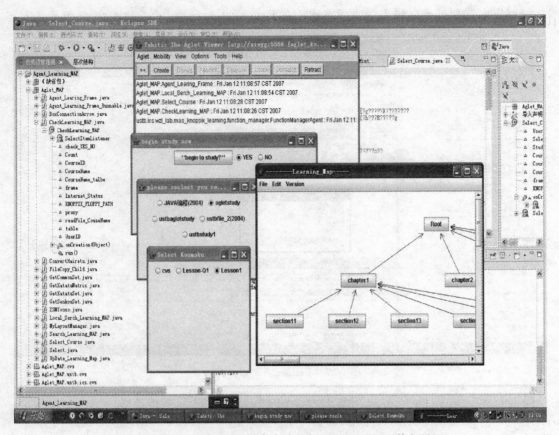

图 6-19　Eclipse 下 Aglet 平台启动后的 Learning-Map 执行界面 2

　　Aglet 作为 Agent 运行的平台，一般情况下是显示出现的，这样在整个系统运行时，则 Agent 的调度、运行、管理状况均浮现于表面，不利于管理和系统安全，经过进一步的研究通过配置的合理组合，实现了隐藏 Aglet 平台情况下运行 Agent 的方法。

6.5　情感交互——Agent 动画人物

　　学习支持（Learning Supports）在传统教学情境中非常重要，而在 E-Learning 学习情境中，因学习者处于各自不同的时间和空间中，学习支持就显得更加重要。从这个角度讲，智能 Agent 助理技术无疑是一种最佳的学习支持工具，它实质上代表了一种更加智能化的服务，实现了更加人性化的交互手段，使得 E-Learning 系统环境具有更好的交互性和智能性，内容的表现形式更加丰富、更具有吸引力，能够有力地提高学习者的学习兴趣和学习效率。

6.5.1　Agent 动画人物

　　智能 Agent 助理的一般定义为：它是一套工具软件，能依据使用者的需求，在网际网络上，自动地完成某些工作，同时具有个性化，自主性、目标导向、连续执行及可调试的特性。

在本系统中智能 Agent 助理体现了和谐人机交互的理念，人机交互就是根据用户模型给用户提供满意的行动引导和操作条件，设法减少用户的知觉、注意、记忆、思维、理解、表达、交流、发现问题和解决问题等心理过程的劳动负荷，提高人机界面的可用性，减少操作出错，减少面向机器行为的学习负荷。科学研究表明，从人机工程的角度考虑，赋予计算机或程序更多人性化色彩，如语音合成输出信息、语音识别输入指令、智能提示、动画等能够充分提高人机交互的有效性和易用性。

在本书中智能 Agent 助理是以作为教学协助的卡通形象展现出来的，如图 6-20 所示。Microsoft Agent 是一组可编程的软件服务，在具体的应用中可以以交互式动画角色（动画精灵）出现，实质是一种 ActiveX 控件。在系统中可以利用这些精灵作为交互助手来完成介绍、引导、娱乐或者其他提高界面交互的行为。在这些交互助手的 acs 文件中提供有多达四五十个基本动作，可以利用这些动作的组合完成各种情绪的表现。

图 6-20   各种 Agent 动画人物

6.5.2   Agent 动画人物的实现

Microsoft Agent 具有相当广泛的用途，既可以把它加入到普通应用程序中供本地系统使用，也可以把它嵌入到 HTML 文档中供 Internet 或 Intranet 使用。Microsoft Agent 支持 C/C++、Visual Basic、Java、JScript 和 VBScript 等多种编程语言，并为程序员提供了 OLE 自动化服务器和 ActiveX 控件两种编程方法，从本质上来说，这两种编程方法都属于 OLE 技术的范畴，都建立在 COM（Component Object Model，组件对象模型）的基础之上。这里直接使用 COM 对象的接口来编程。特别说明的是，由于 Microsoft Agent 目前只支持英语的语音合成功能，因此要输出中文语音时只能用 wav 文件来代替。在本系统中，采用文字提示和语音文件相结合的方式。

6.5.3   Agent 动画显示模块

Agent 动画显示模块负责用 Agent 动画人物进行动态显示同学习者交互中的情感信息和

文字、声音等，系统通过智能 Agent 助理和学习者进行人性化的情感互动和交流，如图 6-21所示。

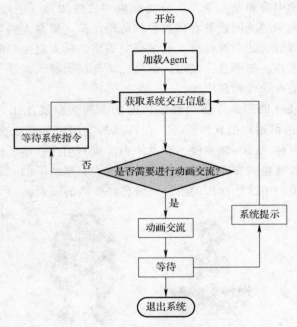

图 6-21　Agent 动画显示模块流程

6.5.4　智能 Agent 助理的情绪

情绪是对外界刺激比较强烈的心理反应，广义是指人对客观事物的态度体验；狭义是指有机体受到生活环境中的刺激时生理需要是否获得满足而产生暂时性的较剧烈的态度及其体验。有愉快、悲哀、愤怒、恐惧、忧愁、赞同等不同形态，它是人对客观世界的一种反应形式，产生根源在于客观现实本身。

本书选取了 5 种基本情绪：兴奋、高兴、平静、厌恶、生气，并且建立了相应的情绪空间。本情绪空间是以模糊逻辑为基础来模拟智能 Agent 助理情绪的，模糊逻辑模块可以模拟情绪中所具有的不确定性。此模块将内在、外在的状态以及从外界环境中所感知到的信息，加以处理生成情绪和反应。

1. 情绪与学习心理分析

在教学系统中引入情绪的反应，就是为了对学习者学习行为、学习情绪和心理状态进行分析，利用智能 Agent 助理产生情绪表现再反作用于学习者，从而达到提高学习效率的目的。结合心理学和教育心理学的研究成果表明，如果学生对所学内容有很好的理解并接受，则会表现出愉快（或快乐）的情绪；反之，若无法理解所学内容或在学习过程中遇到障碍，或者不喜欢当前的教学方式，不喜欢当前教学进度的安排，则会表现出不高兴或悲观的情绪或表现为对所学内容不感兴趣。同时专注度模型可以用来说明学习者此时学习的积极性，如关注度较高，则说明学习的精神状态很好；反之，则可能是感觉疲倦或对学习内容不感兴趣。

2. 情绪模块设计

在 MASIES 系统中，由智能 Agent 助理来实现教师的功能，为了使智能 Agent 助理可以生成并表现情绪，在智能 Agent 助理中建立起情绪反应机制。智能 Agent 助理的情绪系统分成两个情绪模块。第一个模块会根据外界输入产生不同强度的情绪；而第二个模块则会依据不同强度的情绪来产生对应的行为反应。它的情绪反应决定于 3 个因素：情绪的类型、情绪的强度以及外界的环境。这样智能 Agent 助理会动态地针对学习者的各项学习行为产生不同的情绪，而不同的情绪将会影响情绪化智能 Agent 助理对学习者的学习辅助策略。系统中智能 Agent 助理对于学习者的学习辅助策略，是依据相应的规则和行为产生的。

这里先给出智能 Agent 助理的情绪反应流程，如图 6-22 所示。

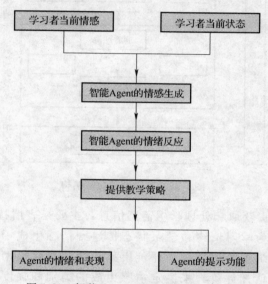

图 6-22　智能 Agent 助理的情绪反应流程

6.6　个性化教学助理设计

6.6.1　教学助理设计

远程教育提供了一种方便、快捷、经济的教学模式，但是在远程教育中缺乏传统教学中师生面对面的情感交流。相对传统教育，远程教育中学生对于学习可能更有一种不安全感。在各项对远程教育学生的调查中学生都表示最喜欢的是"面授辅导"，在远程自主学习中缺少了传统校园所提供的交往的机会，缺少了教师面对面的教授和指导，远程学生在极大的"自主"面前显得有点茫然不知所措，他们觉得"没有老师指导关心自己"，"没有师生对话，学习积极性下降"。其次，远程自主学习要求学生具有较强的学习能力，学生的自我调节能力对于成功的网络学习有显著的预测作用。远程教育中缺少了教师面对面的督促和指导，毅力差的学生在长期的远程自主学习过程中容易松懈下来，一旦落下太多功课，就更容易丧失学习兴趣和信心。所以在教学中更应该增加交互过程或通过智能的人机交互对学生进行监督和指导。人们期望以自然和谐的人机交互方式来进行"人-人"（Human to Human）的教学方式，以达到"面对面"（Face to Face）的教学情境。

针对远程教育存在的上述问题，在前面情感模型和识别算法研究基础上，设计和实现了一个用于远程教学（E-Learning 系统）的虚拟人——教学助理系统。教学助理具备情感交互能力，可以实时地识别学生的表情，由表情来判断学生的学习情绪和学习效果，并做出相应的情感反映。通过教学助理使每个学生在学习过程中都感觉自己面对着一个老师，从而在远程教学中实现"人-人"、"面对面"的教学。

教学助理系统主要包括情感识别、情感生成、情感表达 3 个部分，如图 6-23 所示。

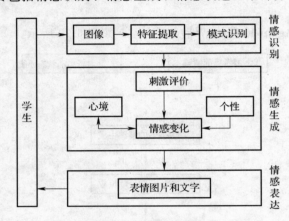

图 6-23　教学助理功能结构

情感识别子系统负责获取和处理学生情感信息，主要是表情特征提取和表情识别，并把识别结果有效地转化为学习情绪和学习状态传递到情感生成子系统，激发情感的出现和变化。情感生成子系统主要包括刺激评价模型和情感变化模型两个模块，刺激评价模块负责对感知事件进行认知评价，来决定情感生成的类别和强度；情感变化模块接收刺激评价模块输出的情感，结合心境和个性因素完成情感的更新过程，把更新后的情感状态输出到情感表达子系统。情感表达子系统依靠情感生成子系统传递来的信息来选择适当的表达行为。

6.6.2　学习者情绪特征的获取

1. 情感特征提取的实现

情感特征提取模块负责提取学生外部情感特征。其工作流程如图 6-24 所示。摄像头捕获到的视频图像一般都以学习者的人脸为主。首先对图像进行预处理以消除噪声和光照影响，然后用高斯肤色模型检测人脸，再采用特征提取方法提取每帧人脸图像的特征：人脸区域面积 A_{face}、眼睛区域面积 A_{eye}、眉心纹理特征 CON_b、嘴巴特征 λ。

本系统采用颜色空间的转换和连通域去除噪声算法实现人脸检测，lpVHdr→lpData 能够得到每个像素点所对应的 RGB 值，通过 RGB 到 YCbCr 空间的颜色转换公式，就能够得到每个像素点所对应的 YCbCr 值，通过对 Cb、Cr 值进行阈值化处理，能够得到图像数据的人脸检测二值化矩阵，此时的人脸检测并没有完成，由二值化图像中可以看到很多的躁点，需要用连通域去除噪声的算法将噪点去除。

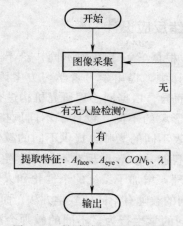

图 6-24　情感特征的提取流程

2. 学习状态识别的实现

学习状态识别模块负责根据情感特征提取模块的输出结果，按照识别模式推断出学生的学习情绪和学习状态，其工作流程如图 6-25 所示。本系统需要在学生登录时，先进行参数训练，即先采集学生正常状态（平静且正常坐姿）时的人脸图像，并提取该图像中的 4 种情感特征：人脸区域面积 A_{face}^*、眉心纹理特征 CON_b^*、眼睛区域面积 A_{eye}^* 和嘴巴特征 λ^*，作为表情识别的识别参数。

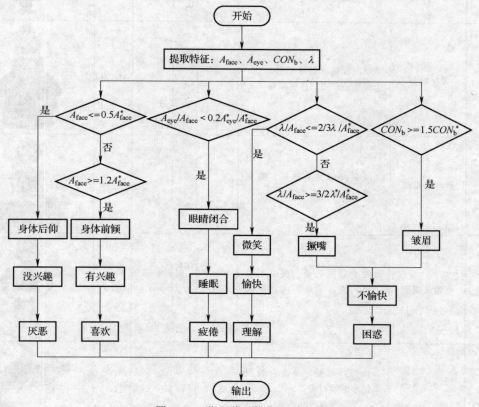

图 6-25　学生学习状态识别流程

6.6.3 教学助理形象和情绪反应设计

在整个 MASIES 系统中，根据学习者基础不同，给予不同的 Learning-Map 和教学方案。在智能化 Agent 助理的设计中，提出学习者学习方案因人而异、个性化学习方案的同时，进一步设计教师风格因人而异。根据同心理研究机构进行交流的结果，并在教育机构培训老师的协助下，根据 Agent 形象的不同，设计了不同风格的智能 Agent 助理形象，即由不同的智能 Agent 助理形象代表不同的老师，提供不同的教学风格。本系统定义了 5 位不同的智能 Agent 助理形象。每位智能 Agent 助理对不同的学生行为有不同的反应和处理方式。通过定义个性化智能 Agent 助理，增加了系统的个性化和人性化特点。

在实际的教学系统中，不同的教师有不同的教学方法，而且教师作为个体的人，也有各自的特点和鲜明的个性。对于相同的学生行为，不同的教师会提出不同的处理方式、方法。对此，在系统中设定不同的智能 Agent 助理形象，以代表个性鲜明的不同性格教师，如表 6-1 所示。

表 6-1 智能 Agent 助理形象设计

代 号	教师形象	教 学 特 点	在系统中执行系数	形 象 代 表
TA	青春偶像型	个性幽默、可爱、现代。上课别具一格，或者不拘一格。上课方式深受学生欢迎	$\begin{bmatrix} 1 \\ 1 \\ 1 \\ 0.5 \end{bmatrix}$	悟空
TB	老学究型	学问渊博，教学经验丰富。上课理论严谨，思维顺畅	$\begin{bmatrix} 0.3 \\ 0.5 \\ 1 \\ 1 \end{bmatrix}$	Merlin
TC	严师慈母型	既是严师又是慈母，温文尔雅，内向，爱护学生	$\begin{bmatrix} 0.5 \\ 0.8 \\ 1 \\ 0.3 \end{bmatrix}$	Saeko
TD	严肃认真型	教学兢兢业业，板书工整严密。说话一丝不苟，诲人不倦	$\begin{bmatrix} 0.6 \\ 1 \\ 0.9 \\ 1 \end{bmatrix}$	E-man
TE	活泼可爱型	幽默，可爱，很适合教授年纪小的学习者	$\begin{bmatrix} 1 \\ 0.9 \\ 1 \\ 0.2 \end{bmatrix}$	Dolphin

执行系数的含义如下：执行某一任务时，先取一随机数 $random \in (0，1)$，将该随机数同 $\begin{bmatrix} a \\ b \\ c \\ d \end{bmatrix}$ 中的各项进行对比。其中 a 表示动作执行力度，判断 $random$ 和 a 的大小，当 $random <$

a 时，则执行预定义的动作；$random > a$ 时，则不执行预定义的动作。b 表示消息显示执行力度，判断 $random$ 和 b 的大小，当 $random < b$ 时，则显示预定义的消息；$random > b$ 时，则不显示预定义的消息。c 表示当奖罚分为正（即奖赏分）时的奖赏执行力度，实际奖赏的分值为预定义分值同 c 的乘积。d 表示当奖罚分为负（即惩罚分）时的惩罚执行力度，实际惩罚的分值为预定义分值同 d 的乘积。

不同的 Agent 助理有不同的风格，在系统中表现为不同的执行系数。例如，同样对于课堂听课不专心行为，预定义的规则为

< action= "angre"; message= "提出警告！请专心听课"; score= "- 5">

对其进行信息提示、警告和奖罚分惩罚时，不同的智能 Agent 助理会采取不同的策略，如表 6-2 所示。

表 6-2　不同智能 Agent 助理不同的处理方式

代　　号	动作执行力度		信息提示力度		惩罚分方法	
Random	0.8	0.5	0.8	0.5	0.8	0.5
TA	动作	动作	提示	提示	−2.5	−2.5
TB	无	无	无	提示	−5.0	−5.0
TC	无	动作	提示	提示	−1.5	−1.5
TD	无	动作	提示	提示	−5.0	−5
TE	动作	动作	提示	提示	−1.0	−1.0

具体的情感交互系统中情绪反应和建模以及 Agent 助理情绪反应的行为规则参见第 5 章内容。

6. 7　Agent 助理及其情绪反应在系统中的表现

在教学过程中，首先由学生申请学习登录，生成学生 Agent。系统得到学生的相关信息后，由位于服务器端的管理 Agent 进行学生信息分析，随后对学生学习状态、学习情绪等进行综合评价，并派遣智能 Agent 助理到学生端，由它根据初始评价值，生成情绪和情绪反应（初始的情绪和反应相对于初始评价值更加积极），并在教学过程中根据学生学习情况作出实时调整，进行智能化、人性化辅助教学。

系统中，智能 Agent 助理的智能化、人性化主要通过提示功能来体现。提示功能分为两种类型：一种是智能 Agent 助理人物主动提示；另一种则是学习者手动要求智能 Agent 助理给予提示。

由于在同步视频教学阶段，学习者不能自己中断学习过程，所以在此过程中智能 Agent 助理应该尽可能少地打搅学习者，即只有学习者表现的状态已经严重影响了他继续完成课程

的学习时，智能 Agent 助理才出现进行鼓励、批评或惩罚。而在非同步教学阶段，由于学习者可以中断学习过程，比较自由地安排自己的时间，而此阶段没有了同步教学阶段教师"面对面"传授教学的真实感觉，所以学习者很容易疲倦。针对同步视频教学阶段和非同步教学阶段，可采用不同的交互规则。

6.7.1　在同步视频教学阶段

1. 视频教学课程开始前整体课程进度提示

当学习者进入系统，准备开始接受视频教学时，智能 Agent 助理会调出整个授课系统的课程表和内容结构，帮助学习者更好地把握课程进度，如图 6-26 所示。

图 6-26　Agent 助理情绪反应（一）

2. 中间休息时进行提示

在视频教学阶段，如果安排有中间休息，则当课间休息开始时，智能 Agent 助理即帮助学习者开始计时，并在休息时间结束前 1min、0.5min 时发出声音进行提示。

3. 学习者出现严重学习疲劳（睡着、离开）时，发出警告

在视频教学学习中，根据学习者当前的情绪评价值，如果发现学习者处于严重学习疲劳或厌学的状态，甚至多次离开位置（可以通过学习者当前的情绪评价值判断），智能 Agent 助理发出警告，并采取扣分等策略和相应动作以引起学习者重视，并要求其进入课堂专心学习。

6.7.2　在非同步教学阶段

当学习者进入到课程之后，系统会不停地自动侦测并且在适当时给予学习者提示。

1. 登录系统时的智慧小提示

当学习者登录到系统中时，智能 Agent 助理随机给出一个智慧小提示，以欢迎学习者进入系统，如图 6-27 所示。

2. 课程新学习者导览提示

当学习者是课程的新学习者（进入课程次数少于 3 次）时，智能 Agent 助理会进行提示并对进入课程的架构、Learning-Map 及学习方法等进行显示，如图 6-28 所示。

图 6-27　Agent 助理情绪反应（二）

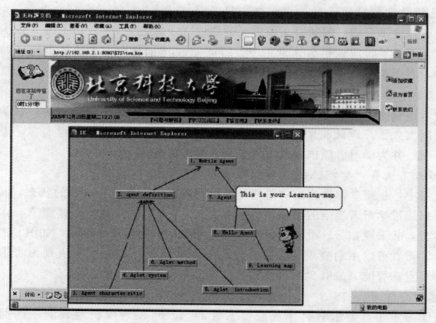

图 6-28　Agent 助理情绪反应（三）

3. 学习者疑惑提示

当学习者在某一节课程内容停留的时间超过了已定义的阈值时，则认为学习者在这一节的学习中遇到了问题（例如进入课程时间多于 20min 而没有进入下一环节），智能 Agent 助理会主动询问学习者是否有疑问或需要帮助，如图 6-29 所示。

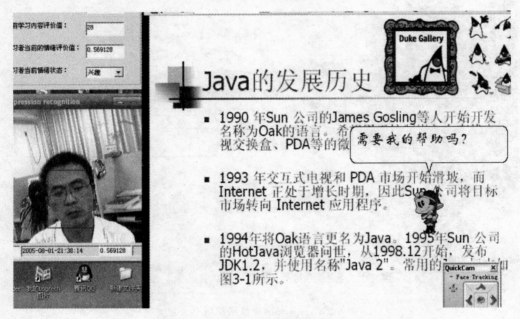

图 6-29　Agent 助理情绪反应（四）

4. 当连续学习的时间达到一定程度，提示稍事休息

当学习者连续学习的时间超过了预定义的阈值（一般定义为 35min）时，认为学习者学习的时间已经够长了，应该稍事休息一下，智能 Agent 助理会主动进行询问，如果得到确认，则为学习者播放一段音乐，随机讲一个小笑话。

5. 连续学习的时间太久，提示活动一下

当学习者连续学习的时间超过了预定义的阈值（一般定义为 45min）时，认为学习者连续学习的时间太久了，应该起来运动一下，智能 Agent 助理会暂停课程内容，提示学习者起来活动一下，并为学习者随机播放一段音乐，如图 6-30 所示。

6. 学习者不认真，智能 Agent 助理生气了

课程学习中，根据学习者当前的情绪评价值，发现学习者处于厌学的状态，甚至多次离开位置（可以通过学习者当前的情绪评价值判断），经过两次提示后，智能 Agent 助理生气了，提出警告，并采取扣分、批评等策略和相应动作以引起学习者重视，如图 6-31 所示。

此外，学习者可以主动要求智能 Agent 助理给予提示，在系统中表现为当学习者以鼠标的左键连续点选智能 Agent 助理两次时，智能 Agent 助理会出现提示。

1. 要求暂停学习

学习者学习累了，要求暂时休息或要求智能 Agent 助理随机地表演一些动作，智能 Agent助理会根据学习者要求采取相应行为，这样学习过程的中断就不会受到惩罚，如图 6-32所示。

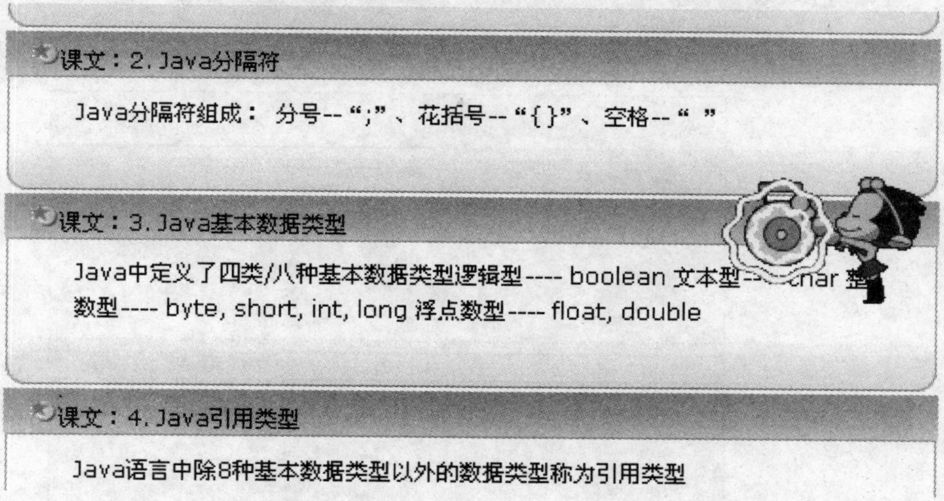

课文：2. Java分隔符
Java分隔符組成： 分号--“;”、花括号--“{}”、空格--“ ”
课文：3. Java基本数据类型
Java中定义了四类/八种基本数据类型逻辑型---- boolean 文本型----char 整数型---- byte, short, int, long 浮点数型---- float, double
课文：4. Java引用类型
Java语言中除8种基本数据类型以外的数据类型称为引用类型

图 6-30 Agent 助理情绪反应（五）

University of Science and Technology Beijing
2005年12月20日星期二13:47:11
『问题与解答』 『学习交流区』 『留言簿』 『联系老师』
默认布局管理器
Attention please
Component
Container
Window
Panel
Frame
Dialog
Applet
BorderLayout
FlowLayout

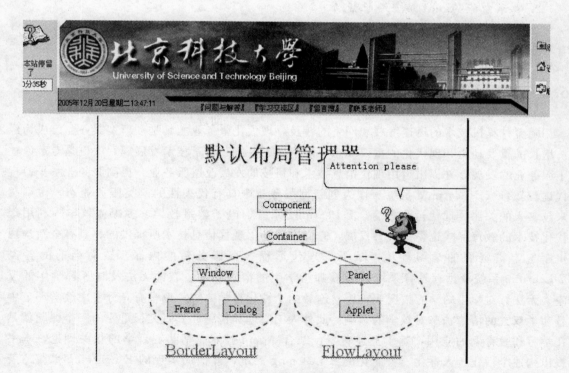

图 6-31 Agent 助理情绪反应（六）

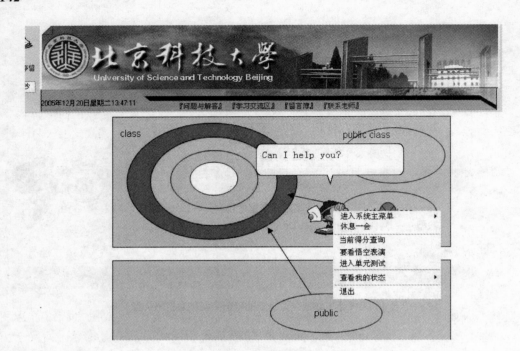

图 6-32　Agent 助理情绪反应（七）

2. 要求智能 Agent 助理给予帮助

当学习者在学习过程或答题过程中出现疑问，需要智能 Agent 助理给予帮助时，学习者可要求智能 Agent 助理给予提示或其他帮助。

6.8　研究工作总结

随着计算机技术的迅速发展和网络的普及，现代化服务业尤其是创新型服务业已成为经济增长的重要动力和现代化的重要标志。国家"十一五"科学技术发展规划中更是专章论述了服务业的发展，并提出运用现代信息技术和科技的发展改造服务业，提高服务业水平。现代远程教育（E-Learning 系统）作为创新型服务业中具有代表性的一类服务业态，得到越来越多人的关注，现代远程教育、E-Learning 系统、电子教室教学、多媒体教学等利用现代化技术的教育形式也得到大力发展，它们充分利用现代信息技术所提供的、具有全新沟通机制与丰富资源的学习环境，赋予了现代远程教育服务新的内涵。然而当前的各类 E-Learning系统及远程教育系统缺乏教师与学生的情感互动，教师无法及时了解学生的反应，无法针对学生的学习情况实施因材施教的个性化教学方案，也没有充分考虑教学环节中教和学双方的情绪状态对教学的影响。此外人工心理和情感计算研究很重要的一个课题就是在学习和教育上的应用，基于上述背景，结合 Agent 技术、情绪心理学的相关理论，本书提出构建个性化、人性化、智能化的 E-Learning 系统，并借助实现的 E-Learning 系统，着眼于个性化教学、学习过程的情感识别及情绪反应的分析；依靠信息科学技术，提高教学效率；实现了现代远程教育（E-Learning 系统）过程的个性化、人性化和智能化。

本书所实现的基于 Agent 技术和人工心理理论的 E-Learning 教学系统，采用多种技术实现了系统的个性化、情绪化、智能化及人性化交互。

本书的主要研究工作和研究成果具体体现在以下几个方面：

1）应用 Agent 技术和 Aglet 平台实现了基于移动 Agent 的 E-Learning 系统。

在系统实现时利用移动 Agent 自主性、移动性的特点，以 Java 技术为基础，以 Agent 开发为主导，采用 Aglet 为 Agent 运行平台，用 ECLIPSE 为编译开发工具，同时辅以 Web 和数据库技术，将 Agent 运行调度及管理融入 J2EE，实现了基于 Agent 模块的 E-Learning 系统。Aglet 平台在系统中主要承担了底层数据处理和信息交换的任务，Aglet 及 Agent 运行过程均隐藏在后台，同时在系统运行时预留了 Agent 管理页面移动 Agent 及其应用平台 Aglet 在系统中的具体实现，充分体现了系统模块交互过程中的自主性和智能性。在系统开发中采用模块化设计使得系统具有良好的扩展性。最后将系统个性化教学、学习兴趣检测及情绪反应在 Agent 实体中进行定制，实现了具有情感交互能力、个性化教学功能、智能化情绪反应的 E-Learning 系统。

2）基于 ISM 技术，实现了个性化 Learning-Map，并通过层次分析法和灰色聚类分析的比较，给出了具有实用性的学习者分类方法。

根据"因材施教"、"个性化教学"的理念，基于 ISM 技术，将结构化构图方法用于 E-Learning系统，形成了 Learning-Map，通过 Learning-Map 对学习进行指导，使其全面了解知识体系的结构。在此基础上通过问卷调查，获得学习者学习基础、学习能力等信息，形成个性化的 Learning-Map，并给予各异的教学策略，充分体现了系统个性化教学的特点。随后以实际 Java 培训班的学员情况为样本，对学习者各方面特点进行评分，在此基础上采用层次分析法和灰色聚类分析法，对学习者学习能力相关因素的评分进行分析，对学习能力差异进行评估和分类，给出了对学习者进行分类的实用性理论及方法，为个性化 Learning-Map和各异的教学策略的制定提供了充分依据。

3）利用注释结构模式技术，实现 Learning-Map 结构图，并定制不同的教学策略，实现了系统的个性化教学特点。

利用解释结构模型（Interpretive Structural Model，ISM）技术，基于离散数学和图形理论，通过二维矩阵的数学运算，呈现出一个教学单元内全部教学要素间的关联性，产生多层级结构化阶层，实现了排列阶层化、系统化的 Learning-Map 结构图，通过该结构图对学习者进行指导。随后利用层次分析法可实现相对重要程度的权值或相对优劣次序的特性，结合灰色聚类分析法中可以根据灰色关联度和灰色关联矩阵把一个给定的数据对象集合分成不同的簇的特性，对学习者信息进行分析，将学习者进行分类。利用上述数学方法，结合教学要素的确定，给出了具有不同层次化结构要素关联的个性化 Learning-Map，并根据不同的 Learning-Map，定制各异的教学策略（主要是教学内容和教学时长），实现了系统的个性化教学。同时扩展了层次分析法和灰色聚类分析法的应用领域。

4）提出了教学过程中学习者趋避度和专注度的情感模型，给出了适合 E-Learning 系统应用的情感模型——学习者学习兴趣检测模型。

在学习者学习相关的情感检测方面，利用情绪心理学维度论理论，提出了教学过程中学习者趋避度和专注度的情感模型来描述 E-Learning 系统中学习者的情绪状态（学习兴趣和精神状态），并在趋避度和专注度的检测识别上，采用拟合曲线中正交基函数拟合方法和归一化理论，利用 MATLAB 的 polyfit 函数求解和绘图技术，通过对检测数据的分组拟合比较，实现了对离散测量数据的拟合曲线选取，从而给出了适合 E-Learning 系统应用的情感模型——学习者学习兴趣检测（趋避度和专注度）模型。并在建模过程中，用另一组样本数据对模型进行验证，实验结果表明所选取的趋避度和专注度模型在实时性和精确度方面均有较好的表现，具有实用价值。

5）用模糊集合理论和支持向量机给出了情绪反应的分类模型，制定了系统 Agent 助理的情绪反应规则，赋予系统人性化交互的能力。

根据学习支持理论和人机交互中有效性和易用性原则，选取动画人物作为智能 Agent 助理，以担当系统中教师或助教的角色，并根据情感计算研究成果，选取了 5 种基本情绪作为系统情绪化反应的基本类型。在情绪反应的类型确定上，采用模糊理论的模糊综合评判法，通过确立评价指标集和评判集，建立模糊评判矩阵，并设置指标权重，通过合成方法得到系统运行中情绪反应的分类。随后利用支持向量机中 1-a-1 算法在处理多类分类问题时样本量少、训练速度快的特点，给出了情绪反应的分类模型，并进行了实验。实验数据表明，由于因素选取以及学习心理本身的模糊性，情绪反应分类效果并不好。综合来说，模糊综合评价方法简单，但需要制定较多的规则和评价集；而支持向量机方法模块化程度较高，利于实现系统的模块化，易于系统扩展及算法改进，在情绪反应中具有较好的应用价值。最后根据人机交互中双向交互性要求，利用多级推理规则技术，制定了系统 Agent 助理的情绪反应规则，赋予系统人性化交互的能力。

6）基于情绪心理学维度论及图像处理技术，给出了适合 E-Learning 系统应用的情感模型——学习者学习兴趣检测及识别（趋避度和专注度）模型。

在情绪心理学维度论及图像处理的基础上，通过对学习者的人脸和眼部检测，用教学过程中学习者趋避度和专注度来描述 E-Learning 系统中学习者的情绪状态（主要是学习兴趣和精神状态），应用曲线拟合以及归一化原理实现了趋避度和专注度建模，并进行了验证，从而实现了系统对于学习者学习状态的情感识别（学习兴趣和精神状态）模型；并给出了情绪强度及情绪计算的相关定义，着重体现了系统的情绪化特点。

7）赋予系统情绪化反应能力，给出了系统智能 Agent 助理的情绪反应分类模型。

系统选取动画精灵作为智能 Agent 助理担当助教，并根据情感计算的研究成果选择了 5 种基本情绪作为智能 Agent 助理对学习者不同学习行为情绪反应的基本类型，分别用模糊集合方法和支持向量机实现了不同学习状态下智能 Agent 助理的情绪反应分类模型，充分体现了系统的自主性和智能化特点。

8）制定相应的交互规则实现人性化交互。

基于系统交互人性化的考虑，设定了个性化助教，通过个性化助教特征值的作用，使智能 Agent 助理在交互过程中表现出差异性，并着重规划了智能 Agent 助理的行为规则，通过智能 Agent 助理实现同学习者的交互和对学习者学习的指导及帮助，并通过该智能 Agent 助理实现系统的智能化和自主管理，充分体现了系统和谐人性化交互的特点。

6.9　未来问题研究

人机交互技术是研究人与计算机进行信息交换方式和效率的技术。人机交互技术的核心，实际上是要解决人与机器的分工、协调、配合问题。人要适应新的系统和设备，但更重要的是新的系统和设备要适应人。

近年来人机交互技术经历了巨大的变化。

1）就用户界面的具体形式而言，过去经历了批处理、连机终端（命令接口）、（文本）菜单及多通道——多媒体用户界面和虚拟现实系统。

2）就用户界面中信息载体类型而言，经历了以文本为主的字符用户界面（CUI）、以二维图形为主的图形用户界面（GUI）和多媒体用户界面，计算机与用户之间的通信带宽不断提高。

3）就人机界面中的信息维度而言，经历了一维信息（主要指文本流，如早期电传式终端）、二维信息（主要是二维图形技术，利用了色彩、形状、纹理等维度信息）、三维信息（主要是三维图形技术，但显示技术仍以二维平面为主）和多维信息（多通道的多维信息）空间。

不论从何种角度看，人机交互发展的趋势都体现了对人的因素的不断重视，如使人机交互更接近于自然的形式；使用户能利用日常的自然技能；不需经过特别的努力和学习；认知负荷降低；工作效率提高等。这种"以人为中心"的思想特别是自 20 世纪 90 年代以来，在人机交互技术的研究中得到明显的体现。

在本书的现代化远程 E-Learning 教学系统中，采用多种技术实现了系统的个性化、情绪化、智能化和人性化交互。首先实现了基于 ISM 的 Learning-Map，并通过对学习者的问卷调查及在此基础上的层次分析和灰色聚类分析，得出了学习者的分类，并基于此在 Java 教学中提出了 5 种教学策略，对于不同的学习者，根据分类结果提供不同的教学策略（本系统中主要体现在 Learning-Map 的规划上），这一部分着重体现了系统的个性化特点。其次，基于对学习者的人脸检测和眼部检测，通过多种表情识别方法进行学习者表情识别，得出了系统的学习兴趣情感识别模型，为系统情感交互和智能交互奠定了基础。此后，制定了动画 Agent 助理的情绪及情绪反应的相关规则，通过该 Agent 助理实现系统的智能判断和自主管理，这一部分着重体现了系统的智能化特点。最后，着重规划了智能 Agent 助理的行为规则、交互表现等，通过智能 Agent 助理来实现同学习者的交互和对学习者学习的指导及帮助，这一部分着重体现了系统的人性化交互特点。

上面所实现的 E-Learning 系统，作为创新型服务业的主要形式之一，具有创新型服务业的基本特点和内涵，在该系统中实现的和谐人机交互的智能化、人性化技术同样也适用于创新型服务业的要求。

下面对和谐人机交互的特点进行归纳：

1）交互自然性，以符合人类习惯的方式进行信息交互，使用户尽可能多地利用已有的日常技能与计算机交互，降低认识负荷。

2）高效和便利性，使人机通信信息交换吞吐量更大、形式更丰富，发挥人机彼此不同的认知潜力，并与网络、通信技术相结合，克服时间和空间上的限制，进行"人—计算机—网络—人"交互。

3）使计算机能理解用户的感情和意图，主动地进行交流和服务。通过表情分析、事件检测、行为分析等方面来综合理解用户的意图，并主动采取对策或提供服务。

4）允许非精确的交互。人类在日常生活中习惯于并大量使用非精确的信息交流，人类语言本身就具有高度模糊性，允许使用模糊的表达手法可以避免不必要的认识负荷，有利于提高交互活动的自然性和高效性。

5）双向交互性。双向交互性是人机交互的基本要求。良好的交互性使用户避免生硬的、不自然的、频繁的、耗时的通道切换，从而提高自然性和效率。

电子商务、电子医疗、远程教育（E-Learning 系统）作为创新型服务业中的同一类模式，具有相似的特性，其对于和谐人机交互也具有相似的要求，本书所描述的和谐人机交互技术可以在相似领域进行推广应用。

参 考 文 献

[1] 何国辉，甘俊英. 人机自然交互中多生物特征融合与识别 [J]. 计算机工程与设计，2006 (27).

[2] 郑磊. 基于曲面及光谱的 3D 人脸识别算法研究 [D]. 杭州：浙江大学，2005.

[3] 周杰，卢春雨. 人脸自动识别技术综述 [J]. 电子学报，2000，28 (4).

[4] Gu Hua, Su Guangda, Du Cheng. Feature Points Extraction from faces [J]. Image and Vision Computing, 2003 (11): 26-28.

[5] 张翠平，苏光大. 人脸识别技术综述 [J]. 中国图像图形学报，2000，5 (11)：885-894.

[6] 黄翔宇，章毓晋. 基于压缩域的图像检索技术研究进展 [J]. 中国图像图形学报，2003，5.

[7] 王凌，冯华君，徐之海. 一种基于光流场的复杂背景下人脸定位方法 [J]. 计算机工程与应用，2003，8：68-23.

[8] 李江，郁文贤. 基于模糊隶属函数的主元分析人脸识别算法 [J]. 计算机工程与科学，2004，26 (6).

[9] 黄修武，杨静宇，郭跃飞. 基于隶属度的人脸图像抽取和识别 [J]. 电子学报，1998，26 (5).

[10] 赵丽红，刘纪红，徐心和. 人脸检测方法综述 [J]. 计算机应用研究，2004 (9).

[11] 梁路宏，艾海舟，徐光. 人脸检测研究综述 [J]. 计算机学报，2002 (5).

[12] Viola P, Jones M. Robust Real time Object Detection [C]. Canada：Second international workshop on statistical and computational theories of vision-Modeling, Learning, Computing, and Sampling Vancouver, 2001.

[13] 刘直芳，游志胜，徐欣，等. 基于阴影轮廓差分投影方法的快速定位车体算法 [J]. 四川大学学报：自然科学版，2003，40 (4).

[14] 谭昌彬，李一民. 基于 EHMM 的人脸识别 [J]. 云南民族大学学报：自然科学版，2006，15 (4).

[15] Ziad M, Martin D. Face Recognition Using the Discrete Cosine Transform [J]. International Journal of Computer Vision, 2001, 43 (3)：167-188.

[16] 石润华，邹莹，钟诚. 基于移动 Agent 的分布式网络并行计算方法 [J]. 广西科学院学报，2003，19 (3).

[17] 马瑜. 基于移动 Agent 技术的 Aglet-Struts 框架的研究与应用 [D]. 成都：西南石油大学，2006.

[18] 张建伟，吴庚生，李绯. 中国远程教育的实施状况及其改进——一项针对远程学习者的调查 [J]. 开放教育研究，2003 (4)：7-11.

[19] 安均富. 专家访谈：如何看待远程教育的教学质量问题 [J]. 中国远程教育，2002 (4)：6-9.

[20] 黄海峰，孙燕丽. 创新型服务业在中国经济转型中的作用 [J]. 科技 & 现代服务业，2006 (4)：30-33.

[21] 王万森. 人工智能原理及其应用 [M]. 北京：电子工业出版社，2000.

[22] 郑敏，王文杰. 电子商务引领现代服务业 [J]. 科技 & 现代服务业，2006 (4)：33-35.

[23] 罗玉孙，姜彬. 能量管理系统人机界面的分布式和面向对象管理 [C]. 第四届全国计算机应用联合学术会议论文集，1997：1334-1337.

[24] 张晓波，韩永国，林勇，等. 基于 Agent 的个性化教学系统研究 [J]. 计算机应用研究，2006 (10)：189-192.

[25] 李志平，刘敏昆，孙瑜. 基于 Web 的智能教学系统研究 [J]. 计算机工程与应用，2006 (2)：208-211.